Roxanne Veletzos

LA LUCE DEL DOMANI

Romanzo

TRADUZIONE DI
PATRIZIA SPINATO

EDITRICE NORD

Titolo originale
The Girl They Left Behind

ISBN 978-88-429-3151-5

In copertina: foto © Lee Avison / Trevillion Images;
elaborazione da foto © Dan Novak
Art director: Giacomo Callo
Graphic designer: Davide Nasta

LA LUCE DEL DOMANI

Per i miei nonni

Basato su una storia vera

Secondo la commissione Wiesel, tra l'ottobre 1940 e la fine della seconda guerra mondiale, in terra rumena vennero massacrati 380.000 ebrei. Nel gennaio 1941, durante il tristemente noto pogrom di Bucarest, migliaia di ebrei vennero trascinate in strada per essere torturate o uccise.

PARTE PRIMA

ANTON E DESPINA

1

Bucarest, gennaio 1941

La bambina è seduta da sola, immersa nel buio. Scossa dai brividi, si stringe le braccia al petto minuscolo e affonda il viso nel collo del maglione di lana. Cerca di ricordare le parole esatte che sua madre ha pronunciato proprio lì, sui gradini del palazzo. Le ha detto quanto sarebbe stata via? C'era ancora luce, quando i suoi genitori sono spariti dietro l'angolo, la madre che tremava, china in avanti, con indosso il vestito leggero, il padre che trascinava i piedi sul marciapiedi ghiacciato, pochi passi più indietro. Un brivido la scuote quando appoggia le mani sul cemento gelido. Il vento le sferza le gambe nude, mordendo la carne; vorrebbe avere una coperta, un paio di muffole o almeno il berretto, ma lo ha perso chissà dove. Ciononostante preferisce stare lì, in quel freddo glaciale, piuttosto che nell'androne buio che puzza di muffa. L'odore di cavolo cotto che arriva da uno degli appartamenti le fa brontolare lo stomaco. E dire che a casa si rifiutava sempre di mangiarlo, per quanto sua madre la pregasse.

Avvicina le ginocchia al petto, alza lo sguardo sul palazzo a tre piani e sugli ampi balconi tondi che incombono su di lei. No, non ha mai visto prima questo edificio. Non ha mai visto questa strada, deserta e poco illuminata, dove un unico lampione getta un alone di luce sulla neve sporca. Non si vede anima viva. È come se qualcuno avesse spento le luci di questa città un tempo così vivace, vietando qualunque movimento, saluto o risata.

I suoi genitori torneranno da un momento all'altro, si dice, lanciando un'altra occhiata alla strada. Cerca di ricordare le parole di sua madre, la voce dolce che la esortava a non avere paura, promettendole che, se fosse stata coraggiosa, sarebbe andato tutto bene. Eppure non dovrebbero andare in giro a quest'ora, lo sa bene. Solo pochi giorni fa ha sentito i suoi che parlavano del coprifuoco, della Guardia di Ferro che pattugliava la città e arrestava chiunque fosse ancora per strada dopo il tramonto. E ti sparava sotto casa, in modo che i vicini vedessero. Li ha sentiti parlare di altre cose ancora che non volevano sentisse, sussurrando nella stanza accanto alla sua dopo che lei era andata a letto. Le parole le arrivavano ovattate, incomprensibili, ma i picchi di disperazione nella voce la facevano rabbrividire nel letto caldo.

Ci sono rumori in lontananza, adesso: grida, strilli acuti inframmezzati al tonfo ritmico di stivali, finestre che si chiudono sbattendo nella sera. Succede da diverse notti, ma questa volta i suoni sono accompagnati da uno strano odore, simile a quello del carbone bruciato, con una nota dolciastra che le fa venire i conati. La nausea le risale in gola, e lei si tira il bordo del maglione sulla faccia per mitigare il tanfo, obbligandosi a pensare a casa sua e al letto con la trapunta di raso rosa, con la luce che filtra dalla porta socchiusa.

Gli occhi le si colmano di lacrime che non riesce più a respingere. Si vergogna: alla fine non è stata coraggiosa, anche se ha promesso a sua madre che ci avrebbe provato, con tutta se stessa. *Farò la brava, mamma. Aspetterò*, le ha detto, ma le sembra passata una vita intera da quando ha pronunciato quelle parole.

Appoggia la fronte all'incavo del gomito e i singhiozzi erompono senza freni, tagliando il silenzio e riecheggiando nei cortili e nei vicoli. Sa che non dovrebbe fare rumore, ma non riesce ad arginare quello che le è esploso dentro, qualunque cosa sia. Piange fino a che non ha più lacrime, fino a che i sospiri spezzati non si sono sciolti, diventando una sola cosa col vento. Si raggomitola sul cemento, abbandonandosi infine all'abisso del sonno.

All'improvviso, due braccia robuste la stringono, sollevandola da terra. Spaventata, si sveglia e, sopra di sé, vede il volto di una donna che non conosce. Ha i capelli raccolti in una crocchia grigio argento, qualche ciocca che le ricade sulle guance tonde e rugose. Un lieve odore di sudore e amido l'avvolge mentre la donna se la stringe al petto, così forte che lei non riesce a liberarsi, sebbene ci provi dimenandosi con tutte le sue forze. Ma in quella stretta c'è qualcosa di tenero che le dà calore, e lei ha troppo freddo, è troppo stanca e debole, così le affonda il viso contro il petto e piange. La donna spinge la porta col gomito e porta la piccola nell'ingresso. La bambina vorrebbe chiederle se sa qualcosa dei suoi genitori, se torneranno presto a prenderla, ma, quando apre bocca, l'unica cosa a uscirle dalle labbra è un lungo e acuto lamento.

« Sstt... Ci sono io. Sstt... Va tutto bene. Va tutto bene », le mormora la donna all'orecchio. Alla breve luce dei fari di una macchina, il suo viso splende pallido e grande come una luna che s'intravede tra le nuvole. Gli occhi le scintillano di lacrime e, come se avessero percepito il suo sguardo, si abbassano verso i suoi, ma la luce se ne va subito e spariscono di nuovo, scivolando nel nulla. Rimangono soltanto le braccia, morbide e salde al tempo stesso, e quell'odore che l'avvolge a ondate. « Sei così dolce», sembra che mormori tra sé, nel buio che di nuovo copre ogni cosa. Fa schioccare la lingua. «Sei così dolce. Poveretta.»

Lavora come custode di quel palazzo da vent'anni. Venti lunghi anni nei quali ha avuto modo di conoscere ogni famiglia dell'isolato, quindi potrebbe giurare che quella bambina non appartiene a nessuna di loro. No, arriva di sicuro da un'altra zona della città. Forse i suoi genitori sono venuti a trovare qualcuno lì nel palazzo, e la piccola è sgusciata via senza che se ne accorgessero. Ma chi lascerebbe una bambina libera di girare in bulevardul Dacia? Chi lascerebbe sola una piccola di tre, forse quattro anni, nel bel mezzo di scontri armati e coprifuoco, coi cadaveri ammucchiati sul ciglio della strada? La donna scuote la testa, incredula e disgustata. Non ha una gran cultura, ma sa cos'è il decoro, e questo è sicuramente un gesto aberrante.

Persino ora che dorme, la povera creatura le stringe la mano così forte che non se la sente di spostarsi dalla tromba delle scale. È ancora lì, immobile, con la piccola in grembo. Quando pensa di poterla sollevare, la bambina s'irrigidisce, si dimena e scalcia, e lei non può fare altro che bloccarla col proprio corpo cadente, ripiegandosi su quel fagottino di carne in una preghiera. Una preghiera che ripete qualche ora più tardi, quando se non altro è riuscita a portare la piccola nella sua stanza al pianterreno, e la luce incerta di un'alba invernale filtra dalla minuscola finestra.

La bambina si sveglia e si mette a sedere sul materasso minuscolo. Gli occhi si muovono vacui nel piccolo locale che la circonda, soffermandosi sulla vecchia cassettiera dallo smalto scrostato, sulla cucina che s'intravede dietro la tenda logora, sulla *soba* arrugginita nell'angolo, con le poche fiamme tremule che sbattono le ali come falene giganti. Stringendosi addosso la coperta, si sposta verso l'angolo più lontano del letto. Sul volto non c'è paura, solo confusione. « Dov'è la mia mamma? Adesso mi viene a prendere? » La voce è così flebile che si sente a malapena.

La donna abbassa lo sguardo sulle proprie mani gelate, che continuano a sfregarsi come se godessero di vita propria. Nella stufa a legna, le braci scoppiettano. Sono diventate cenere quando lei alza gli occhi. « No, tesoro. No. »

2

Anton e Despina Goza erano noti nella vasta cerchia di parenti e amici per la loro puntualità. Non arrivavano mai con un minuto di ritardo, fosse un appuntamento o un'occasione sociale, a prescindere dall'irregolarità dei mezzi pubblici, dal velo di ghiaccio che ricopriva i marciapiedi o dalle condizioni allarmanti della città nelle ultime settimane. Per Despina quella precisione era fondamentale, quasi fosse la caratteristica che la definiva. Seguiva l'etichetta alla lettera, sempre in orario e curata nei minimi dettagli, dal cappello all'ultima moda parigina alle ballerine in pelle di serpente abbinate alla borsa e alla cintura, che metteva in risalto il suo vitino da vespa. Sebbene superasse di almeno una testa le sorelle maggiori, era estremamente femminile, il ritratto di una sobria bellezza dalle mani curate bilanciato da una cornice elegante e solida. Una dea greca, dicevano spesso le amiche di sua madre, con ammirazione e forse un po' d'invidia per la sua pelle di porcellana, gli zigomi scolpiti e le onde di capelli castani che mettevano in risalto le spalle chiare.

Appena sveglia, quella mattina, aveva posato gli occhi sulla pendola a muro della camera da letto e si era resa conto con grande sgomento che era tardissimo. Ciononostante era rimasta un altro po' con la testa affondata nel cuscino, ad ascoltare il mondo che a poco a poco si risvegliava al di là della finestra, come l'acqua che iniziava a gorgogliare in un bollitore. Ogni giorno, Despina era salutata dal rumore dei primi veicoli su strada Vlaicu, dai passi sulla strada e dai saluti ovattati. Trovava conforto nelle cose note: il marito che dormiva profondamente accanto a lei, l'inclinazione della luce del sole che si riversava ai piedi del letto in stile vittoriano, le lenzuola di seta color *café au lait* che le brillavano attorno come fine sabbia del deserto. La sua serenità venne spezzata bruscamente, però. Alla prospettiva del giorno che l'aspettava, il suo stomaco fece una capriola. *È da pazzi, farlo proprio adesso. Una follia, con la guerra che sta per bussare alla porta.*

Dentro di sé, sapeva che non sarebbe mai arrivato il momento giusto, che il momento « perfetto » era arrivato ed era passato molto tempo prima, forse. Che, a dispetto della sua fortuna e della sua vita invidiabile, non avrebbe mai avuto ciò che più desiderava al mondo. Dio le aveva voltato la schiena, a quanto sembrava, poiché nonostante le invocazioni e le negoziazioni silenziose ancora non aveva concepito un figlio. Nel suo cuore c'era ancora una traccia di speranza, ma Despina era pronta a fare qualunque cosa pur di farla sparire. Sarebbe stato tutto più calmo. Calmo e immobile, come una terra che trovava pace dopo la guerra. *Smettila di sperarci*, si rimproverava all'infinito, ma il cuore non l'ascoltava.

Se non altro aveva smesso di pregare. Avrebbe dovuto smettere anni prima, quand'era diventato chiaro che il suo utero non era in grado di sostenere una nuova vita, quando le crisi autodistruttive e la disperazione erano diventate talmente frequenti che le sue sorelle avevano deciso di andare a trovarla solo in gruppo, camminando attorno a lei in punta di piedi e cercando di distrarla con sciocchi pettegolezzi. Una parola avventata, una frase superficiale bastava a gettarla in un vortice di abbattimento che durava giorni interi, dal quale riuscivano a strapparla soltanto unendo le forze.

«Sei stata fortunata in mille altri modi, Despina. Concentrati su tutte le cose che hai.» Le sorelle si scambiavano sguardi condiscendenti e intanto tiravano fuori scatole di cioccolatini, le servivano il tè e le massaggiavano le mani mentre lei era accasciata su una sedia, devastata.

Quattro aborti. Ognuno di essi le aveva aperto una nuova ferita nello spirito e nel corpo, e la delusione era diventata così prevedibile da avere perso il suo aspetto più amaro. La speranza, un tempo ardente, si era sgretolata poco alla volta, diventando una debole brace. Eppure il fuoco non si era ancora estinto del tutto. E poi quell'opportunità inattesa. L'appuntamento era stato fissato così in fretta che non aveva quasi avuto il tempo di prepararsi.

Si guardò allo specchio sopra il lavabo e sospirò, toccandosi le borse sotto gli occhi affusolati. Il suo viso sembrava una maschera di gesso, i tratti ellenici più marcati del solito. Durante le ore d'insonnia doveva essersi morsa le labbra, poiché erano gonfie e arrossate, come un frutto maturo sullo sfondo di una tela vuota. Il getto d'acqua fredda sembrò riscuoterla, riportandola alla giornata che aveva davanti.

Sulla soglia incrociò Anton, che entrava in bagno. Lui la baciò sulla guancia, rivolgendole un sorriso distratto ma pur sempre smagliante. «Buongiorno, amore.»

Despina doveva ammettere che era splendido anche nel pigiama di seta a righe, appena alzato, coi capelli in disordine e nell'alito un vago ricordo del whisky della sera prima. Anton si lavò i denti canticchiando. A volte il suo ottimismo sconfinato la irritava, ma faceva parte del suo fascino. Suo marito era dotato di un innegabile carisma. Di fronte all'allegria con cui lui si dedicava a quel compito banale, Despina non riuscì a trattenere un sorriso, nonostante tutto.

Faceva quell'effetto non soltanto a lei, ma a chiunque lo conoscesse. La leggerezza con cui affrontava la vita era contagiosa, irresistibile. Le donne si voltavano a guardarlo per strada. Somigliava a Cary Grant nell'abito di sartoria, una sciarpa d'angora sulle spalle ampie, il cappello sollevato appena in un cenno di saluto. Sotto il cilindro, un sorriso sincero alla bellezza della vita. Gli uomini ricambiavano quel sorriso, dandogli una pacca sulla schiena, trascinati dalla sua *joie de vivre,* dalla sua fortuna e dal modo in cui accoglieva a braccia aperte la promessa di un nuovo giorno.

Erano passati dieci anni da quando Despina aveva conosciuto Anton, eppure ogni dettaglio di quel giorno era vivido nella sua mente, come se fosse successo solo il giorno prima. Rifletté divertita che non si sarebbero mai incontrati, se quel giorno suo padre non avesse finito l'inchiostro della sua Montblanc, o se avesse deciso di andare a comprarsi lui stesso un boccettino nuovo. Ma era parecchio indaffarato a controllare il libro mastro e l'aria prometteva una primavera imminente, così, quando le aveva chiesto quel favore, Despina era stata felice di accontentarlo.

Suo padre le aveva porto alcune grosse banconote. « Piaţa Romană. Il negozio, lo conosci. E prendimi anche qualche busta. In carta di lino, se le trovi. »

Era la loro routine. Lei andava a comprargli qualunque cosa di cui avesse bisogno ed era autorizzata a tenersi il resto. Suo padre non faceva mai domande e c'era sempre qualcosa che attirava l'attenzione di Despina nelle vetrine sulla strada: un cappellino grazioso, una borsetta in seta, una sciarpa colorata che s'intonava ai suoi capelli.

Pensando a cosa comprare col denaro che avrebbe avanzato quel giorno, Despina aveva percorso i pochi isolati che la separavano da piaţa Romană, camminando senza fretta. Aveva attraversato la strada con la mente altrove, senza preoccuparsi di controllare il nome delle vie: conosceva la strada a memoria. Suo padre si riforniva in quel negozio da anni e lei conosceva piuttosto bene la proprietaria, la signora Zoltof. Così, quand'era entrata, si era stupita di trovare, al posto dell'anziana donna, un ragazzo in cima a una scala, impegnato a sistemare stecche di sigarette sugli scaffali al di sopra della cassa. Aveva pensato di essere entrata nel negozio sbagliato e stava per uscire, quando una voce sicura e amichevole l'aveva salutata dal piolo più alto.

« Buongiorno, signorina. » Il sorriso sulle labbra del ragazzo era caldo e lento, come se già la conoscesse.

Despina si era ritrovata a fissarlo, dimenticando le buone maniere. Un naso romano perfettamente dritto e occhi castano chiaro, che brillavano di una gioia non detta, come il cognac che vorticava sul fondo di un bicchiere. Mentre scendeva dalla scala, apparentemente senza sforzo, lei aveva osservato gli avambracci muscolosi, scuri come il miele in contrasto col bianco delle maniche arrotolate.

« Prego, si accomodi. Mi dica cosa posso fare per lei. »

Era tornata dentro, richiudendosi la porta alle spalle. « Ecco, vorrei della carta da lettere e dell'inchiostro, grazie. » Aveva pronunciato quelle parole in tono secco, alzando il mento, senza sapere bene perché. « Sono la figlia del signor Papodopulos. Una delle figlie, per essere precisi. » Si era sentita ridicola non appena aveva richiuso la bocca. Perché gli sarebbe dovuto importare di chi fosse suo padre? Era lì per comprare carta e inchiostro, sant'Iddio.

Eppure lui sembrava felice del fatto che si fosse presentata. Mentre la raggiungeva dalla parte opposta del bancone, passandosi una mano tra i folti capelli scuri, l'aveva nuovamente abbagliata col suo sorriso irresistibile. « Al suo servizio. Mi dica pure cosa desidera. »

Sentendosi avvampare, Despina aveva sviato lo sguardo, cercando di fissare gli occhi su qualcosa che le desse uno spunto di conversazione. Non voleva pensare al fatto che, sebbene fosse stata educata all'eleganza e alle buone maniere da quando riusciva a malapena a camminare, si stava comportando come una perfetta stupida. *Dio mio, che cosa sconveniente. È solo un commesso.* Si era voltata, mettendosi a esaminare le centinaia di campioni esposte sui ripiani degli scaffali a muro. « Vorrei cinquecento di queste buste », aveva detto, gelida, porgendogliene una. Non aveva idea di cos'avesse estratto dallo scaffale, ma poco importava. Mentre lui gliela sfilava dalle mani, le loro dita si erano sfiorate. Le guance di Despina si erano fatte ancora più rosse e lei aveva distolto ancora lo sguardo, mettendosi a giocherellare con le minuscole statuine di vetro di una teca. Sentiva addosso lo sguardo del commesso, che sorrideva divertito.

Anton aveva trovato posto nella sua vita sin dal primo istante, come la tessera mancante di un puzzle. Il padre di Despina - un ricco uomo d'affari greco che si era trasferito con la famiglia a Bucarest dopo la Grande Guerra - si era preso Anton sotto la propria ala senza esitazioni, sorpreso lui stesso di quanto fosse affezionato a quel ragazzo. Certo, Anton non era neanche lontanamente colto quanto Despina e la sua famiglia non era ricca, ma la sua figlia minore era cambiata in meglio così tanto da quando l'aveva conosciuto che lui non aveva nulla da ridire.

Da un giorno all'altro Despina aveva abbandonato l'armatura in cui si era rinchiusa da quando si erano trasferiti lì. Quando avevano lasciato la Grecia, dodici anni prima, Despina era una bambina con l'argento vivo addosso e gli occhi vivacissimi. A ventitré anni invece era quasi un'estranea per lui. Sì, era sbocciata, diventando una bellezza, ma di un genere che trasudava freddezza, distacco.

In quel periodo i suoi occhi erano tornati a splendere, però. Svolazzava di nuovo tra le stanze della loro casa, volteggiando in abiti di seta, con le braccia tese verso il cielo, e rideva, ammirando la bellezza e l'unicità di cose su cui non si era mai soffermata prima. La sua energia era contagiosa, smisurata, e si estendeva come un incendio. In breve tempo, tutti si erano ritrovati ad aspettare le visite di Anton con identico entusiasmo, sciamandogli attorno come se fosse il cardine della loro vita.

Non passava settimana senza un invito a cena o per il tè. Il ragazzo cominciava ad aspettare con ansia il momento delle sfoglie appena sfornate, ogni volta diverse, ripiene di formaggio, spinaci o susine, e del brandy invecchiato trent'anni, posato sul carrello bar della biblioteca un attimo prima del suo arrivo. Era lusingato dal suono di quelle giovani voci femminili, delicate come campanelle, che lo accoglievano alla porta, ed era felice quando si accalcavano tutti in macchina diretti a una festa, come se lui fosse già parte della famiglia.

Grazie al padre di Despina, Anton si era fatto una cultura su eventi mondani, politica e affari. Poi veniva l'arte, insieme col crescente apprezzamento dei piccoli lussi del loro stile di vita: calici di cristallo e posate con le iniziali, l'aroma dei sigari d'importazione, la meravigliosa sensazione degli abiti di seta e lino di cui Despina lo ricopriva, nonostante le sue proteste. Li indossava quando la portava all'Opera o alle corse dei cavalli, la domenica. Aveva imparato a consolidare il proprio fascino innato con un'eleganza studiata, a baciare la mano inguantata di una donna, guardandola negli occhi per un istante, a stringere la mano di un uomo con sicurezza, a esprimersi in un modo che induceva rispetto e ammirazione.

In breve, Anton e Despina erano diventati l'argomento dei salotti della numerosa comunità greca di Bucarest, un'immagine di fascino, eleganza e innegabile bellezza. Accanto ad Anton, Despina appariva ancora più bella e radiosa. A mano a mano che le settimane passavano e loro trascorrevano sempre più tempo insieme, in lei si faceva largo una sola certezza: il suo destino si era compiuto il mattino in cui il padre l'aveva mandata al negozio di cui Anton era ormai diventato proprietario, insieme con altri tre esercizi nei settori più floridi della città.

Da allora avevano avuto grandi gioie. Erano successe molte cose, e i momenti felici superavano di gran lunga le delusioni da cui nessun matrimonio era immune, alla lunga. Sembrava che fossero stati davvero fortunati. Di tutti i ricordi della loro vita insieme, quello che Despina rammentava con maggior emozione era un giorno dell'autunno 1935, quando lei e Anton erano usciti dalla Catedrală Patriarhală sulla collina del Metropolita, mano nella mano. Un fotografo aveva sventolato la mano per richiamare la loro attenzione – «Guardate da questa parte, la luce è perfetta» –, sgomitando per aprirsi un varco tra la folla festosa che occupava la scalinata. Persino anni dopo, quando guardava lo scatto nella cornice d'argento, le mancava quasi il respiro, non tanto per la bellezza che irradiavano nel bellissimo abito da sposa color crema e nello smoking nero brillante, quanto per ciò che l'obiettivo aveva catturato nel loro sguardo.

Mentre Despina sorseggiava il caffè, senza quasi rendersi conto che si stava ustionando il palato, il pendolo della sala da pranzo batté nove lenti rintocchi.

Impegnato nella lettura del giornale, Anton la guardò inarcando un sopracciglio, quindi posò il quotidiano accanto al piatto e addentò il pane tostato. « Quanto vorrei saper leggere nel pensiero. »

« Oh, non è nulla », mormorò lei.

« Dimmelo. »

« Non lo so, Anton. E se fosse l'ennesimo... l'ennesimo fallimento? » Detestava quella parola.

Anton rispose senza esitare, come se fosse l'unica opzione possibile. « Be', in quel caso ci riproveremo. »

Lei accennò un sorriso, già meno inquieta, grata per il suo ottimismo; sapeva però che era difficile anche per lui. La lieve indolenza del suo sguardo, che soltanto lei riusciva a cogliere, durante gli interminabili pomeriggi in cui si ritrovavano in compagnia delle sorelle di lei con la loro parata di marmocchi, le diceva cosa provava davvero nel profondo del cuore. Stava per dire che era meglio lasciar perdere, rimanere a casa e accendere il fuoco. C'era aria di neve.

« Despina, guardami, tesoro. »

« Anton... Credo che... »

« Non rinunceremo », la interruppe lui, con una severità rara. « Non rinunceremo finché non riterrai che è davvero ora di farlo. Cosa che, conoscendoti, cara la mia mogliettina testarda e bellissima, significa mai», aggiunse ridacchiando.

Despina sentì gli occhi che si colmavano di lacrime. Scosse la testa, un po' per nasconderle e un po' perché non sapeva che cosa dire. Voleva solo abbandonarsi tra le braccia del marito e dargli un bacio appassionato, ma poi lanciò un'occhiata all'orologio. Se davvero volevano andare, era meglio sbrigarsi.

Anton tirò indietro la sedia della moglie, le prese una mano e se la portò alle labbra. Despina intrecciò le dita alle sue e strinse forte. In quel contatto c'era tutto ciò che importava, e nessuno glielo avrebbe mai tolto, a prescindere da quello che la giornata aveva in serbo per loro.

3

Attraversarono la città della loro giovinezza come in un sogno. C'erano i picchi bianchi degli edifici art déco, il Palatul Telefoanelor, il gioiello della corona su Calea Victoriei, l'Hotel Capitol, con la sua elegante facciata belle époque, dove tante volte avevano sorseggiato drink spumosi nelle calde serate estive. Non c'erano più persone eleganti ad abbellirne la balconata curva con le ringhiere in ferro battuto, né luci accese dietro le ampie finestre; persino i ponti che collegavano le sponde della Dâmbovița sembravano abbandonati. Il triste viale sboccò presto nella piazza più grande della città, ed ecco il Palatul Regal, con le sue file lunghissime di finestre. Ai cancelli, un pugno di guardie immobili come statuine di cera teneva lo sguardo inespressivo fisso sulla splendida piazza, la cui pavimentazione, un tempo calpestata da centinaia di piedi, splendeva immacolata sotto uno strato di neve fresca.

Non chiacchierarono molto con l'autista. Era difficile scambiarsi convenevoli sugli indicibili avvenimenti che negli ultimi giorni avevano scosso la città. Tuttavia Anton cercò più volte di spezzare il silenzio, accennando al drastico calo subito dai suoi affari. «Chi può volere i tartufi che vendo, in un momento come questo?»

L'autista mosse appena la testa nella sua direzione, annuendo. Sul sedile posteriore, Despina appoggiò il capo al finestrino gelido, guardando gli enormi, pesanti fiocchi che cadevano sul parabrezza, riducendosi a stelle minuscole. Avrebbe voluto che tutto ciò che aveva visto sparisse allo stesso modo, tramutandosi in acqua per evaporare dalla sua mente.

Tre giorni di carneficina, coi quartieri in fiamme, i cadaveri ammucchiati sul ciglio delle strade, finestre rotte e anime straziate, donne che urlavano e il tanfo di carne bruciata. Uomini che sparivano dal giorno alla notte, che si lanciavano dai palazzi con le armi puntate contro la schiena, e il frastuono degli spari al Parcul Cişmigiu. La gente marciava nelle strade brandendo cartelli che recitavano GLI EBREI SONO IL NEMICO e RISOLVIAMO LA QUESTIONE EBRAICA. In molti avevano dipinto una croce cristiana sulla porta, per evitare che la propria casa venisse vandalizzata e la facciata distrutta. Magari erano persone che conosceva, gente perbene, studenti e lavoratori, ragazzi del liceo e gendarmi che avevano giurato di proteggere i cittadini di Bucarest. Alle loro spalle, la folla manifestava coi pugni levati e con toni accesi, coperta dall'anonimato di quell'odio condiviso. Era ormai normale vedere auto che bruciavano in mezzo ai viali, uomini e donne trascinati in strada, percossi e presi brutalmente a calci.

La sera, la furia scemava, ma la paura nell'animo della gente si faceva più acuta. Tutti sprangavano presto le persiane, chiudevano le finestre e tiravano le tende, accendendo la radio per zittire il mondo esterno. Parlavano con indifferenza di loro conoscenti, dei bambini o di quello che avrebbero mangiato per cena, mentre in strada la Guardia di Ferro e il Movimento Legionario marciavano con le baionette inastate.

Correva voce che il braccio armato rumeno di stampo nazista, meglio noto come gli Squadroni della Morte, fosse il più temuto d'Europa. Notte dopo notte, le sue guardie pattugliavano i quartieri della città nelle uniformi verdi, con la croce uncinata sulla manica. Il tonfo degli stivali che marciavano in sincronia perfetta, le voci che si alzavano e calavano all'unisono, intonando il loro inno sinistro, si sentiva a diversi isolati di distanza:

Morte, solo la morte di un Legionario
è la nostra più ambita unione,
per la Santa Croce, per la patria,
sfidiamo foreste e montagne conquistiamo.

Despina rifletté che i rumeni erano sempre stati animati dal patriottismo, tuttavia era un'energia diversa ad alimentare quegli eventi, qualcosa che il suo amato Paese aveva abbracciato, un'ideologia deprecabile che lo toccava nel profondo e poco alla volta gli aveva rubato l'anima. La mano di Hitler si allungava verso il cuore dell'Europa centrale e orientale, anche se non aveva forze sul campo. Per il momento. E presto quella mano avrebbe stretto il collo del popolo rumeno.

Un pomeriggio, poco dopo le vacanze, aveva assistito lei stessa a uno di quegli episodi, mentre tornava a casa con le borse della spesa. La maggior parte dei negozi del suo quartiere aveva chiuso, in risposta ai continui saccheggi, e lei aveva camminato quasi due ore per trovare una drogheria che ancora avesse un po' di farina, uova e olio. Sulla strada del ritorno, con le sue sporte pesanti, aveva preso una scorciatoia, sebbene avesse promesso ad Anton di rimanere sui viali principali e di stare accanto alle persone che vedeva per strada. Prima di rendersene conto, si era ritrovata in un labirinto di vicoli ricoperti di schegge di vetro e mucchi di macerie bruciate. Anton si sarebbe infuriato se avesse saputo che aveva vagato da sola in quel quartiere razziato, ma lei camminava impavida.

Ben presto era arrivata in Negru Vodă, un viale tranquillo fiancheggiato da enormi querce centenarie. Era una zona piacevole, dove una volta i passanti si prendevano il tempo di salutare, sorridere e stringersi la mano, mentre i bambini giocavano a rincorrersi tra le gambe dei genitori. Quel giorno, però, quand'era arrivata all'angolo Despina si era fermata, trasalendo.

La Grande Sinagoga, uno degli edifici più antichi della città, era in fiamme. I Legionari ballavano attorno al fuoco, urlando di gioia e dandosi pacche sulla schiena. Avevano cosparso i muri di benzina e il tempio era stato devastato dal fuoco. Non rimaneva traccia della sua architettura eclettica. La Menorah e le Antiche Scritture erano andate perdute. Non erano rimasti neppure i bagni.

I volti di quegli uomini erano il ritratto del piacere, coi sorrisi ampi e gioiosi, grotteschi sullo sfondo delle fiamme che avvolgevano i resti dell'edificio. Despina era rimasta pietrificata, incapace di muovere un passo. Uno dei soldati le aveva rivolto uno sguardo sfacciato, accompagnato da un ghigno lascivo, e si era inchinato, sfiorando terra col braccio. Lei si era voltata, mettendosi a camminare più veloce che poteva, con l'eco frenetica dei tacchi che risuonava lungo il marciapiedi. A un certo punto si era messa a correre, disperata: voleva soltanto arrivare a casa il prima possibile, liberarsi dell'orrore che le serrava la bocca dello stomaco e del sapore della bile che le era risalita in gola. Il solo pensiero della scena che si era trovata davanti la fece ancora rabbrividire nauseata. Non era l'unica a sentirsi così, ne era sicura.

Qualcuno sosteneva che lo stesso Hitler fosse preoccupato per la violenza esplosa a Bucarest dal giorno alla notte, così feroce che rischiava di sfuggirgli di mano. Preferiva un approccio tattico per diffondere la sua visione e una guerra civile non rientrava affatto nel suo progetto per la Romania. Ma il Movimento legionario aveva giurato fedeltà alla Germania e ai principi nazisti di Hitler, ed era pronto a sacrificare la vita dei suoi stessi iscritti, delle loro famiglie e degli amici d'infanzia a quello scopo. La brava gente di Bucarest, la folla, aveva seguito l'onda, sicura di rimanere impunita, coperta dall'anonimato.

Despina era ancora immersa nei suoi pensieri quando la Buick si fermò di fronte a un cupo edificio a due piani, con l'intonaco cadente e un tetto in metallo a buon mercato. Sul muro sbiadito dell'ingresso, una targa blu scuro indicava che erano arrivati a destinazione.

L'autista scese e girò attorno al veicolo per aprire la portiera dal lato di Despina, porgendole la mano guantata. Il cuore le batteva all'impazzata mentre scendeva e si stringeva addosso il cappotto. Avevano atteso a lungo quell'appuntamento, dopo numerosi tentativi infruttuosi di fissare una visita con la direttrice. Solo quando Maria, la cugina di Despina, aveva perorato la loro causa, implorando un incontro, i cancelli si erano finalmente aperti. *Qui non vendiamo bambini. I loro soldi non hanno valore, per noi,* si era sentita rispondere. Poi nell'orfanotrofio già sovraffollato era arrivata quella bambina e la signora Tudor aveva infine accolto le suppliche incessanti di Maria.

La cugina passava tre giorni a settimana all'istituto a fare il bagno ai bambini, a dare loro la pappa, a tagliare capelli e a medicare ferite, a dispetto delle proteste del marito e delle occhiate esterrefatte delle amiche, incapaci di comprendere quella dedizione irremovibile. *Perché dia-*

mine lo fa? si chiedevano, quando si ritrovavano ai tavolini all'aperto di un locale, alle corse dei cavalli, da un sarto o in una pasticceria sulla trafficata strada Lipscani, dove andavano a comprare i dolci per i bambini. *E che dire di quel poveretto del marito? Che figura ci fa?* commentavano, mentre Maria preparava la colazione, metteva a scaldare l'acqua per il bagno e curava l'anima e il corpo di quei figli di nessuno.

Despina sapeva cosa si celasse nel segreto del cuore della cugina, la sua più cara amica, con cui condivideva non solo una somiglianza straordinaria, ma anche un legame infinitamente più forte di quello con le sue sorelle.

Sapeva quanto Maria sentisse la mancanza del suo bambino, il suo unico figlio. Despina lo aveva visto per l'ultima volta a nove anni, in un letto d'ospedale, malato di tifo. Se n'era andato così in fretta che Maria era riuscita a malapena ad accarezzarne il corpicino tremante, a confortarlo con parole d'amore in quegli ultimi istanti di vita. Era per lui che lavorava all'orfanotrofio, offrendo i resti del proprio cuore a quei poveri bambini smarriti.

Un dolore comune che le avrebbe unite per sempre. Con quel pensiero, Despina si aggrappò al braccio di Anton e lo seguì oltre il portone in legno, verso quell'ultima possibilità, il posto in cui il loro sogno non era ancora svanito.

4

Si fermò, colpita all'improvviso da un odore che non riusciva a identificare, qualcosa di marcio che l'aveva stordita come un pugno. Immondizia, capì, appoggiandosi al muro. All'improvviso le ginocchia non la reggevano più e il cuore batteva troppo forte, mentre lei osservava lo squallido cortile dell'orfanotrofio San Paolo. In mezzo c'era un bidone di metallo, accanto a una quercia dai rami spogli, tesi verso il cielo plumbeo come in un'invocazione. Decine di bambini urlanti con la medesima uniforme logora color kaki si rincorrevano attorno all'albero, giocando ad acchiapparello, come se quel fetore non li infastidisse minimamente.

Coprendosi il naso con la mano, Despina avanzò tentennando sull'acciottolato irregolare, cercando di soffocare l'apprensione che si era impadronita di lei. Solo a guardare quei poveri piccoli – pallidi come stracci, col naso che gocciolava, coi capelli rasati, con le ginocchia coperte di croste e con lo sguardo vacuo – si sentiva sopraffare da una tale tristezza che sarebbe voluta fuggire. Perché lei e Anton erano lì? Che cosa speravano di trovare, in un posto come quello? Era stato un errore. *È un errore,* avrebbe voluto dire ad Anton, mentre si aggrappava al suo braccio.

Poi lui si girò a guardarla con un sorriso che gli illuminava il volto, come se stesse osservando un gruppo di bambini che giocava al parco, in una domenica di sole. «Vieni, tesoro. Va tutto bene.» La cinse con un braccio e la guidò con dolcezza attraverso il cortile, verso quello che sembrava l'edificio principale.

L'avevano quasi raggiunto, quando un ragazzino rachitico di una decina d'anni spuntò accanto a loro, svolgendo e riavvolgendo uno yo-yo con un'abilità sorprendente. «Siete in gita presso questo meraviglioso orfanotrofio? Per darci un'occhiata? Io sono il miglior calciatore del mondo. E so contare gli spiccioli.»

Anton si frugò nelle tasche del cappotto ed estrasse una banconota, che porse al ragazzino senza nemmeno guardarla. Lui gliela strappò di mano avidamente e sgranò gli occhi per la sorpresa mentre se la rigirava davanti al naso, cercando di capire quanto valesse. Poi si chinò per infilarsela in una calza. «Grazie, grazie, signore!»

«Prego. Potresti fare qualcosa per noi, in cambio? Puoi portarci all'ufficio della direttrice?»

«Non sarà necessario», disse una voce brusca e acuta alle loro spalle.

Si voltarono confusi verso la signora Tudor, una donna di mezza età dall'aria impettita, coi capelli sale e pepe stretti in un severo chignon e con uno scialle grigio sulle spalle esili.

La donna lanciò un'occhiata all'orologio da polso e spostò lo sguardo su Despina, che non poté fare a meno di arrossire a quel chiaro rimprovero. «Vi stavo aspettando. Lei dev'essere la cugina di Maria.»

«Sì.» Era stato Anton a rispondere, in tono cordiale, poiché sua moglie sembrava ammutolita. Strinse la mano alla direttrice con un entusiasmo esagerato e rimase di ghiaccio quando lei la sfilò dalla sua presa, nascondendosela dietro la schiena rigida.

«Bene. Da questa parte.» Il sorriso di cortesia della signora Tudor non le raggiungeva lo sguardo. Li guidò a passo di marcia lungo un corridoio che sapeva di ammoniaca e vernice fresca, senza mai voltarsi. Poco più avanti li fece accomodare in un ufficio piccolo quanto un ripostiglio, e indicò le sedie davanti alla scrivania. « Prego, accomodatevi. »

Obbedirono. Anton si sfilò i guanti, appoggiandosi allo schienale, mentre Despina rimase sul bordo della seduta.

La signora Tudor spariva quasi dietro l'ampia scrivania di legno. « Per cominciare, vorrei informarvi di alcune cose. » Si fermò, spingendosi gli occhiali enormi sul naso, e aprì un fascicolo. « La bambina di cui avete chiesto notizie... è particolarmente introversa. Di sicuro Maria vi ha già detto che è arrivata qui a fine gennaio, in circostanze insolite. Pare che sia stata trovata di fronte a un palazzo su bulevardul Dacia dalla custode, la quale l'ha tenuta con sé durante la notte e l'indomani l'ha portata al commissariato di zona, nella speranza che qualcuno avesse chiesto notizie della piccola. Nessuno lo aveva fatto, a quanto pare, così la polizia l'ha accompagnata qui. » Si schiarì la gola e prese un sorso dell'acqua che aveva sulla scrivania. « Quand'è arrivata sembrava più o meno normale, in salute fisica e mentale, ma... non ha pronunciato nemmeno una parola. Ci hanno assicurato che sapeva parlare. In qualche modo la custode era riuscita a farsi dire non solo il nome, ma il giorno e il mese di nascita, eppure sembra... » La signora Tudor esitò, come se cercasse l'espressione più adatta. « ... del tutto *assente*. L'unica cosa che pare interessarle è un vecchio pianoforte che abbiamo relegato da tempo in magazzino. Ci si siede davanti e batte sui tasti per ore. A volte si rifiuta persino di scendere a cenare. Be'... » Chiuse il fascicolo e lo scostò con un gesto nervoso. « Volete ancora vederla? » La signora Tudor voleva accantonare la questione il più in fretta possibile. Era sicura che, non appena quei due avessero visto la bambina, l'incontro si sarebbe concluso. Di certo non volevano un'orfanella macilenta, soprattutto se sembrava persa in un mondo tutto suo. La gente come loro, con gli abiti costosi e la macchina parcheggiata accanto al marciapiedi, non aveva idea di cosa significasse prendersi cura di tutti quei bambini e gestire un orfanotrofio. Nascose il proprio rammarico, gli angoli delle labbra curvi a esprimere in silenzio il proprio biasimo.

« Sì, certo che vogliamo vederla. Non è vero, caro? » rispose Despina, con grande sorpresa della direttrice.

Anton annuì. Non tradì altra emozione che un sorriso paziente, mentre stringeva la mano della moglie.

Era tutto il sostegno di cui Despina aveva bisogno. Si voltò di nuovo verso la signora Tudor, con uno sguardo di sfida.

« Benissimo. Se ne siete *sicuri*. Ma credo che prima dovrebbe vederla lei, signora. Da sola. »

« Da sola? Ma la decisione non è soltanto mia. Mio marito... »

« Certo, ma *da sola* sarebbe meglio. Dopo tutto quello che la povera creatura ha passato, credo di doverle risparmiare un esame collegiale. » La signora Tudor si era già alzata e aveva aperto la porta, come per metterla alla prova.

Despina la seguì esitante e si voltò a guardare il marito un'ultima volta.

« Non mi muovo da qui. In ogni caso, amore mio, sarà il tuo cuore a dirti tutto ciò che ti serve sapere », le disse lui.

Despina camminava avanti e indietro nella stanza. Attraverso una piccola finestra protetta dalle inferriate, lanciò un'occhiata al cortile in basso. I bambini erano spariti. *Saranno in classe,* si disse, prima di rendersi conto che forse non c'erano aule, in un posto come quello. Non c'erano libri, né giocattoli. Nulla, tranne un vuoto temporale che si prolungava all'infinito. Con un grosso respiro, prese posto su una seggiola per bambini e aspettò.

Passò un po' di tempo – non avrebbe saputo dire quanto – prima che lo scatto della serratura la riscuotesse dai suoi sogni a occhi aperti.

« Vieni, tesoro, entra. » La voce della direttrice era di una tenerezza sorprendente, mentre sospingeva una sagoma ossuta nella stanza.

La piccola non doveva avere più di quattro anni: le arrivava a malapena alla cintura. Era bella, nonostante la testa rasata e l'incarnato pallido segnato dalla sporcizia. Le labbra a cuore e gli zigomi alti, uno dei quali impreziosito da un neo, simile a un punto a fine frase, la facevano sembrare una fragile bambola di porcellana. E gli occhi... Despina non ne aveva mai visti di così belli. Verde muschio, come uno stagno in piena estate. Le sorrise. « Ciao. » Si alzò di scatto, facendo quasi cadere la borsetta.

Nei lunghi istanti che seguirono, si scoprì a tremare in quella stanza dove il tempo sembrava essersi fermato. Furono i secondi più importanti della sua vita, sebbene non succedesse nulla. La bambina non alzò nemmeno lo sguardo dal pavimento in legno: rimase a dondolare, con un disagio quasi tangibile, tirando su col naso e strofinandoselo sulla manica dell'uniforme.

« Prendi, forse ne hai bisogno. » Despina frugò nella borsetta in cerca del fazzoletto. Lo tirò fuori, ma rimase nelle sue dita come una bandiera bianca a mezz'asta, inutile, e alla fine lei abbassò la mano. Poteva bastare a farle gettare la spugna, a suscitare uno sguardo o un gesto che avrebbe messo fine a ogni cosa. Ma Despina riusciva solo a fissare quella minuscola creatura, come se ogni altra cosa nella stanza fosse stata inghiottita dalla nebbia.

Dov'era la sua Shirley Temple? Dov'era la bambina dei suoi sogni, coi riccioli biondi e con un sorriso capace d'illuminare la stanza? Era così che se l'era immaginata, quando avevano deciso di tentare l'adozione. Un fagottino biondo dalle guance paffute e con due splendidi occhi azzurri. Una bambina di fronte alla quale la gente si sarebbe fermata per strada, sorridendo, l'immagine di un angelo biondo e gioioso. La piccola che aveva davanti era quanto di più lontano possibile da quel sogno, eppure qualcosa di quella creatura fragile e malaticcia, che non la guardava nemmeno negli occhi, le toccava il cuore in un modo che non riusciva a spiegare.

Si abbassò davanti a lei, attenta a non spaventarla, e sfiorò il contorno del cranio rasato. La piccola trasalì, come se l'avesse punta, ma un attimo dopo i suoi incredibili occhi verdi si sollevarono verso di lei, timidi all'inizio ma via via più coraggiosi, fino a trovare quelli colmi di lacrime di Despina, che aveva ormai deciso. Anton aveva ragione, alla fine. Il suo cuore le aveva parlato davvero, forte quanto le campane della chiesa che avevano cominciato a suonare in lontananza.

Nelle sei settimane successive, Despina arrivò con grande anticipo alle visite all'orfanotrofio. Era spesso da sola, tranne quando Anton riusciva a liberarsi dagli impegni di lavoro, e allora passeggiavano nel parco a pochi isolati di distanza con la piccola in mezzo a loro. Terminate le esplosioni di violenza, su Bucarest sembrava essere scesa una pace cupa; potevano così fermarsi per un po' su una panchina, a mangiare le sfoglie che Despina aveva preparato la sera prima. Altre volte compravano pretzel coi semi di papavero appena fatti dall'ambulante all'ingresso del parco. Despina portava sempre con sé un libro nuovo. Mentre si avventuravano tra fiabe e leggende, la bambina sedeva con la testa appoggiata alla sua spalla, coi capelli color rame scuro che crescevano pian piano. Ancora non parlava, ma Despina sentiva sempre meno il bisogno di uno scambio verbale. Era felice di sedersi accanto a lei al Parcul Cişmigiu, all'ombra delle statue di poeti e musicisti famosi, a guardare i cigni che scivolavano sul lago. Le giornate diventavano più calde, sebbene l'aria fosse ancora frizzante, e il sole accarezzava i loro volti pallidi. Per qualche breve istante, l'orrore dell'inverno appena trascorso sembrava appartenere a un altro mondo.

Anni più tardi, dopo i cambiamenti che il futuro aveva in serbo, le perdite e i nuovi inizi che avrebbero ridisegnato la sua vita in un modo che lei non avrebbe mai immaginato possibile, Despina sarebbe tornata su quella stessa panchina, dove per un breve periodo si era sentita completamente felice, nonostante la guerra che infuriava in Europa. Avrebbe custodito per sempre nel cuore il meraviglioso pomeriggio in cui, stringendo la mano della bambina, l'aveva guidata per l'ultima volta attraverso il cortile pieno di bambini e il portone di legno dell'orfanotrofio San Paolo.

5

Stefan girava la manopola, cercando una stazione radio che si ricevesse decentemente, ma la voce dell'annunciatore andava e veniva, e non si capiva nulla. Inforcò gli occhiali dalla montatura in metallo e si sistemò alcune ciocche bionde sulla fronte, un gesto inconsapevole con cui nascondeva la prematura calvizie. Ad appena quarant'anni, ne dimostrava parecchi di più e si sentiva molto più vecchio della moglie, Maria, che era riuscita a mantenersi giovane e piena di energia sebbene fosse solo cinque anni più giovane. In quello stesso momento gli ronzava attorno, indaffarata a spolverare la mensola del camino, a spostare i vasi sul davanzale e a sistemare i piatti nella vetrinetta delle porcellane, come se ne andasse della sua vita.

Era sempre stata scrupolosa al riguardo, ma non si trattava di un accanimento contro lo sporco o il disordine: lo faceva per tenersi impegnata e aggrapparsi alla routine, per concentrarsi su qualcosa di diverso dai singhiozzi strazianti che provenivano dal piano superiore. Le grida di quella donna passavano attraverso il soffitto e ogni fessura della casa, a tutte le ore.

« Non se ne andranno mai? Non ce la faccio più, credimi », diceva Maria, pur sapendo che era una domanda inutile e che non avrebbe mai ricevuto risposta.

Stefan alzava gli occhi dalla radio e scuoteva la testa, come a dire: *Non adesso, ne parliamo più tardi.*

Sospirando, Maria tornava a pulire le flûte per lo

champagne. In tutti gli anni che erano stati sposati, si era sempre piegata al volere del marito, lasciando che prendesse lui tutte le decisioni importanti. Si fidava di Stefan incondizionatamente: se c'era una cosa di cui era sicura, era che il marito avesse un'intelligenza straordinaria e una morale irreprensibile. In dieci anni di vita insieme, era stato incaricato di prendere decisioni cruciali per conto di alcune delle famiglie più in vista di Bucarest, che si rivolgevano a lui per redigere un testamento, gestire i propri investimenti o per un consiglio in una difficile situazione personale. E lui custodiva con scrupolo ogni loro segreto, non solo per una questione di professionalità o perché era pagato per farlo, ma perché era un uomo d'onore.

Tuttavia Maria temeva che quella decisione in particolare fosse stata presa con una fretta insolita. Erano tempi pericolosi e imprevedibili, e Stefan lo sapeva meglio di chiunque altro. Eppure, nonostante le sue infinite proteste, nonostante il rischio enorme che correvano, con quella donna che non la smetteva più di piangere, in soffitta, lui non voleva mandarli via. Neppure quando quella poveretta ululava come se le stessero strappando gli arti a uno a uno, Maria riusciva a fargli ammettere che era davvero troppo, che doveva accontentarla, almeno per quella volta.

Stefan le accarezzò le spalle. « Maria, devi perdonarmi, ti prego. Sto facendo tutto quello che è in mio potere, ogni giorno, ma sai bene che non posso lasciarli in mezzo alla strada. Sarebbe come ucciderli con le mie stesse mani. »

La moglie scosse ancora la testa e chiuse con delicatezza lo sportello della vetrinetta. « Lo so, ma non possono continuare così. Quanto resisteranno, di questo passo? Nessun essere umano può sopportare una cosa del genere. »

Era difficile stabilire con esattezza da quanto tempo la coppia vivesse in quella soffitta buia, senza finestre né bagno. Non c'era cibo da spartire, in quei giorni, eppure Maria faceva l'impossibile. Riusciva a tenere da parte un po' di pane fresco e di verdure in scatola, gli avanzi di uno stufato che lasciava accanto alla porta insieme con una caraffa di acqua fresca e di tanto in tanto una bottiglia di vino, che nessuno toccava. Erano almeno tre settimane, si disse Maria. Tre settimane di paura, di discussioni che mettevano lei e Stefan in disaccordo come mai prima di allora, sebbene sapesse che il marito non poteva fare molto e che non avrebbe potuto decidere altrimenti, e sebbene, nel profondo di sé, non potesse che amarlo per il suo coraggio.

Quella sera, quando si era svegliata di soprassalto sentendo bussare alla porta, aveva pensato che qualcuno fosse venuto a cercare il marito per un'emergenza di carattere legale. Era già successo che venissero a chiamarlo nel bel mezzo della notte per una modifica dell'ultimo minuto a un testamento, chiedendogli di fare in fretta, poiché non c'era un minuto da perdere. Così era rimasta basita quando, aprendo la porta, si era trovata faccia a faccia non col figlio o con la moglie di un anziano cliente, bensì con una coppia di nemmeno trent'anni.

La donna non portava nemmeno un cappotto sul sottile vestito in cotone con l'orlo strappato che le penzolava sulle gambe nude, mentre il vento gelido sferzava il suo fisico asciutto, eppure non dava segno di volersi coprire.

Accanto a lei, un uomo dai capelli biondi tremava in maniche di camicia. Le mani erano sporche, quasi nere, come se le avesse affondate nel carbone. «Siamo mortificati di doverla disturbare a quest'ora. Speravo di poter parlare con suo marito, se è ancora sveglio.»

Una macchina era passata in strada, e alla luce dei fari Maria era riuscita a scorgere il viso della donna. I lineamenti delicati erano segnati dall'angoscia e gli occhi fissavano il vuoto.

Maria aveva sorriso nervosa, scossa da un brivido. « Sì, certo. »

In quel momento, Stefan era apparso alle sue spalle, in vestaglia di flanella e ciabatte, sistemandosi gli occhiali. Aveva strizzato le palpebre per vederci meglio e all'improvviso era impallidito. « Prego, entrate pure. »

Mentre i due si facevano avanti, esitando, per un momento Maria aveva creduto di riconoscere l'uomo. Le sembrava di averlo già visto, ma non riusciva a ricordare dove. Era invece sicura di non avere mai visto la donna prima di allora.

Mentre guidava la coppia su per le scale, Stefan si era voltato e aveva stroncato il suo sguardo interrogativo. « Maria, ci porteresti del tè nello studio, per favore? »

Lei avrebbe voluto protestare, ricordargli che era tardi, ma qualcosa nella voce del marito le aveva suggerito di non discutere. Poco dopo era salita con le tazze di porcellana e la teiera bollente, ma sebbene avesse bussato con insistenza Stefan non aveva aperto la porta. Quando aveva aperto lei stessa l'uscio della stanza debolmente illuminata, aveva capito che, qualunque fosse il problema, non si trattava di una questione ordinaria. La donna era sprofondata nella poltrona di pelle marrone accanto alla libreria, china sulle ginocchia, la testa fra le mani, i lunghi capelli castano ramato che sfioravano il pavimento. Non aveva nemmeno alzato lo sguardo quando lei era entrata e aveva posato il vassoio sulla scrivania.

Più tardi, nella sua stanza, aveva continuato a sentire le loro voci mentre cercava senza successo di addormentarsi. Le ore passavano e nella sua testa i pensieri si rincorrevano senza sosta. Sapeva che il marito si era dovuto occupare di numerosi casi delicati, nascondendo chissà quante verità sotto il velo della segretezza professionale. Quella volta, però, c'era qualcosa d'insolito. Qualunque cosa stesse succedendo sotto il suo tetto, non era una questione professionale.

Quando Stefan si era infilato nel letto, la stanza era già inondata dal bagliore rosa dell'alba. Non si era premurato di fare piano, poiché immaginava che Maria fosse sveglia. E di certo nessuno dei due avrebbe dormito, ormai. Si era voltato verso di lei, sapendo che si aspettava un chiarimento. « Non posso dirti perché devo farlo, ma, ti prego, non cercare di dissuadermi. »

Lei aveva tenuto gli occhi fissi sulla cornice del soffitto. « Direi che mi merito almeno una spiegazione. Chi sono quei due? E perché sono qui, a casa nostra, a quest'ora? »

« Ti dirò tutto. Presto ti spiegherò ogni cosa. Adesso, però, ti prego, t'imploro di permettermi di aiutarli. Devo la vita al padre di quel ragazzo, capisci? *La vita.* » Dopo un prolungato silenzio, durante il quale Maria era rimasta immobile, Stefan aveva ripreso a parlare: « Non sarà per molto ». Era difficile non dirle la verità, non raccontarle tutto ciò che sapeva sulla famiglia di quel poveretto. Ma era sicuro che Maria avesse già capito il motivo per cui quei due si erano presentati alla loro porta in quello stato, a mezzanotte e mezzo. « Sarà una cosa breve, troverò loro un posto in cui andare. Li terremo qui solo per qualche giorno, al massimo un paio di settimane, finché le acque non si saranno calmate. Finché questa follia non sarà finita. »

A quel punto Maria non era più riuscita a trattenere l'angoscia che le montava dentro da ore. «Sei impazzito? Hai perso completamente la ragione? Come fai a promettergli una cosa del genere? Non capisci che saremo arrestati insieme con loro, ci metteranno al muro e ci ammazzeranno in strada, come cani randagi? Che cosa succederà alla nostra famiglia, alle persone che ci sono vicine? E cosa sarà di te? Perderai tutti i clienti!»

Da quando si erano sposati, non gli si era mai rivolta con quel tono, ma poco importava: ne aveva abbastanza di essere comprensiva, di non alzare mai la voce, di non perdere mai il controllo. Non le importava che i due ospiti nascosti in casa la sentissero, né che i vicini udissero ogni parola.

Stefan si era tolto le coperte di dosso, saltando giù dal letto, e si era messo a camminare avanti e indietro, trascinando i piedi sul morbido tappeto turco. Per un po' non aveva detto nulla, ma poi era sbottato: «Maria, l'hai sentita piangere? Lo sai perché non ha mai smesso, dall'attimo in cui è entrata?»

Maria era rimasta in silenzio. Non aveva intenzione di cedere, quella volta.

«Hanno dovuto abbandonare la loro unica figlia.» Stefan sapeva che era l'unica informazione che avrebbe cambiato ogni cosa.

Lei era rimasta a fissarlo, portandosi le mani alla bocca per poi lasciarle ricadere. Le si erano colmati gli occhi di lacrime e Stefan aveva indovinato a cosa stava pensando: il suo unico figlio, il loro adorato bambino, che non avrebbero mai più rivisto.

Sopraffatto dalla tristezza, le si era seduto accanto, prendendole una mano, e aveva parlato con voce strozzata. « Ti dirò tutto, tesoro. Ti dirò ogni cosa, se me lo permetti. »

Maria aveva ascoltato in silenzio, mentre la pigra luce rosata dell'alba disegnava le sagome degli alberi spogli e dei tetti ricoperti di ghiaccio dalla parte opposta della strada. Mentre Stefan le raccontava i fatti che avevano condotto la giovane coppia alla loro porta, lei aveva capito quale fosse la posta in gioco e che nulla avrebbe allontanato il marito dalla strada che aveva scelto d'imboccare.

6

Era cominciato tutto la sera precedente, subito dopo cena. La giovane coppia si preparava per andare a letto, quando qualcuno aveva bussato alla porta del loro appartamentino. In un primo momento la donna aveva pensato che fosse l'anziana vicina che veniva di nuovo a chiedere qualcosa in prestito. Di solito era un po' di farina o di zucchero. Lei non sapeva dire di no, sebbene i soldi fossero pochi e loro stessi riuscissero a malapena ad andare avanti. Era tardi, e aveva pensato di ignorarla, sperando che desistesse, ma i colpi erano diventati sempre più insistenti e a un certo punto aveva dovuto cedere. Quando infine aveva aperto l'uscio, con sua grande sorpresa si era trovata davanti un poliziotto con un impermeabile scuro e il cappello calcato sulla fronte.

Con un sorriso gentile, l'uomo si era levato il cappello. « Buonasera, signora. Suo marito è in casa? Vorrei parlargli un attimo, se non è un problema. »

Lei lo aveva guardato con sospetto, ma, visto che il tono era stato gentile, quasi di scusa, si era scostata per lasciarlo entrare. « Certo... Chi lo cerca, per cortesia? »

« Buonasera », aveva ripetuto l'altro, per tutta risposta, e lei ci aveva messo un attimo a capire che si era rivolto a suo marito.

Si era tolto la cravatta, e aveva ancora le mani bagnate dopo aver lavato i piatti. Mentre si avvicinava si era srotolato le maniche della camicia.

«Sua moglie è stata così gentile da lasciarmi entrare. Spero di non dare problemi, vista l'ora.»

Si erano seduti al tavolo, come vecchi amici davanti a un bicchiere di brandy dopo una faticosa giornata di lavoro. L'orologio ticchettava alle loro spalle, a tempo con le loro voci, costante e sereno. Era passata un'ora, forse due, e il marito non aveva ceduto di un millimetro, eppure si capiva che era sopraffatto dalla stanchezza: continuava a sfregarsi gli occhi, e sulla fronte e sul labbro superiore erano apparse minuscole gocce di sudore. Mentre loro parlavano, lei aveva finito di pulire la cucina e aveva messo a letto la piccola, poi era andata nell'altra stanza, camminando avanti e indietro cercando di non fare rumore, perché non capissero che era ancora sveglia. C'erano state domande, domande infinite riguardo al suocero e al suo precedente incarico in parlamento, riguardo alle attuali mosse del sovrano. Poteva significare soltanto una cosa, per loro.

Pochi mesi prima, l'abdicazione di re Carlo II aveva lasciato esterrefatta l'intera Europa. Il sovrano era fuggito sotto una pioggia di proiettili, braccato come un animale. Non che fosse mai stato molto amato dai sudditi, ma, nel breve periodo precedente la rinuncia al trono, l'antipatia della gente era aumentata, alimentata dalla cessione di parte del territorio rumeno all'Ungheria e alla Russia a titolo pressoché gratuito. La goccia che aveva fatto traboccare il vaso e provocato ribellioni e tumulti, però, era stata il rifiuto di rinunciare a Magda Lupescu, la sua amante storica, per la quale aveva sacrificato il regno e la legittima moglie, madre del suo unico figlio. Mentre la folla vomitava insulti e oscenità, i bambini lanciavano pietre contro il convoglio reale che si muoveva rapido lungo le strade di Bucarest, con Magda e Carlo abbassati sul sedile posteriore della Rolls-Royce.

« Morte alla puttana ebrea! » urlava la folla, mentre i due risalivano correndo le scale del Palatul Regal, in cui Magda viveva da anni, come una regina di fatto.

Il punto di non ritorno era stato raggiunto quando le finestre del palazzo erano state centrate dagli spari. Quella notte Carlo e Magda erano fuggiti su un treno diretto in Spagna, portando con sé il minimo indispensabile, pochi bauli e un pugno di amici fidati. Poiché il principe Michele era ancora un bambino, alla guida della Romania era salito il braccio destro di Hitler, il generale Antonescu. I suoi Legionari, in preda a una follia omicida, avevano ucciso di lì a poco sessanta ex funzionari di Carlo II, trasformando la città in un campo di battaglia.

« Ho già risposto a tutte le sue domande, signore. Mio padre non parlava mai di questioni di lavoro con nessuno, tantomeno con me », aveva detto suo marito al poliziotto.

« E che cosa mi dice delle scampagnate che faceva da bambino? È comprovato che suo padre fosse un amico d'infanzia di Magda Lupescu. C'era anche lei, in quelle occasioni? »

« Di chi sta parlando? »

« Dell'amante del re. La donna che ha aiutato suo padre a ottenere una poltrona in parlamento, che teneva sotto la propria ala molti ebrei, essendolo lei stessa, e che è costata il trono al sovrano! Vorrebbe farmi credere che non sa chi sia? » Il tono del poliziotto aveva perso ogni moderazione ed era quasi diventato un urlo.

Il tono del giovane era rimasto calmo. « Non ricordo nessuna scampagnata, mi dispiace. »

Appoggiandosi allo schienale, il poliziotto si era aperto il primo bottone del colletto, vuotando la tazza di tè. Agli angoli del suo finto sorriso si poteva scorgere ogni cosa: il disprezzo per la sua famiglia, l'odio, la frustrazione per quell'interrogatorio che non andava da nessuna parte. « Dovrà seguirmi in commissariato. Una mera questione di protocollo, come capirà. Ma abbiamo altre domande da farle. Non dovremmo metterci più di un'ora. »

Annuendo, il giovane aveva abbassato lo sguardo. Non aveva senso discutere, avrebbe solo peggiorato le cose, così si era alzato e si era diretto docile verso la porta. A quel punto, però, le parole che aveva pregato di non sentire erano risuonate chiare e forti, colpendolo dritto alla schiena.

« Devono venire anche sua moglie e la bambina. »

« Perché? Non hanno fatto nulla, nostra figlia ha solo tre anni... » Non aveva osato voltarsi. Ormai però le parole erano inutili, era tutto deciso, e lo aveva capito dal silenzio che era seguito, dai passi decisi del poliziotto che si avvicinava alla finestra e faceva un cenno alla macchina che lo aspettava in strada. « Va bene, verremo tutti. » La sua testa era un turbinare di pensieri e il panico che gli stava montando dentro lo aveva fatto parlare troppo in fretta. Si era sforzato di articolare con calma le frasi e di rallentare il respiro. « Se mi potesse dare qualche minuto per spiegare la situazione a mia moglie... È molto ansiosa. Credo che la visita al commissariato sarebbe più semplice, se potessi parlarle prima di andare. » Aveva giunto le mani in un gesto di preghiera, come a dire: *È un uomo anche lei, sa quanto sono sensibili le donne.*

Il poliziotto si era allontanato dalla finestra, lanciando un'occhiata all'orologio da polso. Non gli piaceva ritrovarsi in quel genere di situazioni. Preferiva di gran lunga far sloggiare gli ebrei dalle loro case. Quella famiglia, però, era da gestire con attenzione, o così dicevano gli ordini. E l'ultima cosa che voleva era assistere a una scenata isterica da parte della moglie di quell'uomo. Non c'era nulla che lo infastidisse di più. Se la donna acconsentiva senza fare storie, nel giro di un'ora lui sarebbe stato al bar all'angolo a sorseggiare un drink. « Le do dieci minuti. A partire da adesso. Vi aspetto qui fuori. » Si era rimesso il cappello ed era uscito sbattendo la porta.

C'era un gran disordine, nel cassetto della scrivania: troppe cose, buste, conti da pagare, un tagliacarte che gli aveva graffiato un dito, facendolo trasalire. Aveva sentito sotto le dita il fascio di *lei*, esattamente dove li aveva messi, nello scomparto nascosto, nel caso di un'emergenza o un viaggio dell'ultimo minuto, di certo non per una cosa del genere. Se li era infilati in fretta nelle tasche della camicia e dei pantaloni, perfino nelle calze. Lui e la moglie si erano scambiati un'occhiata, quando si era precipitato in camera. Un breve sguardo d'intesa, mentre sollevava la bambina dal letto. Con la coda dell'occhio, aveva visto la moglie che afferrava uno scialle, una cuffia e la copertina della bambina, quindi cercava le proprie scarpe, optando infine per le pantofole. E poi avevano corso. Con la piccola stretta tra le braccia, si erano catapultati in cucina uscendo poi dalle scale di servizio, il cuore che batteva all'impazzata, come mai aveva fatto in ventisette anni.

Il locale caldaia era caldo, caldo e umido. L'acqua riscaldata borbottava, un sottofondo gradevole poiché cancellava il resto, quasi cullandoli. Avevano avuto fortuna, date le circostanze; era stata una vera benedizione il fatto che le guardie al cancello fossero girate di schiena e stessero ridendo, sigaretta in mano, mentre loro tre scivolavano alle loro spalle, diretti al ventre del palazzo. Una volta lì, però, la sensazione iniziale di sicurezza era svanita in fretta. Non erano affatto al sicuro, non per molto, almeno, con la polizia che li aspettava al varco e la bambina che piagnucolava tra le braccia della madre.

«Va tutto bene», aveva mormorato lei, cullandola e accarezzandole il viso.

Dal modo in cui la piccola aveva sorriso, sembrava che fosse soltanto un gioco, uno scherzo di cui avrebbero riso in seguito, accanto al camino. Ma, quando le dita le avevano toccato le labbra, i suoi piccoli occhi svegli avevano colto qualcosa e la piccola aveva capito di dover stare buona.

In un angolo pieno di sporcizia, lui aveva trovato alcune casse di legno e le aveva impilate contro il muro. Sembrava un tentativo disperato, destinato al fallimento, ma non vedeva altre vie di fuga, né altre opzioni. Era rimasto sorpreso quando, arrampicatosi sull'ultima cassa, aveva teso il braccio e aveva sentito il bordo inferiore della finestrella. Scostando le ragnatele impolverate, l'aveva aperta, attento a non fare rumore. Era così stretta che sembrava appena sufficiente perché ci passasse la bambina, ma lui aveva cercato di non pensarci mentre s'issava. Una volta sul marciapiede, aveva dovuto ricordare a se stesso che non era una gran vittoria. «Passamela. Sbrigati», aveva mormorato alla moglie. Aveva teso le braccia, cercando alla cieca i polsi e il corpo morbido della bambina, i capelli così lunghi e folti per la sua età. L'aveva afferrata un po' troppo bruscamente e la piccola aveva strillato, facendo saltare un battito al suo cuore, ma non si era fermato. Il sangue gli martellava nelle tempie. *Ci prenderanno, ci metteranno al muro e non la vedremo nemmeno compiere quattro anni.* Poi era uscita anche la moglie e si erano stretti in un abbraccio, tremando nel buio.

Erano scappati accovacciandosi tra le ombre, strisciando nei vicoli e contro muri interminabili. I poliziotti erano ovunque, soffiavano nei fischietti e gridavano ordini, incitandosi a vicenda a muoversi più in fretta. Lo stridio degli pneumatici e i tonfi delle portiere riecheggiavano tra i vicoli senza uscita come tra le cime di una montagna. Alcuni volti erano spuntati da dietro le tende, cercando di capire che cosa stesse succedendo. Qualcuno aveva aperto una finestra per guardare meglio, e lui aveva dovuto spingere moglie e figlia nell'androne più vicino.

Conosceva quel caseggiato dai tempi della sua infanzia: c'era un vecchio ascensore arrugginito fermo ormai da secoli. Ricordava che era inaffidabile anche allora: spesso si sentivano gli inquilini che imprecavano e urlavano, chiedendo al custode di salvarli da quella trappola mortale, mentre lui si nascondeva dagli amici nel vano dietro il pozzo. Nessuno era mai riuscito a trovarlo. Nessuno sapeva dell'esistenza di quel nascondiglio. Non era caldo come il locale caldaie, né altrettanto rassicurante. L'unica fonte di calore era una vecchia coperta di lana trovata in un armadio delle scope, impregnata dell'odore di benzina e mangiata dalle tarme.

« Non possiamo stare qui. Dobbiamo andarcene. Torneranno, magari sono già di strada, rastrelleranno ogni centimetro, ogni androne e ogni appartamento. Interrogheranno chiunque sospettino che ci stia nascondendo. Dobbiamo andarcene adesso. Subito », aveva detto, quando la confusione in strada era sembrata diminuire.

Pareva che la moglie non lo avesse nemmeno sentito. Era raggomitolata a terra e si strofinava piedi e braccia, nascosti sotto la cascata dei capelli.

« Tesoro, tesoro... » Lei però non si era mossa, così le si era avvicinato, al colmo della disperazione. Quando l'aveva sollevata, era sgusciata via come un pesce, emettendo un suono flebile. L'aveva afferrata per le spalle, scuotendola con decisione, molto più forte di quanto avrebbe voluto, o di quanto fosse consapevole. « Ti prego, ti prego, vieni. Alzati. » Non voleva spaventarla. Lei era il suo amore, la sua donna, la persona con cui aveva messo su famiglia. Ma ormai non era più un marito, né un uomo: era un cane braccato, ferito, che annaspava per un ultimo respiro. « Alzati, subito! Lo capisci che se non ci muoviamo non arriveremo vivi a domani? »

« Va bene. Va bene, faremo come vuoi tu. *Come sempre.* » Il suo tono era vuoto. Si era messa in piedi, lisciandosi il vestito strappato, e si era allontanata da lui, camminando nel buio.

Una volta in strada, la piccola aveva ricominciato a piangere, e lui aveva accelerato il passo. Di norma si sarebbe fermato ad aspettare la moglie, ma sapeva che lei lo avrebbe seguito. Era l'unico modo per farsi seguire. Un'altra sirena era risuonata pericolosamente vicina; si erano acquattati in un altro androne, ampio ed elegante, con una scala a chiocciola e un portone a vetri piombati. Dovevano allungare le distanze, ma la piccola continuava a piangere, il petto scosso dai singhiozzi, e le sue lacrime gli inzuppavano il collo.

Aveva capito che nemmeno sua moglie sarebbe arrivata molto lontano. Sulle scale, si era ripiegata in avanti con le braccia aperte, come un crocifisso. « Non ce la faccio. Voglio morire qui. »

Lui le si era avvicinato per darle conforto, sommerso da un improvviso rimorso per essere stato così brusco e severo. Ma la sua stessa volontà stava cedendo, sentiva le gambe pesanti come piombo, le braccia intorpidite dal freddo e dal peso della bambina che reggeva ormai da ore. Nemmeno ricordava da quanto tempo patisse freddo e sete, ed era solo un assaggio di quello che li aspettava. Già si vedeva lungo le strade di Bucarest, con la moglie accanto, ormai distrutta, la bambina che moriva di fame e di freddo. Dove avrebbero trovato un tetto e di che mangiare? Chi li avrebbe accolti? Erano fuggiaschi. Ben presto avrebbero rallentato l'andatura, la determinazione si sarebbe consumata come una candela, il corpo si sarebbe rifiutato di muoversi. E un giorno, forse il seguente o quello dopo ancora, qualcuno sarebbe inciampato in tre corpi nel bel mezzo della città desolata e gelida, tre mucchi di carne senza vita sul ciglio della strada, una visione ormai comune.

Aveva distolto lo sguardo. Come poteva guardarla negli occhi e dirle ciò che stava per dire? Aveva stretto i pugni e aveva preso un respiro, ricacciando il pianto, poi le si era accovacciato accanto, scostandole le mani dal viso bagnato di lacrime. « Amore, dobbiamo darle una possibilità. Una possibilità minuscola, ma è pur sempre qualcosa. Se la lasciamo qui, ci sono buone probabilità che qualcuno la trovi. Potremo muoverci più veloci e andare molto più lontano. Torneremo a prenderla tra uno o due giorni, quando la situazione sarà... più tranquilla. »

Nei suoi occhi aveva letto soltanto confusione. Le labbra si erano mosse senza pronunciare parola, poi lei aveva riso, o almeno così gli era sembrato.

« Che cos'hai detto? »

Le aveva preso le mani gelide, affondandoci il viso.

All'improvviso sentiva la bile in bocca, come se fosse sul punto di vomitare. «Ti prego, ascoltami, per favore. Nessuno sa chi sia lei, chi siamo *noi*. Se la lasciamo qui, starà al caldo per un altro po', finché qualcuno, magari uno degli inquilini, non la troverà. Nessuno rifiuterebbe di soccorrere una bambina così piccola. Nessuno le volterebbe le spalle, lei sarebbe al sicuro, le darebbero da mangiare e un letto in cui dormire per poche notti. Sarà solo finché non avremo messo insieme un piano.»

Alla fine lei aveva capito. Gli occhi sembravano due pozzi scuri, pieni di rabbia. Per un attimo lui aveva pensato che stesse per colpirlo.

«Se la polizia o la Guardia ci trova, non avremo speranze. *Lei* non avrà speranze. Lo sai che fine fanno quelli come noi, vero?» Gli si era incrinata la voce. «C'è un posto dove possiamo andare. È qualcuno di cui mi fido, una brava persona, un amico di mio padre. Vive in bulevardul Brătianu, non è lontano. Potrebbe accettare di nasconderci a casa sua per qualche giorno, ma non lo farà, se ci presentiamo con la bambina. Se lei si facesse sentire, se anche solo piangesse, sarebbe la fine per loro e per noi. Torneremo a prenderla tra pochi giorni.»

Non c'erano state altre parole; adesso piangeva anche lui insieme con la moglie, mentre la bambina, in silenzio e con gli occhi sgranati, osservava il proprio pugno minuscolo stretto al bordo della gonna sporca della madre. Negli occhi della moglie aveva scorto uno sguardo inaspettato: lo sguardo di chi sta morendo. Non solo. Per un attimo, in quegli occhi aveva riconosciuto lo stesso frammento di speranza che si era levato al di sopra di tutto nel suo stesso cuore devastato, un lampo di rassegnazione a quel vicolo cieco.

7

Giugno 1941

Nel tardo pomeriggio, Anton si sedette accanto al camino col giornale in grembo. Il bicchierino era quasi intonso. Stando a quanto aveva letto dai titoli, la Romania si era appena alleata alla Germania nazista per invadere l'Unione Sovietica, con un apporto di equipaggiamento, petrolio e truppe sul fronte orientale che superava quello di tutti gli altri alleati dei tedeschi messi insieme. Ora che i soldati rumeni erano impegnati nella battaglia in Ucraina, in Bessarabia e – ancor più vicino al cuore dell'orso – a Stalingrado, il dado era tratto.

Il ripiano in vetro del tavolino rifletteva le fiamme, facendo virare il granata dei muri in un rosso più caldo e immergendo la stanza in una piacevole luce ambrata. Eppure, sebbene avesse sempre amato la calma di quell'ora, si sentiva profondamente inquieto. *È l'ultimo momento di pace.* La Romania non era più neutrale in quella guerra maledetta, ma si era schierata al fianco della Germania, ed era solo questione di tempo prima che partisse la rappresaglia degli Alleati e le bombe cadessero su Bucarest. Non aveva dubbi. *Questo Paese è sempre stato nel fuoco incrociato tra due mondi, sul confine tra la Russia e il resto della Terra.* Quella volta, però, i suoi innocenti concittadini sarebbero morti a causa della Germania e della visione di Hitler. E, senza un legittimo sovrano, chi avrebbe protetto la Romania nei giorni a venire?

Nonostante l'obbligo di scioglimento diffuso in seguito al massacro di Bucarest, i Legionari erano di nuovo per le strade, a fomentare nuove sommosse nella città di Iaşi, ora col pieno supporto dell'esercito. Nessuno sapeva quando sarebbe finita, né quanto le cose potessero ancora peggiorare. Gli eventi di gennaio facevano inorridire Anton, che si vergognava a definirsi un rumeno o anche solo un uomo timorato di Dio.

Non riusciva a dormire, ripensando a ciò che aveva sentito: case saccheggiate nel quartiere ebraico, donne stuprate davanti a mariti e figli, uomini costretti a scrivere messaggi suicidi prima di essere uccisi nelle strade, come cani randagi. A Băneasa, nella zona nord di Bucarest, erano stati uccisi a decine, forse a centinaia, e l'indomani gli zingari si erano avventati sui cadaveri nudi per cercargli capsule d'oro in bocca.

Una storia in particolare, sentita nella tabaccheria in cui era entrato a comprare le sigarette, gli aveva fatto cedere le gambe, tanto che era scivolato sul marciapiedi di fronte. Se la sarebbe portata dentro per sempre, marchiata a fuoco nell'anima. All'interno del negozio, aveva sentito un uomo dire al commesso che alcuni ebrei erano stati arrestati e condotti al macello comunale, dov'erano stati torturati e poi appesi ai ganci come carcasse, lasciati a morire.

Anton ripiegò il giornale e lo posò accanto a sé. Non aveva bisogno di leggere altro, poiché già immaginava cosa sarebbe successo. Non c'entrava più l'esportazione del petrolio rumeno, che per qualche anno aveva supportato gli sforzi militari di Hitler. Decine di migliaia di suoi concittadini avrebbero perso la vita, non solo sul fronte orientale, ma anche lì, a casa. Sarebbero morti per il Führer persino nella capitale.

Gli serviva tempo per riflettere, per calcolare per quanto ancora si sarebbe potuto tenere fuori dai mutamenti in arrivo. Se c'era una cosa che doveva fare, che si sentiva in *dovere* di fare, era difendere la felicità che lui e Despina avevano da poco ritrovato. Avevano formato una famiglia da pochi mesi, e non riusciva a ricordare un periodo in cui fossero stati più felici. Erano diventati genitori di una bambina timida e deliziosa che colmava la loro vita in modi che non avrebbe mai ritenuto possibili. Con la guerra alle porte, tuttavia, nessuno poteva dire cos'avrebbe riservato loro il futuro.

Di sicuro avrebbero dovuto dare un taglio alle spese superflue. E la colpa era quasi totalmente sua, perché spendeva sempre più del dovuto. Per un po' avrebbe rinunciato alle feste, al sarto francese che confezionava i suoi abiti secondo l'ultima moda europea, ai negozi in cui acquistava stole e cappelli da Vienna per Despina e ai costosi regali per cognate e nipoti. Avrebbe dovuto chiudere tre dei suoi negozi, tenendo aperto solo quello in piaţa Romană, dove lavorava quando ancora era un ragazzino e dove la gente ancora lo salutava per strada chiamandolo per nome.

Con disagio crescente, pensò alla collezione di francobolli dal valore inestimabile che aveva messo insieme nel corso degli anni: stava diventando rischioso lasciarla nella cassaforte del negozio. Doveva portarla a casa. Il francobollo più prezioso, il famoso « testa di toro », valeva più di tutti i loro beni messi insieme: gli appartamenti in affitto, la casa delle vacanze sul lago Băneasa, persino i suoi tre adorati cavalli stallati all'ippodromo di Bucarest. La collezione di francobolli era il suo possedimento più caro, l'unica cosa che non poteva rischiare di perdere.

Di sopra, sua moglie dormiva serena, sprofondata in

un mare di cuscini. Pensò a quanto fosse diventata felice in così poco tempo, a quanto apparisse spensierata nonostante il nuovo ruolo di madre. La bambina era un balsamo anche per il suo cuore, e la sera Anton non vedeva l'ora di tornare a casa per dimenticare le questioni di lavoro e sentire le braccia della piccola al collo. Ogni tanto Despina gliela lasciava per il pomeriggio in negozio e tutti i pensieri di Anton erano per lei, che sonnecchiava sotto la scrivania, con un animaletto di pezza stretto al petto, cullata dall'andirivieni della gente, dalle risate e dalle chiacchiere che lui scambiava coi clienti. E per il pianoforte. Niente avrebbe potuto prepararlo alla reazione della bambina di fronte al vecchissimo Steinway a mezza coda, che lui aveva trovato a un prezzo stracciato da un antiquario e aveva fatto sistemare in salotto, per fare una sorpresa a lei e a Despina.

Non c'era stato sfoggio di emozioni. La piccola non gli aveva rivolto uno sguardo di gratitudine, né aveva sorriso, ma si era avvicinata allo strumento, sedendo sullo sgabello in velluto rosso. Sotto le sue mani, i tasti avevano scintillato come perle appena ingiallite alla luce del sole, ma non erano emerse note. Soltanto lievi, delicatissimi movimenti che accarezzavano i tasti d'avorio, con le mani che si muovevano da sinistra e da destra e s'incontravano nel mezzo, per poi passare sui tasti neri. Infine aveva alzato lo sguardo su di lui. « Per me? »

Anton non aveva mai visto una gioia tale sul volto di nessuno. Erano state le prime parole che la piccola avesse mai pronunciato davanti a lui e a Despina.

Da quel giorno aveva cominciato a parlare, a riprendersi la propria voce. Chiedeva da bere a cena, di andare al Parcul Cişmigiu o se poteva avere un gelato dal venditore all'angolo. Stava pian piano rifiorendo sotto il suo sguardo: il sorriso era più ampio, gli occhi più espressivi, i movimenti tornavano a colmarsi di vita ogni giorno di più. Era troppo piccola per prendere lezioni di piano, ma lui aveva comunque ingaggiato il miglior maestro disponibile. Quella bambina aveva chiaramente un dono, e lui voleva incoraggiarlo.

La piccola era il motivo per cui lui si alzava al mattino, e anche Despina sorrideva molto di più, quando sedevano accanto al camino, la sera, a bere qualcosa, felici l'uno nelle braccia dell'altra, ora che la loro vita era finalmente completa.

No, non poteva rischiare di perdere tutto. *Che cosa posso fare, che cosa* devo *fare, per proteggerle?* Sapeva bene che era una domanda senza risposta e che, a dispetto delle sue migliori intenzioni e di tutti i suoi sforzi, non poteva opporsi a ciò che una guerra mondiale avrebbe messo sulla loro strada. L'occhio del ciclone stava di nuovo bussando alla sua porta, come aveva fatto molti anni prima, quand'era appena un ragazzino.

Anton non era sempre stato favorito dalla prosperità e da un fascino sfacciato. Era venuto al mondo in una casetta a due stanze, all'interno di una vasta tenuta nel cuore della campagna rumena, dove il padre lavorava come fattore. Sua madre era una donna fragile e minuta che guadagnava qualche spicciolo insegnando aritmetica ai bambini del villaggio, nella sacrestia, e considerava quel figlio un ulteriore fardello, più che una benedizione. Forse era stato per quello che Anton badava a se stesso da quando aveva sei anni. Si preparava da solo la colazione, dava da mangiare ai polli e spazzava i gradini davanti alla porta. Andava a prendere l'acqua al pozzo in fondo alla strada polverosa che segnava il limite tra i loro due acri e il resto del mondo. Quando aveva terminato, era libero di vagabondare sulle colline che si allungavano all'orizzonte, di sdraiarsi all'ombra delle viti rigogliose, di raccogliere mele e pere dai rami che si chinavano verso di lui come in un invito, carichi dei frutti dell'estate.

Al pomeriggio, ritrovandosi con poco da fare, Anton si avvicinava spesso alla villa. Il padrone, un vedovo al crepuscolo della vita, era quasi sempre in viaggio, e lasciava l'enorme casa alle cure di una governante, i cui unici compiti erano annaffiare le piante e spolverare i pochi mobili che non erano coperti dai lenzuoli.

Forse si sentiva sola più di Anton. Quando lo vedeva camminare pigro lungo il vialetto di ghiaia, scalciando i ciottoli, agitava la mano con entusiasmo e lo chiamava dalla finestra. « Vieni, entra, ho qualcosa per te! »

Quando lui varcava la porta ad arco in rovere, trovava ad aspettarlo un bicchiere di limonata, una fetta di pane e marmellata o una pallina di sorbetto, il suo preferito. Ma di tutti i piccoli piaceri che trovava alla villa, nessuno era paragonabile alla fresca solitudine della biblioteca del padrone. Anton sapeva leggere a malapena, ma adorava passare le lunghe ore prima di cena a sfogliare le centinaia di testi allineate lungo le pareti, a respirare l'odore delle pagine ingiallite, a toccare le rilegature in pelle.

Le estati erano lunghe e languide, ma le giornate erano passate in fretta fino a una settimana scarsa prima del suo decimo compleanno. All'inizio del 1907 in una provincia vicina era scoppiata una rivolta di contadini che nel giro di una notte si era diffusa in tutta la regione. Suo padre parlava di andarsene per un po', almeno finché la furia dei ribelli non fosse sbollita. Qualche giorno più tardi, però, era arrivato l'esercito e aveva cominciato a sparare ai contadini, e la situazione era degenerata.

La folla inferocita aveva marciato verso la villa, imbracciando forche e fucili. Dalla porta di casa, il padre di Anton li aveva visti scendere dalla collina, e aveva pensato a una cosa soltanto: non vedeva il figlio da mezzogiorno. Aveva preso la pistola e si era diretto sul sentiero che conduceva alla casa del padrone.

In biblioteca, Anton si era sentito chiamare. Una sola volta, tanto che per un attimo aveva creduto di averlo solo immaginato, ma poi aveva posato il libro ed era uscito in veranda. All'inizio non aveva visto niente, ma poi il cuore aveva cominciato a battere all'impazzata e lui aveva sentito cedere le gambe.

Al limite del vialetto, suo padre giaceva nell'erba, immobile. Non si era riscosso nemmeno quando Anton era corso da lui e lo aveva scrollato, all'inizio con dolcezza, poi con una disperazione feroce. La faccia dell'uomo affondava nella ghiaia e dal collo sgorgavano rivoletti scuri, che macchiavano il colletto della camicia di lino. Quando infine Anton era riuscito a metterlo supino, aveva visto gli occhi del padre rovesciati all'indietro, spalancati, vuoti, e qualcosa dentro di lui si era spezzato per sempre. *Non mi lasciare,* era stato il suo unico pensiero, ma era già troppo tardi.

Due mesi dopo, sua madre si era ammalata gravemente, arrendendosi alla febbre che si era già portata via metà del Paese. « Anton... » aveva sussurrato, quando lui si era chinato sulle sue labbra tremanti. Il suo nome era suonato come il fischio del vento tra i campi di grano durante una tempesta. E poi se n'era andata.

Non riusciva a cancellare dalla mente quell'immagine

di lei. Se la rivedeva davanti quando mangiava le ultime briciole di pane della dispensa, gli avanzi dello stufato di patate ormai rancido e mezzo ammuffito, e poi, quando il cibo era finito, mentre mangiava bacche e funghi raccolti dai cespugli e nei campi, sapendo che lei l'avrebbe sgridato, poiché potevano essere velenosi. Pensava alla madre quando andava a lavarsi al ruscello dietro casa, con un pezzo di sapone che lei aveva fatto poche settimane prima in un mastello di ferro, in cortile.

Solo quando la fame aveva superato la dignità Anton aveva cominciato a rubacchiare dalla villa, in cerca degli avanzi che a volte il padrone lasciava in veranda, croste di pane e biscotti mezzi mangiati, frutta marcia rimasta al sole. Rovistava nel bidone dei rifiuti accanto alla porta della cucina, sperando di trovare altro. Ma aveva paura che il padrone lo vedesse e temeva di farsi sorprendere dalla governante, così ci andava solo quando la fame era tale che si ritrovava a tremare, con la vista annebbiata.

Un giorno, la donna lo aveva visto aggirarsi sul retro della villa ed era sobbalzata. Aveva subito capito che, se non lo avesse aiutato, quel bambino avrebbe avuto i giorni contati. Se non di scorbuto, sarebbe morto per colpa di una bacca avvelenata. Quella notte non era riuscita a dormire, rigirandosi nel letto, e quando il sole era apparso al di sopra dell'orizzonte aveva preso la sua decisione.

A dieci anni, Anton aveva iniziato a lavorare in un negozio di cancelleria di Bucarest. La proprietaria, un'amica d'infanzia della governante, aveva da poco perso il marito e aveva bisogno di un aiuto. In cambio di quindici ore di lavoro al giorno, Anton aveva una branda sul retro, due cambi di vestiti e cibo sufficiente per rimettersi in salute. Ogni mattina si alzava alle quattro in punto per passare lo straccio sui pavimenti e lavare il marciapiedi, spazzare i gradini d'ingresso o spalare la neve caduta davanti al negozio. In seguito aveva cominciato a occuparsi delle consegne, portando scatole e casse lungo i viali ghiacciati nel gelo dell'inverno o nell'afa insopportabile dell'estate in città. Aveva sviluppato muscoli che non avrebbe mai pensato di avere, oltre a una tempra d'acciaio. Aveva imparato a sorridere cordiale ai ricchi, a guadagnarsi la loro fiducia per qualsiasi somma di denaro. In breve, aveva imparato a rendersi indispensabile.

Solo dopo dieci anni come apprendista aveva cominciato a lavorare all'interno del negozio. Ormai le mani dell'anziana proprietaria tremavano così tanto che non riusciva a scrivere una ricevuta o a versarsi una tazza di caffè, e si affidava ad Anton persino per quei semplici compiti. Ci vedeva sempre meno, e presto si era scoperta incapace di contare il resto alla cassa. A quel punto aveva cominciato a insegnare ad Anton a compilare i libri mastri e gli inventari, a gestire il flusso di cassa e i fornitori, in modo che le consegne non arrivassero in ritardo o rimanessero inevase. Lui faceva ogni cosa alla perfezione. Aveva vent'anni, e gli affari erano in piena espansione.

Anton non aveva mai parlato della sua infanzia a nessuno, nemmeno alla moglie. Despina gli aveva chiesto diverse volte di andare a vedere il villaggio in cui era cresciuto, ma lui si era sempre rifiutato categoricamente. Era meglio lasciare il passato dov'era, seppellito coi suoi genitori sotto un tappeto d'erba, dietro la casa in cui era cresciuto. Che scopo avrebbe avuto farle conoscere gli squallidi dettagli della sua infanzia?

La sua vita era cominciata con lei. Dio li aveva benedetti con l'amore, la ricchezza, la speranza e tante altre cose che non si era mai nemmeno sognato. Non voleva indugiare su quei giorni lontani, quando in pochissimo tempo aveva perso tutto ciò che gli era caro.

8

Vivevano in quella soffitta da sei mesi, ormai, in condizioni pressoché disumane. Non molto tempo prima, superato lo shock e lo stato confusionale, quando si era asciugata le lacrime quanto bastava per guardare fuori dall'abbaino della soffitta, aveva cominciato a contare i giorni, segnandoli su un taccuino ingiallito che aveva trovato in una scatola di cartone, insieme con alcuni vecchi giornali. *Tic, tac.* Giorno dopo giorno, le lancette di un orologio invisibile correvano senza sosta. Se non altro, in quel modo aveva qualcosa da fare. Aveva smesso da tempo di leggere i libri che Maria le lasciava. Si limitava a sedersi sul materasso nodoso, in mezzo a bauli polverosi e mobili dismessi, e scriveva freneticamente sul taccuino. I segni della nuova stagione - il cambio della temperatura, le giornate che si allungavano, il canto degli uccellini e gli alberi di ciliegio in fiore - erano registrati con meticolosità. Suo marito camminava avanti e indietro, giorno e notte, facendo gemere le assi di legno del pavimento, e lei lo fulminava con gli occhi. « Smettila! Mi stai facendo impazzire! »

Lui si fermava, girandosi verso di lei come se fosse sul punto di dirle qualcosa, ma poi la guardava soltanto. A mano a mano che i giorni passavano, rimaneva sempre meno dell'uomo che era stato. Gli mancavano aria fresca e cibo sano. Gli mancava la vita. Sul suo viso non si leggevano emozioni, soltanto lo sguardo selvaggio di un cane randagio braccato. Forse era quello che meritava. Forse era così che si era sentita la loro bambina, vedendo che non tornavano, quando si era resa conto di essere stata abbandonata in una città in fiamme.

Gli lasciava quasi tutto il pane e burro, il prosciutto o i pezzi di formaggio che rare volte trovavano davanti alla porta. Non sapevano mai quando avrebbero trovato cibo, né per quanto ancora. Maria saliva sempre meno, e quando lo faceva bussava piano alla porta, come se non volesse disturbare. Come una cameriera d'albergo che portava le ordinazioni in camera.

« Lo lasci lì davanti! » urlava lei, dall'interno. Non voleva essere ingrata né maleducata, ma nel suo cuore non era rimasto molto spazio per la gentilezza. Non c'era posto per uno scambio di chiacchiere o per uno sfoggio di buone maniere. A mano a mano che i giorni passavano, sentiva diminuire la propria umanità, come se si stesse sgretolando in quella soffitta.

Un mattino si era svegliata indifferente alla possibilità che Maria e Stefan li buttassero in strada. S'immaginava a correre verso il loro quartiere martoriato, urlando il nome della figlia tra i vicoli, con tutto il fiato che aveva in gola, in spregio al rischio che gli Squadroni della Morte potessero prenderla. Se non altro sarebbe stato qualcosa di autentico, sincero, e lei non si sarebbe dovuta nascondere in una tana buia come un animale in fuga.

Suo marito parlava a malapena, ormai, ma il silenzio che li separava era una benedizione. Lo odiava, lo detestava per averla costretta ad agire contro la propria volontà. Non c'era niente ormai a unirli, non in quella vita. Lui poteva andare all'inferno, per quello che le importava.

I giorni e le notti si susseguivano infiniti. Non c'era inizio né fine. Lei aveva quasi dimenticato perché fossero lì, perché fosse ancora viva. Si sentiva un cadavere seppellito in una tomba, in quella soffitta dove la luce del giorno filtrava a malapena. Finché, un giorno, qualcosa non cambiò.

Poco dopo l'ora di cena sentirono bussare alla porta in modo più deciso del solito, così lei andò ad aprire. Al di là dello spiraglio lasciato libero dalla catenella, vide Stefan che tendeva alcuni fogli.

Era ancora in abiti da lavoro e aveva i capelli un po' spettinati, come se avesse avuto una brutta giornata. « Ho buone notizie! Posso? Devo parlare con tutti e due. » Entrò in fretta, armato di buone intenzioni, ma, quando si guardò attorno e vide il suo giovane ospite sul materasso, sbiancò. Proseguì in tono un po' meno entusiasta: « Ho grandi notizie. Potete andarvene. Sono riuscito a ottenere i vostri documenti. Guardate ».

Sebbene fosse impossibile leggere le carte in quella scarsa luce, Stefan rimase col braccio teso davanti a sé, mentre l'uomo si alzava e si avvicinava per prenderle. Lo guardò mentre tornava nel suo angolo, si accovacciava con un movimento secco, quasi selvaggio, e scorreva i documenti con indifferenza.

« Il tuo povero padre, che riposi in pace, ha ancora qualche amico in città, e il suo nome ha ancora un peso. I soldi che mi hai dato sono stati indispensabili. Purtroppo li ho spesi tutti, fino all'ultimo spicciolo. Tra due sere c'è un treno che parte per Ginevra, dalla Gara de Nord. Non c'è tempo da perdere, temo. Non sappiamo quanto ne abbiamo prima che chiudano le frontiere. Corre voce che gli Alleati stiano per bombardare Bucarest da un giorno all'altro. Potrebbe anche succedere domani, a quanto ne sappiamo. Dovete salire su quel treno, è l'unica vostra via di fuga. La Svizzera è un Paese neutrale, lì sarete al sicuro. Vi ho già procurato i biglietti coi vostri nuovi nomi. » Disse tutto senza quasi respirare. Non ci fu risposta, nessun movimento, come se avesse parlato in un'altra lingua. « Ascoltate, sono sicuro che... »

La donna parlò come se lo stesse sfidando a duello. « Non me ne vado senza mia figlia. Lei dovrebbe saperlo meglio di chiunque altro. Prima dobbiamo trovarla. »

Stefan sentì montare dentro un'ondata di angoscia. Si schiarì la voce. « Temo che non sia possibile. Non adesso. Non potreste prendere quel treno con lei. I documenti sono solo per voi due. »

« Non me ne vado senza mia figlia. Morirò in questa soffitta, morirò per le strade, uccisa dagli Squadroni della Morte, ma la troverò. Non lascio la città senza di lei. »

La temperatura si era alzata all'improvviso e Stefan dovette sfilarsi la cravatta e metterla in tasca. Era proprio quello che temeva: che andasse tutto all'aria da un momento all'altro, dopo tutto quello che aveva fatto e rischiato per loro. Si rese conto che, se fosse stato troppo duro con quella donna, c'era il rischio che facesse uno sproposito. Temeva che si precipitasse fuori e corresse in strada. O che si lanciasse dalla finestra. « Tornerete dopo, quando il pericolo sarà passato. Quando questa follia, questa furia si sarà esaurita. Vi aiuterò, ve lo prometto. Vi aiuterò finché avrò vita. »

« E come fa a dire che potrò tornare? Che questa furia, come la chiama lei, finirà davvero? Come può essere al sicuro una bambina così piccola, sola in una città in cui la gente come lei, come *noi*, viene accerchiata e uccisa dalla folla? Come faccio a sapere se la rivedrò? »

« Per favore, mi ascolti. Non posso nemmeno immaginare quanto sia difficile per lei, ma nonostante i nuovi documenti c'è il rischio concreto che non passiate la frontiera. Il cerchio si sta stringendo. I Legionari sono di nuovo impazziti, e stavolta non solo loro, ma l'intero esercito di Antonescu. Passano al setaccio ogni treno, in particolare quelli diretti fuori dal Paese, e controllano ogni documento con la lente d'ingrandimento. Ho fatto tutto quello che ho potuto, ma i documenti, come ben sapete, sono falsi. Se vi dovessero prendere, non avreste speranza. E nemmeno lei.» Si fermò di nuovo, asciugandosi il sudore dalla fronte. Come poteva spiegare che forse li stava mandando verso la morte, ma che non c'era altra scelta? Come poteva chiedere loro di sacrificare l'unica figlia, quando sapeva fin troppo bene quali sarebbero state le conseguenze? «Se la piccola salisse su quel treno senza documenti, quasi sicuramente la porterebbero via. E voi con lei. Mi capite?»

La donna si accasciò a terra, cominciando a singhiozzare. «No. Non me ne vado. Moriremo insieme, qui, a Bucarest.»

Ogni cellula del suo corpo gli diceva di tacere. Non c'era altro da aggiungere, nulla che potesse dire senza procurare altro dolore. Aveva giurato di mantenere il silenzio su una cosa che andava ben oltre quella triste vicenda, poiché affondava nel cuore della sua stessa famiglia. Eppure, l'immagine di quella donna raggomitolata sulle assi della soffitta gli stringeva il petto in una morsa di dolore. Le lacrime gli rigarono il volto, e non poté reggere oltre. «Credo di sapere dov'è. Penso che sarà al sicuro, ma solo se la lascerete andare.»

9

La Gara de Nord era molto più affollata di quanto avessero immaginato. Sembrava che metà dei cittadini di Bucarest fosse corsa lì all'improvviso, quando il cielo mostrava le primissime luci oltre il tetto di vetro e acciaio. Famiglie con neonati e bambini, soldati in uniforme, contadine avvolte negli scialli, uomini e donne in abiti eleganti gremivano i binari. I bambini si rincorrevano attorno a montagne di bauli, mentre i genitori si sventagliavano impazienti coi volantini, definendo i dettagli del viaggio. L'odore di gasolio mescolato a quello più debole del sudore e dei *covrigi* appena sfornati era quasi insopportabile, a quell'ora del mattino.

Stefan li precedeva, facendosi strada tra la folla, oltre le code infinite agli sportelli, gli strilloni che vendevano i giornali e gli zingari accalcati sulle banchine con secchi pieni di fiori.

I due camminavano a fatica. Dopo tutti quei mesi chiusi in soffitta, avevano i muscoli atrofizzati e un'aria così fragile che urlava dolore e sofferenza, nonostante l'abito elegante che Stefan aveva costretto il giovane amico a indossare e il vestito di velluto verde che, sebbene fosse di una taglia troppo grande, si drappeggiava elegante sul fisico minuto della donna.

Si fermò ad aspettarli, fingendo di guardarsi l'orologio. Il momento era arrivato e sentiva crescere sempre più il disagio, ma non poteva darlo a vedere. Se lo avesse fatto, senza dubbio quei due avrebbero rinunciato e sarebbero andati a cercare la bambina. A quel punto per loro non ci sarebbero state speranze, e nemmeno per lui e Maria. Cercando di allontanare quell'ultimo pensiero, riprese a camminare, poi all'improvviso sentì le gambe irrigidirsi e poi fermarsi.

« Fate largo, per favore! Toglietevi! » La voce aveva tagliato in due la folla come una lama. Stivali pesanti, le consuete uniformi e un'increspatura nell'aria che Stefan conosceva bene. Una guardia spalancò uno dei cancelletti per lasciar passare i soldati. Tutti rimasero a guardare uno dei militari che sfoderava una piccola pistola nera e invitava l'uomo accanto a sé a imitarlo. L'intera truppa saltò su un treno che si stava già allontanando dalla stazione.

Obbligandosi a respirare, Stefan si frugò in tasca ed estrasse i biglietti. « Binario 6. Su, questa datela a me. » Con tutta la calma che riuscì a trovare, prese la valigia dalle mani del giovane. Era impossibile non notare il suo aspetto emaciato: sembrava che una folata di vento sarebbe stata sufficiente per buttarlo a terra. Doveva farli salire sul treno per Ginevra. Subito, prima che fosse troppo tardi. Così riprese a camminare, cercando di frenare il battito del cuore e di rallentare i passi, sebbene avesse una gran voglia di correre.

Posò la valigia al limite della striscia di cemento e rimase fermo con le mani in tasca, fischiettando piano. Questione di pochi minuti e sarebbero stati a bordo, eppure il tempo scorreva lento come mai prima di allora. Non c'era altro che potesse fare per loro, ormai, tranne obbligarsi a fingere indifferenza e a mantenere la calma. Erano una famiglia come tante che si salutava, ricordò a se stesso, una famiglia come tante. Non si vedevano altri soldati – la banchina era vuota – e per un attimo si sentì sereno. O forse era solo intorpidito. « Ricordate cosa ci siamo detti », sussurrò, in modo che solo il giovane potesse sentirlo. Gli posò una mano sulla spalla e sentì le ossa sotto la stoffa della vecchia giacca, mentre l'altra mano si abbassava a infilargli in tasca i biglietti e un rotolo di banconote. « Ricordatevi che cosa fare con questi soldi. Se diventa necessario. »

Si allontanò in fretta e li guardò con la coda dell'occhio mentre si avvicinavano alla locomotiva avvolta dal vapore. Salirono faticosamente sulla scaletta, ansimando e fermandosi a ogni gradino. La donna fu la prima a scomparire all'interno della carrozza. A quel punto il marito si voltò e l'accenno di un sorriso di gratitudine gli passò sul volto. Nei suoi occhi c'era molto di più, e Stefan fu costretto a distogliere lo sguardo. Un attimo dopo, l'amico sparì.

Stringendosi il cappello al petto, Stefan rimase lì per un po', pensando che non li avrebbe più rivisti, che quell'ultima immagine sarebbe rimasta impressa nella sua mente per sempre. Mentre i passeggeri gli sciamavano attorno con bauli e bagagli, cominciò a muoversi piano tra la folla, cercando di vederli un'ultima volta. Alla fine li scorse in uno degli scompartimenti di coda. La donna guardava in avanti, con le braccia stanche del marito che la cingevano. Non lo videro mentre agitava la mano dalla banchina.

Siete liberi, mormorò, con un nodo che gli stringeva la gola e, per qualche motivo, le labbra tese in un sorriso. *Liberi*.

Sui gradini all'ingresso della stazione, si sciolse la cravatta e si mise seduto. Il cielo era nuvoloso, una cappa color indaco. Si chiese che tempo ci fosse a Ginevra. In meno di un giorno, quei due sarebbero arrivati nella loro nuova città, al sicuro.

Si rimise il cappello e si alzò. Non aveva mai sentito così tanto la nostalgia di casa, né quella voglia disperata di tornarci. Fece scorrere lo sguardo sull'incrocio trafficato in cerca di un taxi, sperando che ne arrivasse uno pronto a scaricare passeggeri diretti in stazione. Poi li vide.

Per un attimo pensò che fossero lì per lui, per arrestarlo o spararegli in mezzo alla strada, ma proseguirono oltre, risalendo la scalinata per entrare nell'edificio.

Uno di loro gli diede una spallata senza volerlo. « *Pardon.* »

Stefan rimase paralizzato, con le braccia immobili lungo i fianchi. Avrebbe voluto distrarli, ma non gli veniva in mente come. Non riusciva a muoversi né a respirare.

Invece corse. Senza preoccuparsi delle apparenze, si precipitò di nuovo dentro, il petto stretto in una morsa. Forse avrebbe dovuto urlare, ma non sapeva cosa, e poi fu troppo tardi.

Quello che sembrava essere l'ufficiale al comando era già a bordo del treno per Ginevra e si muoveva lungo il corridoio che collegava un vagone all'altro. « Documenti, per favore. »

Fu l'ultima cosa che Stefan sentì attraverso un finestrino aperto, mentre il treno si metteva in marcia con un fragore metallico.

10

Gennaio 1944

Il primo giorno di quel mese fu il più freddo degli ultimi cinque anni. Le strade erano deserte: nessuno osava avventurarsi fuori, perché il vento era così gelido e forte da rendere difficile respirare e camminare. Il rumore dei pochi tram che sferragliavano e quello delle pale che raschiavano il ghiaccio sui marciapiedi risuonavano ovattati al di là delle finestre ricoperte di brina e delle porte chiuse a chiave.

Nella stanza illuminata dal fuoco del camino, Natalia, che ormai aveva sette anni, esibiva il frutto del proprio lavoro, un brano di Chopin sul quale si era esercitata per diversi mesi. Adorava farsi portare sulle ali della musica, sentirsi sollevare e riaffondare a ogni variazione ritmica, sebbene avesse fatto diversi errori e fosse stata costretta a ricominciare. Di solito uno smacco del genere l'avrebbe fatta urlare per la frustrazione, ma in quel momento non le importava di suonare perfettamente, bensì solo di suonare. Finché avesse continuato, i genitori avrebbero continuato a parlare e lei avrebbe potuto origliare i loro sussurri accanto al camino.

Il padre prese l'attizzatoio per ravvivare le fiamme. « Andiamo sul mar Nero per un paio di settimane. Potremmo affittare una casetta sulla spiaggia, andare a cavallo in riva al mare e passeggiare. A Talia farebbe bene. »

« Vuoi che lasciamo la città nel bel mezzo dell'inverno,

Anton? È una follia!» Sua madre aveva alzato la voce, incapace di trattenersi. Con le spalle rigide, calpestò lo spesso tappeto persiano e si avvicinò alla finestra. Qualcosa dall'altra parte della strada attirò il suo sguardo, al di là dei mulinelli di neve che colpivano il vetro in diagonale.

Anton le si avvicinò in silenzio, le cinse la vita sottile con le braccia e la strinse. I lineamenti le si ammorbidirono appena, aprendosi in un debole sorriso che non riuscì a soffocare, suo malgrado. Infine abbandonò la testa sul petto di lui, i capelli scuri che si allargavano come una pozza d'inchiostro sulla camicia immacolata del marito.

«Perché dobbiamo andare in vacanza? È perché gli Alleati stanno per bombardarci?» Natalia aveva smesso di suonare all'improvviso, e i suoi genitori sussultarono, voltandosi, lo sguardo del padre tenero e paziente, quello della madre pieno di sorpresa.

Despina sbiancò, come se Natalia non fosse grande abbastanza da capire quelle cose, nonostante i suoi sette anni. «Dove l'hai sentito, Talia? Dove hai sentito una cosa del genere?»

Voltandosi sullo sgabello, lei sorrise, orgogliosa della propria maturità. Si arrotolò una ciocca di capelli rossi al dito, e parlò a voce più bassa, come se fosse un segreto. «Be', mamma, lo sanno tutti. La radio non fa che ripeterlo.»

Era vero. Non c'era stazione che non parlasse dei continui successi della Germania sui campi di battaglia, e del fatto che l'Europa fosse ormai quasi del tutto prostrata sotto il giogo di Hitler. La guerra si avvicinava alla loro porta ed era solo questione di tempo prima che sulla città piovessero le bombe degli Alleati: lo dicevano tutti. Per Natalia però erano solo parole vuote, prive di significato.

La guerra andava avanti da anni, ma a Bucarest non ce n'era traccia.

Lì c'erano ancora feste, pomeriggi alle corse dei cavalli, serate all'opera e a teatro e fine settimana al mare. C'era chi guadagnava una fortuna grazie al conflitto: innumerevoli barili di petrolio lasciavano la Romania diretti in Germania per alimentare l'inarrestabile macchina nazista, i serbatoi dei carri armati e i camion militari. Le stazioni, inclusa la Gara de Nord, fungevano da snodi per gli spostamenti delle truppe tedesche dirette al Fronte orientale, in Russia, dove avrebbero affrontato la battaglia più dura.

Anche sotto il loro tetto poco era cambiato, nei tre anni scarsi che Natalia aveva trascorso lì. Suo padre non faceva che parlare di ridurre le spese e stringere la cinghia, ma la casa era sempre piena di gente, un tale andirivieni di parenti e amici che raramente avevano una domenica libera. Ogni fine settimana era una replica del precedente: una trentina di persone sedeva al tavolo da pranzo apparecchiato con porcellane finissime e bicchieri di cristallo di ogni genere, chiacchierando senza sosta, mentre Sofia, la governante, coordinava una sfilata di piatti, bottiglie di vino, vassoi di dolci, bottiglie di porto e cognac. Più tardi, quando il pendolo batteva la mezzanotte, ricominciavano ad arrivare i vassoi con gli stuzzichini. Molto tempo dopo essere andata a letto, Natalia sentiva ancora le loro voci, di sotto, che si alzavano e si abbassavano o scoppiavano in risate intermittenti, cullandola come una ninna nanna. Mentre abbracciava il cuscino, immaginava i genitori nella sala da pranzo avvolta dal fumo, che ondeggiavano l'uno nelle braccia dell'altra, un brano jazz che filtrava nella luce delle candele come una fusciacca di velluto, e sua madre, in uno dei suoi abiti di seta più belli, col capo sulla spalla di Anton.

Non sapeva spiegarsi perché trovasse conforto in quelle piccole cose. E nemmeno perché il semplice fatto di sapere che i genitori erano vicino a lei la colmasse di pace. Il suono delle loro voci ovattate in qualche punto della casa bastava a calmare il battito impazzito del suo cuore quando, a notte fonda, si svegliava di soprassalto da un incubo spaventoso che non riusciva mai a ricordare.

Suo padre le si avvicinò, si sedette accanto a lei e le prese una mano. « Talia, lo sai che qui con noi sei al sicuro, vero? Che non permetteremo che ti succeda niente? »

Lei fece un gran sorriso. « Lo so, papà. »

Lui le diede un buffetto sulla mano e si rialzò. « Bene, bene, tesoro mio. Devo fare una telefonata. Torno tra un attimo. »

« Faccio preparare un po' di tè », disse sua madre.

Natalia capì che la discussione sarebbe ripresa lontano dalle sue orecchie curiose. Rimasta sola in salotto, abbassò il coperchio del pianoforte e si lasciò cadere sul divano con un sospiro. Sul tavolino c'era un album di fotografie. Lo prese e lo aprì alle prime pagine. Guardò pigramente gli scatti che sua madre aveva disposto in ordine cronologico, con estrema cura. Pomeriggi al parco. Picnic alla casa delle vacanze sul lago. Pranzi ai tavolini di un bistrot, sotto gli ombrelloni rossi. La sua preferita era quella in cui lei sedeva al piano, circondata dalle cugine, in un turbinare di velluto estivo e raso bianco. Ricordò la sensazione di gioia che l'aveva attraversata mentre suonava per la prima volta la sonata *Al chiaro di luna* davanti a un pubblico, e l'applauso finale. La sua insegnante, la signorina Eliade, una zitella che spesso si univa a loro durante le vacanze, sprizzava orgoglio da tutti i pori, come se il merito fosse suo soltanto. Ma Natalia non se l'era presa. Le note le sgorgavano dalle dita con una facilità estrema, come se godessero di vita propria, per cui non pensava di meritare tutte quelle lodi.

Quelle fotografie catturavano tutta la sua vita, che per molti versi era cominciata lì: se c'era stato qualcosa, prima, un'altra famiglia, qualunque altra cosa, non lo ricordava. A un certo punto, lungo la strada, il suo passato era sbiadito nel nero, e lei era stata più che felice di dirgli addio. Solo raramente, quando notava una delle zie materne che la guardava di nascosto, si sentiva attraversare da una lama gelida. Solo allora ricordava cosa e *chi* fosse, e capiva che ancora la consideravano un'aggiunta tardiva alla loro famiglia perfetta. Sua madre però non era mai lontana, e l'abbracciava così forte che la sensazione svaniva nel giro di pochi istanti. Ormai si limitava a ignorare quegli sguardi e quasi non li notava. Niente poteva cambiare ciò che loro tre erano diventati.

Chiuse l'album e si raggomitolò sul divano, con la testa affondata in un cuscino. Le si chiudevano gli occhi per il sonno e si sentiva galleggiare verso un piacevole torpore, cullata dal calore e dal guizzo morbido delle fiamme. Questione di giorni e quei pigri pomeriggi avrebbero visto la fine: sarebbe tornata a scuola, in quell'edificio triste e vecchio che sua madre definiva il migliore istituto del Paese, alle lunghe ore di matematica, inglese e francese e all'orribile uniforme che le pizzicava la pelle, per quante volte Sofia l'avesse lavata. Se non altro, poteva rientrare a casa la sera, diversamente dalla maggior parte di quelle povere ragazze, costrette a trascorrere mesi interi sotto lo sguardo onnipresente della madre superiora. Oh, se solo quella vacanza non fosse mai finita! Era stato il Natale più bello che ricordasse.

Mentre si abbandonava al sonno, ricordò ogni minuto di quel 25 dicembre. Dopo cena c'era stata la consueta corsa sulle slitte trainate da cavalli, e suo padre aveva portato lei e gli altri bambini all'Arcul de Triumf. Lungo la strada, si erano fermati a prendere gli *éclairs* al cacao e la cioccolata calda. Più tardi, mentre Anton conduceva la slitta attorno alla sonnolenta piazza in acciottolato, aveva cominciato a nevicare, e lei si era messa a catturare con la lingua i fiocchi di neve che scendevano dal cielo illuminato dalla luna. Ma la parte più bella era arrivata dopo, una volta rientrata a casa, dove, sotto l'albero, l'aspettavano i regali.

Ne aveva scelto uno piccolissimo, che rischiava di scomparire tra gli altri pacchi più grandi e vistosi. Quando aveva strappato la carta, si era ritrovata in mano un'elegante scatolina in velluto. L'aveva aperta lentamente, gongolando di aspettativa, quasi temendo di guardarci dentro. Non si sarebbe mai aspettata una cosa così deliziosa. Un paio di orecchini con rubini, tre gemme cremisi incastonate nell'oro più prezioso che splendevano come stelle alla luce intermittente dell'albero.

Le sue cugine avevano fatto capannello attorno a lei, sprecandosi in esclamazioni incredule, sgomitandosi l'un l'altra per guardare meglio. Le chiacchiere tra gli adulti si erano zittite all'improvviso, e lei aveva colto uno scambio di sguardi tra due delle zie.

Una di loro si era avvicinata a grandi passi al carrello bar e si era rabboccata di porto il calice, chiedendo in un tono che voleva sembrare divertito: « Anton, una bambina di sette anni ha proprio bisogno di gioielli del genere? »

Se suo padre l'aveva sentita, nulla nella sua espressione lo aveva lasciato intendere. Era rimasto dov'era, col cappotto ancora indosso e con le braccia conserte, gli occhi che brillavano maliziosi, solo per Natalia.

«Grazie, grazie, papà!» Aveva gli occhi lucidi e i riccioli rossi che ondeggiavano sul colletto bianco del suo vestito più bello. Mentre le zie inarcavano le sopracciglia, lei era corsa tra le sue braccia e lo aveva ricompensato con l'abbraccio più forte di cui fosse capace.

11

Quella notte, Natalia non era riuscita a dormire. Era rimasta a guardare gli orecchini, piccoli e fragili sul suo palmo, con le pietre rosse che catturavano la debole luce dell'abat-jour accanto al letto. L'indomani, di buon'ora, era andata nella stanza di Despina e si era seduta alla toletta, di fronte allo specchio ovale. Se li era agganciati ai lobi con grande attenzione e si era coperta il volto con le mani. Quando le aveva scostate, se li era visti brillare alle orecchie per la prima volta, e non avrebbe più voluto toglierli.

La madre si era avvicinata, incombendo su di lei con la mano tesa, aspettando che le consegnasse gli orecchini. « Non dovresti indossarli tutti i giorni, sono per le occasioni speciali. Li metto nel portagioie. Saranno al sicuro. »

Era stata la prima volta che Natalia si era rifiutata di obbedire. Si era inginocchiata sul tappeto, implorante. « Ti prego, mamma. Ti prego, lasciameli tenere un altro giorno soltanto! »

Despina aveva acconsentito, ma il giorno successivo Natalia l'aveva supplicata ancora. Il giorno in più era diventato una settimana, poi un mese, e Natalia continuava a indossare gli orecchini. Alla fine, la madre aveva smesso d'insistere affinché finissero sottochiave insieme coi suoi zaffiri, con gli smeraldi e con le collane di perle, oltre che di rimproverarla perché li metteva a scuola.

Natalia si compiaceva degli sguardi invidiosi delle compagne di classe. Di sicuro anche loro avevano qualche gioiello, poiché tutte provenivano da famiglie facoltose, ma non le aveva mai viste indossare niente di così bello. Anche le suore l'avevano fulminata con lo sguardo, ma nessuna aveva fatto commenti. Almeno non all'inizio.

Un giorno, una ragazzina allampanata, che la superava di una testa, le si avvicinò nel cortile della scuola. Natalia l'aveva già vista, ma non si erano mai parlate. La prese alla sprovvista, piazzandosi davanti a lei e tagliandole la strada. Con le mani sui fianchi, gonfiò il petto come un pavone e gridò per farsi sentire da tutti: « La nostra principessa orfanella ha avuto un bel paio di orecchini ».

Era un colpo basso. Natalia rimase a guardarla, ammutolita, sentendosi sbiancare. Sentiva un sapore amaro in bocca, e deglutì. Si spostò per passare, ma l'altra ricominciò, mettendosi le mani a coppa attorno alla bocca.

« È proprio così. *Bastarda!* »

Qualcosa le esplose in testa. Natalia non capiva cosa le stesse succedendo: era come se si vedesse nel corpo di qualcun'altra. Il pugno, duro come una pietra. I capelli dell'altra sotto le sue dita, la coda di cavallo che le sgusciava dalla mano. La bocca a formare una O silenziosa, la ragazzina a terra, con lei sopra. Era bello. Qualunque cosa stesse facendo era bella, e non sentiva nemmeno gli strilli dell'altra, non riusciva a smettere. Finché qualcuno non la sollevò di peso.

La madre superiora non si alzava mai dalla sedia. Correva voce che soffrisse di una grave malattia delle ossa, e ciò spiegava perché la si vedesse raramente fuori dal suo ufficio, seduta dietro la scrivania, da dove dirigeva la scuola con l'efficienza di un dittatore. Così, quando spinse indietro la sedia e si lisciò l'abito, mettendosi in piedi, Natalia si sentì gelare il sangue. Era più alta di una montagna.

Abbassò lo sguardo, e si rese conto di tremare. Osò alzare gli occhi solo quando la vecchia suora si piazzò davanti a lei, immobile.

Sull'ampia fronte della madre superiora era apparsa una vena che Natalia non aveva mai notato, e il viso appariva cianotico, in contrasto col soggolo bianco. « È inconcepibile, Natalia! È inaccettabile che una ragazza con la tua educazione, di una famiglia in vista come la tua, si comporti in questo modo! » La donna aveva in mano una riga di legno e se la batteva sul palmo, un gesto che spaventava Natalia ancor più del tono di voce. « Il solo pensiero che ti sia comportata in modo così incivile, che tu abbia... Sentiamo, cos'hai da aggiungere in tua difesa? »

Natalia non sapeva che cosa dire. Le lacrime su cui contava non si decidevano ad arrivare, né una preghiera a invocare il perdono. Non aveva scuse. Sì, si era comportata in modo orribile, ma come poteva spiegare alla madre superiora che persino una mite orfanella come lei aveva dei limiti? Come poteva spiegare che le parole di quella ragazzina avevano avuto l'effetto di uno sparo? Prima di quel momento, non c'era stato nessun orfanotrofio, nessun'altra vita. Fino a quel momento era stata una bambina come le altre, una bambina fortunata i cui genitori l'amavano tanto da regalarle gioielli bellissimi. Ma in quel momento si sentiva ferita nel profondo.

La madre superiora sospirò, continuando a battersi la riga sul palmo. Per un attimo, Natalia pensò che le avrebbe chiesto di tendere la mano per la punizione di rito, ma la donna rimaneva dov'era, fissandola con quegli occhi piccoli e brillanti in cui non si vedeva nemmeno un briciolo di misericordia. « Rimarrai a scuola per tre ore dopo le lezioni. E questo è solo l'inizio. Dal momento che non hai nulla da dire, convocheremo i tuoi genitori. Per loro sarà una vergogna, ma forse saranno in grado di farti ragionare. »

Per la prima volta, quel giorno, Natalia sentì le lacrime pungerle gli occhi.

Quando varcò i cancelli dell'istituto, la strada era buia, deserta e gelida. Il vento le pungeva le gambe nude, ma lei quasi non ci badava. Riusciva a trattenere a stento la rabbia che le montava dentro, se ripensava a quella ragazzina e al modo in cui l'aveva offesa. Adesso tutti lo sapevano, e la sua vita non sarebbe stata più la stessa. Ecco, cos'avrebbe dovuto dire alla madre superiora. Forse, se lo avesse fatto, non sarebbe stata costretta a fissare il muro per tre ore, una punizione fin troppo severa.

Stringendo la borsa sotto il braccio, scese gli ultimi gradini e imboccò il viale acciottolato. La scuola si trovava ai limiti del quartiere, incastonata in fondo a una strada senza uscita, e in giro non si vedeva anima viva. Se non altro, camminare da sola per qualche isolato le avrebbe fatto bene.

Certo, rimaneva il problema dei suoi genitori. Che cosa gli avrebbe detto, quando fosse arrivata a casa? Quale scusa avrebbe accampato? Di sicuro sua madre era andata a cercarla e, vedendo il cortile vuoto, aveva pensato che fosse andata da Clara, una delle amiche che ogni tanto la invitavano da loro dopo la scuola. A mano a mano che la luce del giorno scemava, doveva essersi preoccupata. Ormai Natalia la immaginava in preda al panico, che camminava avanti e indietro in soggiorno e telefonava a tutti i numeri della rubrica, a cominciare dai genitori di Clara, per finire con la polizia. Sì, quando fosse rientrata avrebbe trovato un bel guaio ad aspettarla, e in un modo o nell'altro avrebbe dovuto affrontare la cosa. Stringendosi addosso il cappotto, allungò il passo, quando sentì qualcuno che gridava il suo nome.

« Natalia! »

Si fermò, voltandosi, ma dietro di lei non c'era nessuno. Doveva averlo immaginato. Riprese a camminare, ma un attimo dopo lo sentì di nuovo, nitido e forte.

« Talia! Ehi! »

Ci mise un attimo a capire che la voce arrivava dalla parte opposta della strada. C'era una macchina che prima non aveva notato, un veicolo scuro, mezzo isolato più avanti, a fari spenti, dal quale si levava il fumo di una sigaretta. Suo padre doveva aver mandato qualcuno a prenderla; era buio, dopotutto. Quand'ebbe attraversato la strada di corsa, si rese conto di essersi sbagliata: quella non era la Buick di suo padre. Era più grande, e la targa era diversa.

Una persona altissima smontò e si fermò sotto la luce del lampione. « Ciao, Talia. Non scappare, per favore. Non voglio spaventarti, solo parlare con te un momento. »

Lei non riusciva a staccare lo sguardo da terra. Le sembrava che le ossa le fossero diventate di gelatina, tanto era spaventata. Riuscì soltanto a fissare i mocassini che si avvicinavano, entrando in una pozzanghera. La figura si fermò, tendendo le mani verso di lei, come se la invitasse ad abbracciarla. Allora Talia vide che non era un mostro, ma un uomo. Giovane, e di bell'aspetto. Indossava un cappotto dal bavero in pelliccia e un cappello nero, simile a quelli che metteva suo padre. Le rivolse un sorriso un po' goffo, come se fosse spaventato anche lui e volesse soltanto presentarsi. C'era qualcosa di stranamente familiare, in lui. Natalia non riusciva a capire cosa, ma un attimo dopo tutto le apparve chiaro. Il piccolo neo sulla guancia dell'uomo era identico a quello che aveva lei. Portavano lo stesso marchio.

Natalia sentì le ginocchia cedere e fece qualche passo indietro, tenendo stretta la borsa. « Devo andare. »

Poi non ci fu altro che l'eco dei suoi passi sul marciapiedi, il respiro ansimante e il battito del cuore che le rimbombava nelle orecchie. La borsa le scivolò, ma non si fermò a raccoglierla. Solo quando arrivò in fondo all'isolato, dove il viale che portava verso casa le apparve come un'oasi, si fermò per qualche istante. Una macchina sterzò per evitarla e suonò il clacson, mentre lei attraversava di corsa la strada.

Giunta dalla parte opposta, sentì la paura diminuire. C'erano alcuni passanti e un ragazzino che vendeva mazzi di fiori avvolti nella carta di giornale, strillando il prezzo a tutti e a nessuno: « Cinquanta *lei*! Solo cinquanta *lei* per i garofani appena colti! »

L'incrocio non sembrava diverso dal solito. Per quell'uomo sarebbe stato impossibile farla salire in macchina, con quel traffico zigzagante e la gente per strada. Era salva. Ma c'era qualcosa di strano, di *sbagliato*.

Poco oltre il punto in cui il ragazzino era accovacciato accanto ai secchi dei fiori, i pesanti cancelli in ferro dell'ambasciata svizzera erano spalancati. Natalia non li aveva mai visti aperti, tranne nelle rare occasioni in cui vi si avvicinava una limousine o un'auto di lusso, e le guardie controllavano documenti e passeggeri prima di lasciarle passare. In quel momento però non c'erano guardie. Non c'erano macchine né soldati, nessun segno di vita, tranne una debole luce al secondo piano.

Si voltò a guardare dall'altra parte del viale, per controllare se la macchina era ancora lì. Non si aspettava di vederla, invece c'era, a malapena visibile sotto la debole luce del lampione. L'uomo ci si era appoggiato, con le braccia conserte. Anche da quella distanza, Natalia riusciva a intuire il suo sguardo rassegnato, come se non avesse nessuna intenzione di seguirla.

Rabbrividendo al vento della sera, si mise a correre, e quella volta non si fermò finché non fu arrivata a casa.

12

Aprile 1944

A casa Goza, i preparativi per la Pasqua cominciavano con una settimana di anticipo. Ogni notte, Despina si rigirava nel letto, rivedendo nei minimi dettagli il menu di sette portate; quando crollava addormentata, aveva contato ogni pizzico di sale o di pepe e misurato ogni spezia con una tale accuratezza che difficilmente quel pranzo sarebbe stato meno che epico. Il mattino del Venerdì Santo, rimaneva soltanto da cospargere di zucchero i biscotti di pasta frolla, sistemati in file ordinate sui vassoi d'argento, come angeli riverenti dalle ali piegate, pronti ad accogliere il giorno più festoso dell'anno. Quel venerdì in particolare recava la promessa di una Pasqua splendida: in città cresceva un'energia inarrestabile ed effervescente, che spingeva perfetti sconosciuti a sorridersi mentre erano in coda per gli acquisti dell'ultimo minuto: i coloranti per le uova, un po' di noce moscata o i ceri bianchi che, accesi alla messa di mezzanotte, sarebbero stati riportati a casa e disposti alle finestre.

Despina, che aveva già pensato a tutto, stava controllando la vetrinetta delle stoviglie, quando si accorse con un fremito di agitazione che solo dieci calici da vino erano sopravvissuti all'ultima festa. Non bastavano per apparecchiare la tavola. Non poteva certo affiancarli a quelli di un altro servizio. Non lo avrebbe mai fatto, men che meno ora che un nuovo ospite stava per unirsi al pranzo.

Anton sapeva che qualunque protesta sarebbe stata inutile: non c'era nulla che potesse dire per impedirle di uscire a caccia di cristalleria. Lui e Natalia si scambiarono un'occhiata, seguendola fuori, in quel mattino frizzante. Calici o no, era davvero una giornata bellissima.

Soltanto un paio d'ore più tardi, dopo che avevano attraversato la città da un capo all'altro, la determinazione di Despina cominciò a incrinarsi e il suo passo a tradire una lieve stanchezza. Persino il famoso magazzino Lenox, un tempo specializzato in spettacolari servizi in cristallo e argenteria, appariva sfornito e quasi al buio, tanto che si faticava a distinguere cosa rimaneva sugli scaffali.

Despina si staccò dal braccio del marito, incredula. « Oh, no, Anton, guarda! Anche loro hanno chiuso. Com'è possibile? »

« Tesoro, andrà tutto bene. Siamo in famiglia, alla fine, possiamo arrangiarci con quello che abbiamo. Non è così grave. »

« Sì, ma è Pasqua, Anton. Che cosa penserà il nostro nuovo amico? »

Anton sorrise, dandole un buffetto. In circostanze normali sarebbe stato d'accordo con lei, ma quel nuovo amico, come lei lo aveva definito, sarebbe stato felice di bere anche in una tazza di ceramica. « Victor non ci baderà nemmeno, credimi. »

Despina aggrottò la fronte, mordendosi un labbro. Era una settimana che si affannava per quell'ospite. Certo, non era la prima volta che Anton invitava a casa una nuova conoscenza – lo faceva di continuo –, ma mai in un giorno di festa. E in quelle occasioni ci sarebbe dovuta essere solo la loro numerosa famiglia, bambini compresi. Erano già così tanti che era un'impresa ospitarli tutti insieme.

« Pensi che sia il momento giusto, Anton? Non possiamo invitarlo un'altra domenica, quando saremo solo noi tre e potremo conoscerlo meglio? »

« Non ha nessuno, Despina. Né parenti né amici. Rimarrebbe da solo il giorno più santo dell'anno », ribatté, mentre le apriva la portiera del taxi che aveva accostato al marciapiedi.

Lei si arrese, mettendosi accanto a Natalia sul sedile posteriore. « D'accordo. Ma dubito che si sentirà a suo agio in mezzo a una ventina di persone che nemmeno conosce. »

Anton aveva conosciuto Victor per caso. Una sera, sul tardi, stava chiudendo il negozio quando aveva scorto un ragazzo che rovistava in un bidone dei rifiuti davanti a un caffè, in fondo all'isolato. Non sembrava essersi accorto di lui, mentre frugava tra sacchetti fradici e scatole gettate via, biascicando imprecazioni. Era piuttosto alto e ossuto, tutto spigoli sotto l'impermeabile sbottonato. Non sembrava la prima volta che cercava qualche avanzo nella spazzatura. Nonostante la fame, evidente dalla foga con cui rovistava nel bidone, aveva un che di distinto, una nota stranamente solenne che lo rendeva più simile a un poeta, anziché a un mendicante.

Anton era rimasto dov'era, guardandolo con la coda dell'occhio. Gli riportava alla memoria un passato ormai dimenticato e aveva un'aria familiare, sebbene lui non ne capisse la ragione. Dove lo aveva visto, prima di allora?

Poi aveva capito. Quel ragazzo occupava il piccolo appartamento sopra il negozio. Si erano incrociati sulle scale di servizio, qualche volta, mentre lui portava dentro una consegna o impilava gli scatoloni vuoti nel vicolo sul retro dell'edificio. Non si erano mai nemmeno salutati.

Dopo avere dato un'altra mandata alla serratura, per stare sul sicuro, Anton si era messo la chiave in tasca. Le serrande avevano sferragliato rumorosamente, a dispetto dei suoi sforzi per non far rumore, e il ragazzo aveva alzato lo sguardo dal bidone, lasciando cadere a terra il coperchio. Si era stretto addosso l'impermeabile, incamminandosi rapido nella direzione opposta.

Anton lo aveva chiamato, ma l'altro aveva proseguito a lunghe falcate lungo la piazza, schizzando via in mezzo alle macchine per sparire dal lato opposto. Allora lui lo aveva seguito, affannandosi per stargli dietro. Si era convinto di averlo perso, ma poi lo aveva scorto mentre girava l'angolo, e si era messo a correre per raggiungerlo. « Mi scusi, la prego, non volevo spaventarla! »

Lo aveva seguito per un altro isolato, finché il giovane non si era fermato, voltandosi di colpo. Il suo viso spigoloso tradiva paura, ma anche una traccia di rabbia. « Che cosa vuole? Non ho preso niente. Niente che fosse suo », aveva aggiunto, ammorbidendo appena i toni.

Anton non aveva osato avvicinarsi. Era arrossito d'imbarazzo: il giovane aveva frainteso del tutto le sue intenzioni. « Certo che no. Lo so. Volevo solo aiutarla e capire se ha bisogno di qualcosa. » Aveva giocherellato nervoso con la chiave che aveva in tasca.

L'altro aveva accennato un sorriso cinico. « Se ho bisogno di qualcosa? Sì, mi servirebbe qualcosa da mangiare. Niente di costoso. Andrebbero benissimo un po' di avanzi o qualche crosta. Oggi non ho toccato cibo. »

Per un attimo, Anton era rimasto in silenzio. Aveva lasciato andare la chiave, tendendo la mano in un invito. « Venga con me. Conosco un posto dove potremmo mangiare del *mici,* anche se è tardi. Ho fame pure io, e mi farebbe piacere un po' di compagnia.»

Erano andati in una nota birreria su Stavropoleos. Sebbene fosse definita un pub, la clientela la frequentava per gli interni più che per le birre. Quando si era accorto delle occhiate di disapprovazione che avevano accolto il suo ingresso, il giovane aveva pensato di voltarsi e andarsene, ma la sua fame era più forte dell'orgoglio, e il maître, un vecchio corpulento in marsina, che sembrava conoscere Anton piuttosto bene, li stava già accompagnando in fondo al ristorante, dove li aspettava un tavolo dalla tovaglia immacolata e con luccicanti stoviglie in argento.

Avevano superato una fila di tavoli i cui commensali si erano zittiti al loro passaggio, e lui aveva osservato i dipinti sui muri, la luce emanata dagli eleganti candelieri art déco. *Ovvio che mi stiano fissando.* Di norma sarebbe stato cacciato solo per avere sbirciato alla finestra di un posto come quello.

Attorno a mezzanotte erano rimasti solo loro due. Anton aveva ordinato altri *mici,* bistecca e patate fritte, ed erano passati dalla birra al brandy. Il cameriere dava abbondanti segni d'impazienza, ma non poteva rifiutarsi di servire Anton. Lui e la moglie erano da anni i migliori clienti del locale. Non c'era modo di mandarlo via, tantomeno quando sembrava impegnato in una fitta conversazione.

Era la prima volta che Anton svelava qualcosa del proprio passato. Era sorpreso dalla facilità con cui si confidava con un perfetto sconosciuto, condividendo con lui la storia dei suoi umili inizi. A poco a poco, aveva messo a nudo la propria anima e i tormenti del proprio cuore davanti a quel giovane affamato, uno studente di nome Victor che svolgeva qualunque lavoro notturno trovasse per pagarsi la retta dell'università, e che spesso rimaneva a stomaco vuoto per giorni interi. Mentre parlava con lui, Anton sentiva di essersi tolto dalle spalle un peso invisibile.

In un primo momento, Victor non era riuscito a capire perché il ricco proprietario del negozio al pianterreno volesse cenare in sua compagnia, né tantomeno perché gli rivelasse particolari così intimi sulla propria vita. Lo vedeva quasi ogni mattina, quando apriva il negozio, in abiti eleganti e sciarpe di seta. Aveva visto la Buick da cui scendeva tutti i giorni, la bellissima donna dai capelli scuri – sicuramente la moglie – che passava spesso di lì, carica di cappelliere e borse di acquisti, sempre avvolta da una nuvola di profumo costoso. Che cosa poteva volere da lui, un uomo del genere? Perché gli importava di lui? Eppure, mentre le ore passavano e Anton si addentrava nei dettagli della propria giovinezza, aveva cominciato a comprendere il motivo di quell'invito.

Quando Anton gli aveva raccontato degli anni in cui era il garzone delle consegne e dormiva in fondo al magazzino, Victor si era sporto sul tavolo per non alzare la voce. « Nessun bambino dovrebbe essere costretto a lavorare in quelle condizioni a beneficio dei ricchi. Verrà il giorno in cui nessuno subirà crudeltà del genere. L'asservimento dei poveri che ha piagato l'Europa per secoli vedrà presto la fine. Si ricordi le mie parole. Quando i ricchi verranno privati delle fortune accumulate ingiustamente, quando tutto verrà diviso con equità tra la gente, questo Paese ritroverà la propria umanità. Vedrà, Anton. Vedrà. » Aveva estratto una sigaretta dall'astuccio dorato che Anton gli porgeva. La birra e il brandy avevano infiammato la sua schiettezza, facendogli dimenticare che l'uomo di fronte a lui apparteneva ai ranghi di cui parlava con tanto sdegno.

Anton si era rimesso l'astuccio in tasca. «Ma non ha funzionato. In Russia non ha funzionato. La gente che vive nelle kommunalka, a Mosca e Leningrado, non ha da mangiare né di che riscaldarsi. E cosa dire delle migliaia di persone che Stalin ha ucciso per difendere quello che aveva creato? Nessuno è migliore degli altri, e si soffre ovunque allo stesso modo.»

«Non sia così ingenuo, Anton! Stalin ha industrializzato la Russia. Ha creato nuove opportunità e ha portato il progresso, più che in qualunque altro Stato del mondo. Perché, secondo lei? Perché? Perché i sovietici credono in una società intesa come un tutto, anziché puntare al profitto individuale. Ed è il motivo per cui vinceranno questa guerra.» Aveva vuotato il bicchiere di brandy, posandolo sul tavolo.

Anton non era riuscito a trattenere un sorriso. Non ricordava di avere mai conosciuto nessuno che parlasse con tanta veemenza. Era in disaccordo con gran parte di quello che il suo giovane amico stava dicendo, ma il suo entusiasmo, il fuoco nello sguardo erano sicuramente contagiosi. Sentiva nel petto una nota d'indignazione al pensiero che una persona così intelligente e con la sua eloquenza fosse costretta a rovistare nei bidoni dell'immondizia in cerca di avanzi. Lo riteneva inconcepibile. Chiese il conto. «È libero per il pranzo di Pasqua?» Era quasi sicuro che Victor non avesse impegni né grosse ragioni per festeggiare, ma non sapeva come altro proporglielo. «Saremmo felici se venisse da noi. Se le fa piacere.»

«La ringrazio, ma crede che sua moglie sarebbe contenta di trovarsi in casa uno come me? No, Anton. Credo sia meglio se tutto questo - le nostre affinità elettive, diciamo così - rimane tra noi. Ma la ringrazio per la generosità.» Si era alzato, tendendo la mano ad Anton che, ancora seduto, l'aveva stretta, sorridendo nella debole luce del locale.

«Venga da noi. Sarei felice di farle conoscere mia moglie. Le dimostrerò che ha torto.»

13

Maria non era una donna particolarmente devota, sebbene chiunque la conoscesse non avesse dubbi sulla sua assoluta e totale fede in Dio. Sì, credeva nel potere assoluto del Signore, e non dubitava che tutte le questioni legate alla vita sulla Terra fossero nelle mani dell'Onnipotente. Tuttavia non riusciva a capire perché Dio scegliesse sempre lei come suo vassallo, né perché affidasse alle sue mani fallaci e mortali problemi tanto spinosi.

La lettera tremò appena mentre la sollevava alla luce della finestra per rileggerla. Non impiegò molto a finire. Sul foglio sottilissimo, fragile come l'ala di una farfalla, c'erano solo poche righe in inchiostro nero. La lettera scivolò a terra, finendole accanto ai piedi, sotto il davanzale. Si abbassò per raccoglierla e, mentre lo faceva, si graffiò il dito lungo il margine del foglio.

Mentre guardava distratta fuori dalla finestra, ripensò al giorno prima. Appena arrivata all'orfanotrofio, di buon'ora, aveva trovato la direttrice sulla porta. Aveva bisogno di parlarle con urgenza, le aveva detto. All'inizio Maria aveva pensato che fosse per le lunghe ore che trascorreva in istituto.

Persino Ana Tudor si era accorta che la sua preoccupazione ossessiva per i bambini cominciava a presentare il conto. « Non ho bisogno che tu stia qui notte e giorno. Ho bisogno che tu stia bene. Prenditi qualche giorno di riposo, vai a pranzo fuori. »

Aveva ragione, e Maria ne era consapevole. Anche suo

marito era sempre più preoccupato per il suo pallore e la magrezza, e le ripeteva le stesse cose. Ma quello che Ana Tudor stava per dirle non aveva nulla a che fare con la sua salute. Maria lo aveva capito nell'attimo stesso in cui era entrata dietro di lei, chiudendosi alle spalle la porta dell'ufficio. A un certo punto, nel corso degli anni, Maria e la direttrice dell'orfanotrofio erano diventate amiche, legate dal senso di responsabilità, dalla preoccupazione e dalle premure costanti per i bambini. Avevano superato le formalità e le porte chiuse.

La direttrice si era seduta dietro la scrivania, intrecciando le dita. « Ti spiace accomodarti, Maria? Non so da che parte cominciare... È una cosa piuttosto delicata, riguarda la bambina dei Goza. »

Maria era stata incapace di nascondere lo stupore. « Natalia? Che cosa succede? »

Ana Tudor aveva fatto scivolare una busta color crema sulla scrivania. « Questo. L'ho ricevuta la scorsa settimana. Dal momento che è una faccenda delicata, ho preferito passarla a te. Tu e la madre della bambina siete molto amiche, vero? Credo che saprai gestirla meglio di chiunque altro. »

Maria aveva preso la busta e ne aveva estratto un foglio piegato in due.

« Prima che tu la legga, sappi che sarai solo tu a decidere se mostrarla o no alla famiglia. Qualunque sia la tua scelta, non ti giudicherò, perché so che farai la cosa giusta, amica mia. Comunque, da questo momento in poi non voglio sapere altro. »

Maria aveva annuito, aveva dispiegato il foglio e si era messa a leggere. Non ci aveva messo molto a finire. Quando aveva alzato di nuovo lo sguardo, le tremava la mano.

Doveva ancora affrontare la parte più difficile. Rabbrividì pensando a cosa doveva fare, a cos'era *obbligata* a fare se voleva ritrovare la pace, un giorno. Sembrava così semplice e al tempo stesso inconcepibile. Despina era la madre di Natalia, aveva diritto di sapere di quella lettera e soprattutto di cosa c'era scritto. Ma era anche la persona a lei più cara. Da bambine avevano diviso tutto, incluso il letto alla casa di Salonicco, dove trascorrevano le vacanze, i segreti sussurrati nel buio e la promessa che nulla le avrebbe mai divise. Era l'ultima persona al mondo che Maria volesse far soffrire.

All'improvviso, però, le tornò in mente un altro volto, quello della donna che aveva vissuto nella sua soffitta per sei mesi, ed era sopravvissuta per miracolo solo per ricominciare una vita vuota, senza dubbio funestata dal dolore e dai rimorsi. Sospirò, ricordando quell'ultima mattina, quando l'aveva vista scendere dalle scale di servizio, con indosso uno dei suoi vecchi abiti, lo sguardo spento. Maria sapeva bene come ci si poteva ridurre dopo avere perso un figlio, sapeva che nulla o quasi aveva importanza, dopo. Ma lei doveva qualcosa, a quella donna?

Infine c'era Natalia, una bambina bellissima dai capelli color rame, il cui sorriso riusciva a illuminare un'intera stanza. Sembrava così felice, con Anton e Despina, così serena. Come poteva mettersi in mezzo, proprio lei, rischiando di distruggere la pace benedetta che avevano trovato gli uni con l'altra?

Si lasciò cadere su una sedia e rimase lì, a guardare il cielo che si faceva più scuro e il pomeriggio che cedeva il passo alla sera, mentre rifletteva su possibilità e conseguenze, rivedeva le opzioni e ricominciava daccapo. Il cielo era nero come l'inchiostro quando una certezza scottante si fece largo nel suo cuore, come la puntura di uno spillo sul pollice.

Alla fine, tutto le fu chiaro. Ana Tudor la conosceva meglio di quanto lei conoscesse se stessa. Maria nascose il viso tra le mani, arrendendosi alle lacrime che non aveva più la forza di trattenere, mentre si struggeva per ciò che aveva perso tanto tempo prima.

14

Despina si affannava nella cucina inondata di sole, con un grembiule perfettamente inamidato stretto sul vestito in seta lilla. Si scostò un ciuffo di capelli dal viso, mentre con l'altra mano rimestava latte, zucchero, uova e burro in un'ampia terrina in metallo, aggiungendo le giuste quantità di uva passa e rum. Solo la ruga sottile che solcava lo spazio tra gli archi perfetti delle sopracciglia tradiva la sua concentrazione, mentre mescolava gli ingredienti e chiedeva a Sofia di andarle a prendere lo zucchero o la farina in dispensa.

Seduta sullo sgabello nell'angolo, Natalia osservava la madre, sorseggiando una tazza di cioccolata calda. Adorava quei momenti indaffarati nelle ore che precedevano una festa, quando la prospettiva di un giorno perfetto le si apriva davanti, colmandola di un senso di attesa. Erano solo le dieci del mattino, ma il profumo dei dolci, l'aroma di trecce di pane e noce moscata che usciva dal forno, già impregnava ogni angolo della casa. Dalla radiolina portatile su uno degli scaffali si diffondeva la sua canzone preferita, *The Children's Hour*.

« Perché non vai a vedere se c'è qualcuno dei tuoi amici? Un po' d'aria fresca ti farà bene. Vai, su. »

Natalia sgranò gli occhi, sorpresa. « Dici sul serio? »

Con un sorriso, Despina le schioccò un bacio sulla fronte. « Certo. Torna per le due, però. Vorrei che ti mettessi qualcosa di più adeguato, per il pranzo. »

« Grazie, mamma! Tornerò in tempo, promesso! » E saltò giù dallo sgabello, senza farselo ripetere.

Dal giorno della punizione a scuola, sua madre non l'aveva più persa di vista. Dubitava persino se lasciarla andare alla buca delle lettere o uscire in cortile. E Natalia non poteva biasimarla. Sebbene fossero passate settimane, sentiva ancora un fremito di rimorso quando pensava a ciò che era successo quella sera, quand'era infine rientrata a casa.

Non c'erano state scenate, urla né castighi. E nemmeno una telefonata da parte della madre superiora, evidentemente. L'aveva capito nell'attimo stesso in cui Despina aveva spalancato la porta, sebbene lei avesse fatto di tutto per intrufolarsi in casa in silenzio. Voleva raccontarle di essere stata in soffitta tutto il tempo a cercare il vecchio trenino elettrico che pensava di dare a Maria, per l'orfanotrofio. Era stato un sollievo non essere costretta a mentire, ma il modo in cui sua madre l'aveva guardata, così pallida e con gli occhi spalancati, aggrappata alla porta come se fosse stata una zattera di salvataggio, l'aveva lasciata senza fiato.

La sua voce era quasi irriconoscibile. « Talia... Talia, dove sei stata? »

« Mi dispiace, mamma, mi dispiace tanto. Era l'ultima cosa che volevo. » Poi era scoppiata in lacrime.

Più tardi, avvolta in una morbida coperta di lana, dopo una tazza di tè e un massaggio a mani e piedi, Natalia aveva trovato il coraggio di dirle la verità. A bassa voce, tesa, con gli occhi fissi a terra, le aveva raccontato di quella giornata terribile, delle parole che quella ragazzina le aveva gridato nel cortile della scuola, della sua rabbia incontenibile e dell'obbligo di rimanere faccia al muro per tutto il pomeriggio.

Con suo grande stupore, Despina l'aveva ascoltata con calma, senza dire una parola. Finché lei non era arrivata al momento in cui lo sconosciuto le si era avvicinato lungo la strada, quasi in una nota a margine. A quel punto sua madre era saltata in piedi come attraversata da una scossa elettrica.

« È tutto a posto, mamma! Sto bene, non è successo nulla! Non è stato niente di che. »

Despina però si era messa a camminare su e giù per la stanza, strofinandosi le tempie con gesti frenetici, la faccia scura e lo sguardo sul pavimento. Dopo un po' si sedeva, si rialzava e tornava a sedersi. A un certo punto aveva preso una mano di Natalia tra le proprie, stringendola, più che in un gesto d'amore, in una morsa di domande infinite che erano continuate per ore. *Quanti anni aveva quell'uomo, Talia? Com'era vestito? Che cosa ti ha detto? Ricordi le parole precise?* Natalia si era sforzata di rammentare, ma proprio non sapeva perché quel tizio avesse cercato di parlarle. Né perché le fosse sembrato così familiare, una considerazione che aveva preferito tenere per sé.

A un certo punto era arrivato suo padre. Per non interromperle, si era versato una tazza di tè ed era andato alla finestra. Non aveva preso nemmeno un sorso, ma era rimasto lì ad ascoltare con la tazza in mano. « Su, Despina, possiamo continuare domani. Talia, vieni in cucina. Ti preparo qualcosa da mangiare. »

Lei sarebbe voluta correre a baciarlo. Grazie a Dio, per quella sera era salva. Mentre lo seguiva fuori dalla stanza, però, si era fermata nel corridoio, voltandosi un'ultima volta verso Despina. « Buonanotte, mamma. Mi dispiace. »

Sua madre però sembrava non averla sentita. Era appoggiata allo schienale del divano, aggrappata al bracciolo, le spalle curve, come se una verità sconvolgente le avesse trafitto il cuore.

Dopo averla tenuta prigioniera per settimane, guardata a vista come una carcerata, sua madre le diceva che poteva uscire a giocare. Quant'era buffa. E imprevedibile. Ma non voleva certo dissuaderla da quell'improvvisa svolta.

« Torno in tempo! » Quando posò le mani sulla superficie levigata e scintillante del pomello si sentì gelare, e fece un passo indietro. C'era qualcosa, fuori, una specie di sirena, simile a quella di un'ambulanza, ma più forte e insistente. Sembrava un ululato.

Natalia si voltò verso la madre, cercando di decifrarne il volto, ma era privo di espressione. Fu la terrina che scivolava a terra, con un clangore metallico e la farina bianca che si spargeva sul pavimento, a farla strillare, non il suono all'esterno.

Alla radio, *The Children's Hour* venne interrotta dalla voce cupa dello speaker: « Siamo sotto attacco! Le forze alleate stanno bombardando Bucarest! I cittadini sono invitati a cercare riparo! » Ci fu una scarica di elettricità statica, quindi una pausa. La voce alla radio tornò a farsi sentire, ancora più carica di urgenza: « Ripeto: che tutti cerchino riparo! Che Dio aiuti il nostro Paese. Che Dio ci aiuti tutti quanti! »

15

Alla fine era successo, senza nessun preavviso. Quello che tutti temevano aveva colto la città di sorpresa, proprio la mattina di Pasqua. Si era sentita un'unica sirena, non lontano da casa loro, forse da una delle piazze del centro. Era suonata tardi, troppo tardi perché Despina potesse fare qualcosa di più che afferrare la mano di Natalia e trascinarla verso la porta della cantina, che Sofia aveva spalancato. Non erano nemmeno a metà delle scale quando l'intera casa si mise a tremare, facendo rumori mai sentiti prima. Nonostante tutto, Despina si sentì fortunata per essere stata in grado di reagire in tempo.

In cantina, fece il possibile per rassicurare Natalia. Le grida della figlia erano più strazianti delle urla all'esterno, delle detonazioni che arrivavano fin nelle ossa, del rumore dei mattoni e delle finestre che andavano in pezzi. Despina canticchiò, stringendola a sé, le disse di pensare a qualcosa di bello, di non avere paura. Avrebbe potuto pregare, come stava facendo Sofia, inginocchiata e con la fronte premuta sul muro, ma avrebbe spaventato ancora di più sua figlia.

Quando tutto finì, Natalia rimase immobile, con la testa tra le ginocchia e le mani premute sulle orecchie. Fu Sofia a trascinarla su per la scala, dentro una nuvola di polvere. Fu lei ad accudirla in quei primi, terribili istanti, poiché Despina era corsa al telefono, a comporre un numero con gesti frenetici, una prima e una seconda volta, per poi comprendere, con una fitta di terrore, che non c'era linea.

Passarono due ore senza che avessero notizie di Anton.

Natalia non voleva lasciarle andare la mano. C'erano troppe macerie e troppi vetri rotti, lì sotto, era meglio spostarsi. Ma non c'era verso di mandarla via.

« Tesoro, perché non vai di sopra a riposare? »

« Io rimango qui, mamma, smettila di chiedermelo. Voglio stare qui con te! »

Alla fine s'interpose Sofia, sebbene nemmeno a lei piacesse la prospettiva di allontanarsi da Despina. « Signorina, rimarrò io con lei per un po'. La mamma ha bisogno di un momento da sola. »

Natalia salì le scale controvoglia, con Sofia che la seguiva. Guardandola allontanarsi, Despina si lasciò sfuggire un sospiro di sollievo. Ora che era sola, doveva muoversi senza fermarsi un solo istante, se non voleva impazzire. Cercò di calmare il battito furioso del proprio cuore. « Sta bene, sta bene. » Poi però ricordò le discussioni con Anton delle ultime settimane. Il fatto che non aveva voluto, non aveva *potuto* prometterle che si sarebbe messo al riparo, se fosse arrivato il momento. L'aveva implorata di comprendere che non poteva infilarsi in una bara e che persino la loro cantina gli sembrava una cassa di legno. E in quel momento, coi telefoni che non funzionavano, non c'era modo di mettersi in contatto con lui. Ma stava per arrivare, ne era sicura. Da un momento all'altro avrebbe sentito la sua voce all'ingresso, che chiamava lei e Talia. Doveva solo tenersi impegnata fino ad allora.

Si fermò sulla soglia della sala da pranzo, stringendo la maniglia. A giudicare dalla vista che le si aprì davanti, sembrava impossibile che la casa non fosse finita in fumo. Il lampadario era crollato sul tavolo e nell'urto non era sopravvissuto nemmeno un cristallo. Dal velo di schegge che ricopriva ogni cosa, sembrava che la stanza fosse stata spazzata da una tempesta di sabbia.

Cercando di trattenere il respiro, Despina si avvicinò alle portefinestre della terrazza. Col piede sfiorò qualcosa di appuntito e si chinò per raccoglierlo. Ci mise qualche istante a capire che era uno dei candelieri ereditati dalla nonna, spezzato in due. Li aveva messi sulla credenza quella stessa mattina, accanto al servizio in porcellana per il pranzo di Pasqua. Non ci sarebbe stato nessun pranzo, nessun banchetto sfarzoso, niente uova colorate, nessuna festa in famiglia.

Le sue sorelle... Maria... Stavano bene? Si rese conto che non le sentiva da quasi una settimana, dalla domenica precedente, quando si erano trovate tutte alla pasticceria Capsa, su calea Victoriei. Quel pomeriggio, nulla lasciava presagire quello che stava per succedere, come se la guerra fosse qualcosa di lontano, alieno alle loro vite. Si erano strette tutte a un tavolino accanto alla vetrina a gustare un assortimento di pasticcini col tè inglese, parlando dei dettagli del pranzo di Pasqua. Ecaterina avrebbe portato lo champagne, Elena qualche antipasto, se fosse riuscita a prepararli. La cugina Maria aveva detto che avrebbe fatto l'impossibile per arrivare puntuale.

Maria. C'era qualcosa di strano, in lei, quel giorno. Sembrava di cattivo umore, forse persino preoccupata mentre aspettava che Despina uscisse dalle toilette delle signore. « Desi. »

Lei si era voltata, trasalendo, ma vedendo che era Maria aveva respirato di sollievo. « Santo cielo, mi hai fatto prendere un colpo! » Con una risata affettuosa, aveva stretto il braccio della cugina, che però non aveva ricambiato il sorriso.

« Possiamo parlare, dopo che le ragazze se ne saranno andate? Da sole. »

« Certo! Lo facciamo sempre. » Si aspettava una risata, ma il viso di Maria si era fatto ancora più scuro.

« C'è una cosa che ti voglio dire. Che sento di *doverti* dire. In privato, Despina. Solo io e te. »

Il pomeriggio però era passato troppo in fretta, e il tempo era volato via. Il cameriere, così premuroso all'inizio del servizio, dava ormai chiari segni d'impazienza. Ecaterina era stata la prima a notare il suo sguardo esasperato mentre toglieva le ultime tovaglie, dopo aver ripulito le briciole con una spazzola d'argento.

Ecaterina aveva dato un'occhiata all'orologio. « Oddio, dovremmo andarcene. Devono cominciare a preparare per la cena! »

Avevano preso i golf, si erano scambiate qualche bacio frettoloso ed erano uscite. Poco dopo, Despina e Maria si erano ritrovate da sole sul marciapiedi, il momento e il posto meno adatti per un discorso di una certa gravità.

« Ne parliamo la prossima settimana. Passo a trovarti io », le aveva detto Maria, mentre si abbracciavano.

Di qualunque cosa si fosse trattato, Despina si augurava che non riguardasse la salute della cugina, che nell'ultimo periodo aveva un'aria tirata e pallida. Dimagriva a vista d'occhio e a stento mangiava un pasto degno di quel nome prima di correre alla sede della Croce Rossa, dove passava giornate intere al telefono, cercando di raccogliere fondi per gli ospedali, gli orfani di guerra e le famiglie dei soldati feriti. Stranamente, aveva smesso di andare all'orfanotrofio. Despina non le aveva mai chiesto perché: immaginava che alla fine Stefan avesse puntato i piedi, perché Maria non sapeva risparmiarsi, quando c'erano di mezzo quei bambini. Poveretto. Come poteva immaginare che sua moglie avrebbe subito trovato un'altra causa, un'altra ossessione alla quale dedicarsi?

Mio Dio, ti prego, fa' che stia bene. Ti prego, fa' che stiano bene tutti e due, pregò in silenzio mentre osservava il resto delle stanze distrutte, sollevata nel vedere che il pianoforte di Natalia, se non altro, era rimasto illeso. Si fermò di fronte all'unica finestra ancora intera, incapace di sollevare lo sguardo. Che ne era del rumore del traffico, del chiasso dei bambini in fondo all'isolato? Era tutto così immobile che riusciva a sentire il ticchettio del pendolo e il suo stesso respiro affannato. E qualcos'altro, improvviso. Più in basso, in strada, sentì uno scalpiccio di passi, seguito dal tintinnio delle chiavi, e si precipitò di sotto.

Erano passati dieci minuti, ma non riusciva a smettere di piangere. Si detestava per quello sfogo incontrollato, ciononostante non riusciva a frenarsi. Le lacrime scorrevano copiose, inzuppando la camicia di Anton, mentre lei gli premeva la testa sul petto.

«Sono qui, sto bene.» Anton le baciò i capelli e le guance bagnate, mentre lei scivolava piano sul pavimento, trascinandolo con sé. Lì, a terra, la cullò, finché i singhiozzi non si affievolirono in lunghi e profondi sospiri.

Despina gli strinse le mani e sentì che erano coperte di polvere. Un taglio profondo gli solcava un palmo. Vi premette le labbra e, con un sussulto, sentì il sapore ferroso del sangue rappreso. Anche Anton era scosso da un fremito, ma non disse una parola. Rimasero lì per un po', senza osare muoversi, né sciogliersi dall'abbraccio in cui erano stretti.

« Dov'è Talia? » sussurrò lui, dopo un po'.

« Di sopra, sta riposando in camera sua. Era così spaventata, Anton! Mi ha spezzato il cuore. Cos'è? » Despina indicò la valigetta che lui aveva lasciato accanto alla porta.

« Ah, quella. Volevo portare a casa la collezione di francobolli. Non potevo scegliere giorno migliore. »

Despina non rise come lui aveva sperato.

Anton la scostò da sé, guardandola con tenerezza e una punta di ironia. « Despina. La mia forte e bellissima Despina. Non hai ancora capito che non devi preoccuparti per me? »

La risposta di lei fu poco più che un sussurro: « Non so che cosa farei, se ti dovesse capitare qualcosa. Non riuscirei a sopportarlo ».

« Non succederà niente né a me né a nessuno di noi. Affronteremo tutto questo insieme, come abbiamo sempre fatto. Combatteremo e vivremo, e presto le cose torneranno come prima. »

« Hai ragione. » Ci credeva davvero. Suo marito era lì con lei, in salvo, e le asciugava le lacrime col pollice della mano ferita. Erano insieme, ed erano vivi. Era bello sentire la sua mano sul viso. La cortina di paura si era sollevata, almeno un po'.

In cima alle scale, Natalia li guardava in silenzio. Si era sforzata di dormire, senza riuscirci. A mano a mano che le ore passavano, aveva cominciato a preoccuparsi per suo padre e, quando aveva sentito la sua voce nell'ingresso, avrebbe voluto correre da lui e unirsi a quell'abbraccio. Qualcosa però l'aveva bloccata dov'era. Qualunque cosa stesse succedendo tra i suoi genitori, sembrava che dovesse rimanere soltanto loro. Così tornò in camera sua, camminando in punta di piedi lungo il corridoio, oltre la teca delle statuine in porcellana di sua madre, ridotte ormai in mille pezzi.

16

Agosto 1944

L'estate, lunghissima e calda, sembrava voler ripetere all'infinito la solita routine, con le sirene che suonavano al medesimo istante ogni giorno, come un segnale orario. In attesa che il peggio passasse, Despina e Natalia si rifugiavano in cantina, accendevano le lampade al kerosene e contavano i barattoli in fila sugli scaffali, per passare il tempo. Anton correva nel parco dalla parte opposta della strada, quello dove, prima della guerra, era solito dare da mangiare alle anatre insieme con Natalia. Sedeva su una panchina, sotto i grossi rami di un platano. Col cuore che gli martellava in petto, guardava le macerie che gli crollavano attorno, cancellando un'altra parte del quartiere, e pregava che quella volta non fosse toccato alla loro casa, che la sua famiglia fosse stata risparmiata.

Despina aveva rinunciato a convincerlo a rifugiarsi nel seminterrato. Aveva implorato, pianto, urlato e minacciato, ma era stato tutto inutile. Adesso, quando cominciavano a suonare le sirene, si limitava a farsi il segno della croce. Si era arresa all'idea che solo Dio potesse salvargli la vita sulle panchine di quel parco, e che era meglio dirottare i propri sforzi nelle preghiere.

Ma la causa delle recenti discussioni non era soltanto l'ostinazione di Anton a tenersi alla larga dai rifugi. Da settimane ormai cercava di convincere la moglie a raggiungere sua sorella Ecaterina alla casa di famiglia a Snagov, un villaggio a pochi chilometri da Bucarest, dove ancora le bombe non erano arrivate. Le sue sorelle avevano lasciato la città da un pezzo. Una alla volta, avevano incollato il nastro adesivo ai vetri delle finestre, arrotolato i tappeti, coperto i mobili coi lenzuoli ed erano salite su un treno, dirette in paesini sperduti che gli Alleati non avevano interesse a bombardare. Le ripeteva che era pericoloso rimanere a Bucarest, ora che le voci sui campi di prigionieri al di là della frontiera con la Polonia diventavano sempre più numerose. E il Führer faceva terra bruciata, sempre più vicino.

« Despina, ho sentito cose atroci, questa mattina, dal fornaio. E non chiedermi altro. Nemmeno ci crederesti. I tedeschi sono un popolo civile, come possono fare una cosa del genere? » le aveva chiesto una sera, quando si preparavano ad andare a letto.

La moglie si era seduta alla toilette per togliersi gli orecchini di perle. « Ma, tesoro, i giornali non ne hanno fatto parola. E i pettegolezzi si dimostrano sempre infondati. »

« Può darsi. Ma per te e Talia è rischioso rimanere qui. L'esercito di Hitler è vicino, ormai. Troppo vicino. Lo sai che cosa significa, vero? »

Despina aveva appoggiato le mani sul ripiano del mobile, fissando il marito nello specchio. « Sai bene che non me ne andrò senza di te. E, dal momento che sei un riservista, non so dove potremmo andare. Oltretutto non siamo soli. Victor è ancora qui. E che cosa mi dici di Maria e di Stefan? Loro non sono scappati come cervi spaventati. Perché dovremmo farlo noi? » Sapeva che erano argomentazioni inutili. Sì, Maria e Stefan erano ancora in città, ma la loro vita, come quella di chiunque altro, si era ridotta alle poche ore diurne in cui ci si poteva azzardare a uscire dai rifugi. Sembrava esserci sempre meno tempo per svolgere le incombenze più banali - rifornire la dispensa, andare all'ufficio postale per vedere se c'erano lettere o anche solo uscire per una breve passeggiata prima che le sirene suonassero - e si vedevano sempre meno. Ancora non sapeva che cosa volesse dirle Maria quel pomeriggio alla pasticceria Capsa, quando i bombardamenti ancora non erano cominciati. L'ultima volta in cui aveva cercato di sollevare l'argomento, durante una telefonata, la linea era caduta a metà discorso. Da allora si erano parlate soltanto in un'occasione: Maria stava correndo alla Croce Rossa e le aveva promesso di passare a trovarla a breve. Despina si augurava che lo facesse presto. Riusciva a tollerare la lontananza dalle sorelle, ma Maria era un elemento fondamentale della sua vita e soffriva della sua assenza come se le mancasse un arto.

Anton le si era avvicinato alle spalle per darle un lieve bacio sul collo. « Despina, ti scongiuro. Nessuno può sapere che cosa succederà in futuro, o anche solo *domani*. So soltanto una cosa: tu e Talia non siete al sicuro, qui. »

Lei aveva riso, seguendo la linea della sua guancia con un dito. « È così che credi di convincermi? Coi baci? Il tuo fascino non servirà, questa volta! » Si era alzata, si era voltata e lo aveva stretto in un abbraccio. « Non sei stato tu a dirmi che non dovevo preoccuparmi? Le cose cambieranno presto, vedrai. »

In effetti cambiarono dal giorno alla notte, in un modo che nessuno poteva immaginare. La notizia fu diffusa in anteprima dalla BBC, e Anton fu il primo a intercettarla. Quando Despina lo vide arrivare di corsa in terrazza, dove lei stava leggendo un libro, capì subito che si trattava di qualcosa di epocale.

« Entra subito in casa! »

Lei lasciò cadere il libro. « Perché, Anton? Che cosa succede? »

« Antonescu è stato arrestato! Un colpo di Stato! » Anton tornò in salotto e andò alla credenza sulla quale troneggiava la radio. Girò la manopola avanti e indietro, in cerca di una frequenza stabile.

Nell'attimo in cui Despina lo raggiunse, dall'apparecchio proruppe una voce che lei riconobbe all'istante. Era quella del giovane re Michele, in un discorso alla nazione. « Il generale Antonescu è stato arrestato e imprigionato dall'esercito rumeno. Oggi la Romania ha dichiarato la propria fedeltà alle forze alleate... e io ho accettato l'armistizio propostomi da Gran Bretagna, Stati Uniti e Unione Sovietica. Siamo in guerra con la Germania. »

« Oh, mio Dio. » Anton crollò sul divano e sfilò un fazzoletto dal taschino del gilet.

La mappa delle alleanze si era del tutto ribaltata a danno delle forze tedesche. Chi avrebbe mai immaginato che re Michele, un ragazzo poco più che ventenne, avrebbe messo a segno un colpo di Stato contro l'uomo che aveva guidato la Romania col pugno di ferro? O che avrebbe rivendicato il proprio ruolo di sovrano, sferrando un colpo mortale al potere nazista ormai in bilico?

Anton ricordava benissimo tutto ciò che era successo nei mesi precedenti l'adozione di Natalia. Dopo l'abdicazione di re Carlo e la sua fuga, Michele era stato nominato re, ma il potere effettivo era passato al generale Antonescu. Per quest'ultimo non era stato difficile imporsi con una dittatura militare, dal momento che godeva del pieno appoggio di Hitler. E il motivo non era certo la stima reciproca tra i due: Antonescu aveva offerto su un piatto d'argento al Führer le ricchezze naturali della Romania. Il petrolio, in particolare, risultava fondamentale per lo sforzo bellico tedesco e i piani d'invasione della Russia. Il petrolio e il fatto che la Romania avesse spalancato i cancelli all'esercito che avanzava verso est.

« Le buone azioni non restano mai impunite. Ci faranno scontare l'inferno, per questo voltafaccia. »

Despina non trovò nulla con cui ribattere.

Seduti sul divano, a sorseggiare un brandy sperando di ritrovare la calma, non potevano immaginare quanto in fretta sarebbe stato presentato quel conto.

Due giorni più tardi, mentre Parigi veniva liberata dai carri armati americani e i russi bombardavano Berlino, gli attacchi su Bucarest s'intensificarono, imperversando a ogni ora del giorno e della notte. Solo che adesso erano le bombe tedesche a devastare la città già gravemente ferita.

17

Impiegarono esattamente un'ora e venti minuti per arrivare al lago Băneasa in tram. Un'ora e venti minuti dei quali Despina fu grata, poiché le diedero il tempo per riflettere. Quel viaggio all'alba, accanto a una Natalia insonnolita, passato a osservare le persone che si svegliavano nell'ennesimo giorno tetro, l'ennesimo giorno di polvere, detriti e scorte di cibo ogni minuto più scarse, le offrì l'opportunità di raccogliere i pensieri e tirare le somme della sua vita.

Nelle settimane passate era successo di tutto, eppure non sembrava che le cose fossero cambiate molto. I bombardamenti erano continuati senza mostrare spiragli di una tregua e le scuole erano state chiuse a tempo indeterminato. Nonostante l'urlo delle sirene, la maggior parte dei pomeriggi si allungava vuota, con solo le note del pianoforte di Natalia a colmarli. Tolti i momenti in cui si rifugiavano in cantina, la ragazza passava alla tastiera ogni attimo, ripetendo gli stessi brani, dall'inizio alla fine, per poi ricominciare, come se quei suoni potessero spazzare via tutto il resto, un'onda gigantesca che ripuliva il mondo. A volte Despina non riusciva a convincerla a smettere nemmeno offrendole i suoi dolci preferiti e temeva che le sirene avessero risvegliato qualcosa in sua figlia, un tormento seppellito nel profondo di sé che non riusciva a lenire.

Così, quando Anton era tornato a insistere che lei e Natalia si trasferissero nella casa sul lago, dove se non altro non c'erano pericoli imminenti, aveva acconsentito, non tanto per farlo contento, quanto perché a suo avviso la ragazza aveva un disperato bisogno di allontanarsi.

Anton aveva ricominciato ad andare al negozio, anche se i suoi viaggi attraverso la città devastata erano dovuti al nuovo amico che viveva sopra la bottega, più che all'attività in sé: i clienti si contavano ormai sulla punta delle dita.

Cos'aveva quel ragazzo che affascinava in quel modo suo marito? Li separavano più di quindici anni d'età e non sembravano avere molto in comune. Oltretutto, Anton aveva accennato in diverse occasioni al fatto che le idee politiche di Victor erano « moderne ». Poteva significare soltanto una cosa. Quando Victor era presente, Anton mostrava un lato di sé che Despina aveva visto solo rare volte. Andava a trovarli ogni domenica da quand'erano iniziati i bombardamenti, e l'allegria frizzante con cui Anton riceveva gli altri ospiti lasciava il posto a una calma riflessiva, una pace interiore che lei stessa non riconosceva.

Con lo sguardo perso fuori dal finestrino, Despina rifletté che forse occuparsi di Victor dava ad Anton la possibilità di guarire le ferite della propria gioventù. Forse era quella la ragione per cui Anton gli lasciava del cibo davanti alla porta, sebbene ne avessero a malapena per loro; la ragione per cui quasi ogni giorno andava a controllare che avesse abbastanza kerosene per la lampada, abbastanza inchiostro per scrivere, abbastanza denaro per andare in università in tram e non a piedi. La ragione per cui ne parlava con lo stesso affetto di un padre.

Ma Despina era rimasta ancora più sorpresa dal fatto che persino Natalia aspettava le visite di Victor con ansia. Sua figlia non aveva mai mostrato più di un tiepido interesse per i loro amici, o per gli adulti in generale. Eppure era lei che correva ad aprire non appena lui bussava col segnale che lo annunciava - *toc, toc-toc* -, presentandosi col consueto mazzo di lillà, margherite e rose selvatiche, colti molto probabilmente in qualche giardino lungo la strada. Natalia lanciava gridolini di gioia quando lui la sollevava e se la portava in spalla fin dentro casa, con la stessa facilità con cui avrebbe sollevato uno zaino mezzo vuoto. Negli occhi di Talia brillava una scintilla di orgoglio quando lui le si accovacciava accanto per guardarla suonare i pezzi che ormai eseguiva con discreta disinvoltura, da Beethoven a Chopin, gli stessi sui quali si era esercitata un giorno intero per stupirlo e crogiolarsi nella pausa sbalordita tra l'ultima nota e il suo applauso. Quando Talia parlava, l'attenzione di Victor era tutta per lei. Nessuno l'aveva mai degnata di tanta considerazione. Despina si era resa conto che per l'autostima di sua figlia aveva fatto più Victor in poche settimane che la sua famiglia in tutti gli anni da che la bambina viveva con loro.

E si chiedeva perché una persona con la sensibilità di Victor fosse così sola. Non sembrava affatto soffrirne, eppure non aveva nessuno. Dov'erano i suoi genitori? Aveva fratelli o altri parenti? Di sicuro doveva attirare l'attenzione femminile, attraente com'era: naso dai tratti decisi e virili, fronte ampia, labbra morbide e sensuali. Ma la figura gracile, le spalle curve, il pallore e gli zigomi appuntiti gli davano un'aria debole e malaticcia, che a una prima occhiata poteva suscitare pietà, più che ammirazione. Ed era sempre immerso nei suoi pensieri, con lo sguardo perso di chi sta soppesando un problema complesso o un'equazione. No, Victor non era un libro aperto, eppure Despina era sicura che prima o poi avrebbe fatto grandi cose. Tanto per cominciare, lei stessa era rassicurata dal fatto che, in una città ridotta in fiamme, poteva sempre contare sul rispetto di un uomo come lui.

Il tram tremò con violenza per poi fermarsi, strappando Despina dai suoi pensieri. Lei raccolse la borsa, prese Natalia per mano ed entrambe scesero in fretta, mentre il motore del veicolo si riavviava, pronto a completare il giro di quella strada senza uscita per tornare in città. Despina voleva arrivare a casa il prima possibile. Una giornata come quella non andava sprecata e lei aveva intenzione di sfruttarla al massimo, soprattutto visto che l'aria profumava d'autunno. Solo quando ebbe aperto le portefinestre rivolte sul lago capì che il loro posto era lì, nel giardino colmo di lillà, dalie e cespugli di rose, gli stessi che nel giro di due mesi scarsi sarebbero stati in letargo.

Prese una coperta e infilò delle pietanze nel cestino da picnic. « Vieni, Talia! Usciamo! »

Sotto le rigogliose fronde di una vecchia quercia, si stesero l'una accanto all'altra, sciogliendo i capelli e togliendosi le scarpe, lasciando che l'erba solleticasse la pelle. Natalia intonò una melodia, ma in breve la sua voce si affievolì, finché Despina non udì altro che il ritmo del suo respiro. Si sentì sopraffare da una sensazione di estasi, dalla certezza che tutta la bellezza del mondo fosse lì, in quel preciso istante, e che lei avesse tutto ciò che poteva dare senso alla sua vita. Tutto si sarebbe risolto. La guerra sarebbe finita, le sirene sarebbero cessate, così come le macerie, e alla fine, come Anton le aveva promesso poco tempo prima, la loro vita sarebbe tornata alla normalità.

In seguito, si sarebbe chiesta se in quel momento non

avesse sfidato il destino. Quel senso di serenità e di completezza... Aveva forse provocato gli dei? Era forse la prova che la beatitudine era una condizione effimera, capace di svanire a uno schiocco di dita?

All'inizio fu un suono ovattato, simile a un brusio di api che ronzavano attorno alle rose. Despina chiuse gli occhi, ignorandolo. Ma il ronzio crebbe sempre più forte e poco dopo le fu impossibile negare che era l'urlo di una sirena.

Si alzò di scatto, cercando di orientarsi. La sirena sembrava lontana, smorzata rispetto al solito, e Despina si disse che forse non le riguardava, forse stava per cessare. Ebbe a malapena il tempo di riscuotere Natalia dal sonno prima di scorgere tre puntini nel cielo. I caccia erano in vista, ormai, alti nel blu che le sovrastava, e si tuffavano in picchiata come aquile che avessero avvistato una preda.

« Alzati, Talia, svelta! Dobbiamo scappare! »

Spaventata, Natalia scattò in piedi, finendo su un arbusto appuntito. Sussultò, ma Despina la tirava e lei non poté fare altro che seguirla, sebbene il piede le sanguinasse. « Dove stiamo andando, mamma? » Non stavano correndo verso la casa, ma in direzione del cancello.

« Non c'è tempo! Da questa parte! »

Corsero avanti e indietro lungo il marciapiedi, in cerca di un posto in cui nascondersi, un passaggio, una nicchia qualunque. Despina si era mossa spinta dal panico, o dall'istinto, e temeva di avere preso una decisione fatale. Non riusciva a pensare con lucidità, aveva le vertigini e il cuore che batteva come un treno in corsa. Natalia la tirava per la manica, gridandole qualcosa. Un'ombra attraversò il cielo. Despina sollevò lo sguardo, vide la Luftwaffe che piombava su di loro e cadde in ginocchio.

Spinse Natalia a terra e la coprì col suo corpo. « Pensieri felici, Talia, te lo ricordi? Pensa a qualcosa di bello.» Mentre il cielo esplodeva in un velo di vetri e tegole, in una nuvola di cenere, Despina pregò soltanto che Natalia, come le aveva insegnato in cantina, a Bucarest, riuscisse a ripescare dalla memoria un ricordo felice.

Quando finì, quando il silenzio luttuoso fu durato abbastanza da farle capire che i caccia se n'erano andati, Despina scoprì di non avere le forze per sollevarsi. All'inizio pensò di essere stata colpita, ma non sentiva dolore. Sulle calze lacere, alcuni rivoletti cremisi scendevano verso le caviglie, ma per il resto le sembrava di essere illesa. *Respira. Respira. Sei ancora viva.*

Sotto di lei, Natalia mormorava parole senza senso che Despina non riusciva a comprendere. Solo quando avvicinò l'orecchio alle sue labbra si rese conto che la ragazza stava pregando: «Come in cielo, così in Terra...»

Quando infine si alzarono, incamminandosi lungo il marciapiedi come marionette tirate da fili invisibili, nulla era più come prima. Despina non riusciva a riconoscere un solo edificio dell'isolato, sebbene in passato ci fosse passata davanti centinaia di volte. Prima della guerra, lei e Anton passeggiavano spesso lungo quella strada, nelle sere d'estate, rubando qualche breve istante ai fine settimana sempre affollati di ospiti. Adesso non riusciva a distinguere una casa dall'altra. Le facciate si erano sbriciolate e mucchi di detriti ingombravano i marciapiedi, coprendo gli elaborati cancelli in ferro. Le finestre rotte, dalle quali non proveniva nemmeno un suono, parevano orbite vuote, buie, spaventose e imploranti. Non c'erano voci, grida d'aiuto, né cani che abbaiassero. Solo il silenzio.

Erano quasi alla fine dell'isolato, quando Despina si

fermò all'improvviso, lasciando andare la mano di Natalia. Rimase immobile, nel suo abito ricoperto di cenere e polvere, gli occhi spalancati per l'incredulità, lo sguardo fisso davanti a sé, mentre tossiva e annaspava nel fumo.

Attraverso un enorme squarcio nella facciata di quella che un tempo era stata la loro splendida casa sul lago, i raggi del sole attraversavano una nube di cenere, illuminando l'interno devastato. Sul muro in fondo, un elaborato arazzo turco penzolava accanto alla tenda in velluto verde; sul tavolino lì accanto, il telefono sembrava indenne.

« Mamma? »

Despina continuava a fissare il vuoto.

« Mamma? »

Impotente, Natalia vide la madre che si accasciava sul ciglio del marciapiedi e iniziava a piangere in modo strano, come mai le aveva visto fare: singhiozzava senza emettere suono. Quando infine risollevò lo sguardo, si era imbrattata le tempie con le dita sporche di fuliggine, una macchia di neve nera sull'avorio della sua pelle.

18

Non le restò altra scelta che acconsentire a lasciare Bucarest. Aveva pianto, implorato, minacciato, si era messa in ginocchio, ma Anton era stato inflessibile: dopo che erano scampate per miracolo al bombardamento sul lago, non aveva più intenzione di piegarsi ai compromessi né di correre rischi.

Aveva alzato la voce, una cosa inusuale per lui. « Devi andartene, con lei. Lo devi a entrambi, per l'amor di Dio! Non puoi rimanere qui, dopo quello che è successo! »

Despina gli si avvicinò e gli posò una mano su una spalla, ma lui la scostò in malo modo, per poi lanciare nel camino ciò che rimaneva della sigaretta. Lei lo guardò con gli occhi sgranati, quindi si diresse alla porta.

Era quasi uscita, quando la voce di lui la raggiunse, un po' più calma: « Verrò a trovarvi ogni fine settimana. Non c'è bomba capace di tenermi lontano, lo sai bene ».

Lei si voltò per guardarlo, gli occhi come braci. « Sono quaranta chilometri, Anton! Pensi di farli a piedi? Ogni fine settimana? »

« Non sarà necessario. Posso prendere un treno e arrivare per l'ora di pranzo. Andremo a passeggiare in campagna, guarderemo Natalia che nuota nel fiume, rideremo come facevamo sempre, respireremo un po' d'aria fresca, ne abbiamo un gran bisogno. Cosa c'è di così terribile? »

Lei scoppiò in una risata forzata, stridula. « Sappiamo tutti e due che ben presto non ci saranno più treni.

E se dovessero bombardare la stazione? Come ci raggiungerai? »

Fu lui a uscire come una furia dalla stanza. Le passò accanto come un tornado e sbatté la porta così forte da far tremare i vetri. Despina sospirò, abbassando lo sguardo sul pavimento. Quello non era suo marito, conciliante, tenero e premuroso. Doveva fare qualcosa.

Non era così contraria ad abbandonare la città: non valeva la pena restare per il poco che ne rimaneva. Sapeva che era la cosa più saggia da fare, la più sensata. Ma l'idea di separarsi da Anton in un momento come quello era inconcepibile. Forse avrebbe dovuto dargli ascolto sin dall'inizio. Se avesse acconsentito ad andarsene mesi prima, come Anton avrebbe voluto, forse sarebbe stato in grado di andare con loro. Ormai invece era incastrato in quel cimitero di edifici pericolanti o ridotti in cenere, nel caso l'esercito gli chiedesse di unirsi alle truppe dilaniate dal conflitto. D'altro canto, era improbabile che i tedeschi potessero sostenere ancora a lungo lo sforzo bellico. Con la Francia ormai libera dopo quattro anni di occupazione nazista, l'Europa si stava liberando sempre più velocemente dalla morsa di Hitler. Ma la guerra era la guerra, e nessuno poteva sapere quanto ancora sarebbe durata. Nel frattempo, Anton non avrebbe potuto lasciare la città per più di due giorni di seguito.

Despina era sicura che sarebbero trascorse settimane, prima di poterlo rivedere. Eppure sembrava ostinato come non mai, e lei non era più in grado di opporsi.

La domenica successiva, seduta sul sedile posteriore del taxi che il padre aveva chiamato per accompagnarle in stazione, Natalia guardava i suoi genitori dirsi addio.

Li sentì mormorare, udì le voci alzarsi e riabbassarsi come onde che si frangevano su una spiaggia.

« Verrò a trovarvi tra pochi giorni », stava dicendo Anton, mentre si passava un fazzoletto sulla fronte. Era solo metà mattina, ma l'asfalto del marciapiedi sembrava sciogliersi e irradiava un calore soffocante. « Cercate di non abituarvi a cavarvela senza di me. »

Appoggiandosi allo schienale in pelle, Natalia sospirò e si lisciò il vestito. Si sarebbe spiegazzato e inzuppato di sudore come uno straccio vecchio, se si fossero dilungati ancora, e lei sarebbe dovuta tornare dentro per cambiarsi. Si preannunciava il commiato più lungo della storia. L'autista aveva guardato l'orologio tre volte almeno, e tamburellava le dita inguantate sul volante.

Con una punta d'imbarazzo, Natalia abbassò il finestrino e, cercando d'ignorare sua madre, che piangeva senza ritegno tra le braccia di suo padre, si rivolse a lui. « Ciao, papà, ci mancherai! »

Despina fu costretta ad avviarsi. Si sedette accanto a lei e inforcò un paio di occhiali scuri. Quando l'autista si allontanò dal marciapiedi, Natalia si voltò per guardare un'ultima volta suo padre. Lo vide sul cordolo, la mano alzata in segno di saluto, sempre più piccolo al di là del lunotto scuro.

« Siete arrivate! Oh, santo cielo, cominciavo a preoccuparmi! » Ecaterina era apparsa nell'imponente ingresso in rovere della sua villa a tre piani, simile a un castello medievale, più che a una casa di campagna, col tetto appuntito, con le pareti rivestite in legno fino a metà altezza e con le finestre enormi. Spingendo via i domestici, si lanciò lungo la scalinata monumentale.

Scendendo dalla carrozza che era andata a prenderle alla stazione, Despina si rassettò la gonna e si sistemò le perle, neanche fosse appena arrivata a un galà, anziché in una tenuta di campagna. Anche Natalia balzò a terra e abbracciò la zia, la quale, nonostante la somiglianza con Despina, sembrava vivere in un altro secolo, con le ciabatte in pelle e il vestito da contadina che le svolazzava come una tenda attorno alle gambe robuste e nude. Anche sua madre sembrò turbata dalla forza con la quale Ecaterina l'abbracciò.

« Buongiorno, mie care! Guarda quanto sei cresciuta, Natalia! Ma sei così pallida e magra! Be', rimedieremo! Finalmente sei rinsavita, Despina. Quante volte ti ho detto di venire qui? Quante? » Con un cenno, Ecaterina ordinò a uno dei domestici di portare dentro le valigie e strinse a sé sorella e nipote, una per lato. « Allora, sentite qui. Ci vuole un attimo ad abituarsi alla vita di campagna, ma è decisamente migliore! Insomma, a chi può piacere tutta quella polvere, quel... » Fece un gesto vago. « ... quell'inquinamento? Mi prenderò cura di voi, non preoccupatevi! Le ragazze non vedono l'ora di stare con Natalia! Ti troverai benissimo, qui, ne sono sicura! Non ti piace già? »

Un'ora più tardi, mentre cenavano in veranda, Despina non aveva quasi aperto bocca né toccato cibo, rifiutando con un cenno tutto ciò che le metteva davanti una ragazza in carne con una divisa blu acceso, e sorseggiò a malapena un po' di vino. Natalia e le figlie di Ecaterina, due gemelle magroline che si erano osservate le unghie durante tutta la cena, avevano deciso di saltare il dolce ed erano andate a giocare a carte e ad ascoltare dischi. Rimasta sola con la sorella, Ecaterina colmava il silenzio con racconti infiniti, parlando senza sosta di cose che a

Despina non interessavano. Era stanca, sfinita; i pensieri non le davano tregua.

In quel preciso istante, le sirene urlavano sulla città. In quel preciso istante, le bombe cominciavano a cadere, indifferenti, cancellando ciò che rimaneva di Bucarest. I caccia avrebbero distrutto altre strade, altri isolati, forse anche il loro, quella volta. Un'immagine l'attraversò come una lama. Vide Anton che si riparava gli occhi, allibito, mentre una sfera di luce e fumo esplodeva sulla loro terrazza. Posò il tovagliolo accanto alla cena che non aveva toccato. «Perdonami, Ecaterina, credo di dovermi stendere. Ti spiace?»

«Certo che no, tesoro. Floriana ti mostrerà la camera. Hai solo bisogno di un po' di riposo, vedrai.»

Despina spinse indietro la sedia, con un sorriso triste. «Se bastasse quello... Ti prego, bada che le ragazze non facciano troppo tardi. Ci vediamo domattina.»

Quando arrivò nella camera degli ospiti, Despina notò subito che in quella stanza non regnava l'aura cupa e oppressiva del resto della casa. In uno degli angoli più lontani, uno spazioso armadio in legno di cedro era stato vuotato e lasciato aperto. Su una mensola al di sopra del letto vide alcuni dei suoi libri preferiti, mentre su un tavolino era stato sistemato un vaso con un mazzo di lillà bianchi, accanto a una caraffa piena d'acqua. Se ne versò un bicchiere e sedette sul bordo del letto. Ecaterina doveva essersi fatta in quattro per rendere quella stanza il più accogliente possibile, col risultato di farle sentire ancora di più la mancanza di casa.

Del resto, a Bucarest le cose non erano più le stesse. La villa sul lago era distrutta, lei non era più circondata dal calore delle sorelle e aveva litigato con Maria. Il solo ricordo di quello che era successo il pomeriggio prima della partenza era una coltellata al cuore. Non tanto per le parole che si erano scambiate quando Maria le aveva consegnato *quella lettera*, la stessa che minacciava di distruggere tutto quello per cui lei aveva lottato e che rendeva la sua vita completa. Era stato il modo in cui Maria l'aveva osservata, quello che le aveva letto negli occhi nell'attimo in cui, terminata la lettura, lei era stata sul punto di strapparla. Lo sguardo della cugina le aveva impedito di distruggere l'unica cosa capace di colpire al cuore la sua famiglia. E non riusciva a perdonare Maria, per quello.

Il bicchiere vuoto le tremò in mano mentre si avvicinava alla portafinestra. La spalancò e rimase appoggiata allo stipite, lasciando che il vento le accarezzasse il viso. Era possibile che i genitori di Natalia fossero tornati a cercarla? Lo avrebbero fatto davvero, senza lasciare nulla di intentato, una volta che la guerra fosse finita? Non era così difficile, dopotutto. Dovevano semplicemente seguire le tracce al contrario, sino al punto d'inizio, ossia fino a sua cugina.

Despina rimase a lungo a fissare l'orizzonte, ormai quasi nero. Laggiù, al di sopra della città, le luci dei riflettori s'incrociavano in una danza ritmica mentre il suono dell'artiglieria antiaerea sovrastava la melodia instancabile dei grilli, lontana eppure assordante alle orecchie di Despina. Mentre il sipario della notte calava sempre più fitto e il mondo sprofondava in un torpore senza fine, il suo cuore martellava all'impazzata, colmo di nostalgia per Anton e di una nuova sensazione che la annientava. Il suo mondo stava cambiando ma, per quanto fosse inutile, lei avrebbe lottato comunque per difenderlo, fino all'ultimo respiro.

19

Natalia aspettava l'arrivo del padre al cancello della villa sin dalle prime ore del mattino. Si era raggomitolata sulla striscia di prato accanto al vialetto in ghiaia, con la testa appoggiata alle ginocchia. C'era il rischio che non arrivasse nemmeno. Le strade erano bloccate dalle barricate e i treni civili non circolavano. Quel mattino aveva sentito zia Ecaterina e sua madre che ne parlavano in veranda, e aveva capito che era tutto vero.

«Li ho visti coi miei occhi. File lunghissime di soldati lungo la banchina, in attesa del primo treno per tornare a Bucarest. Avresti dovuto vederli, Despina. Avresti dovuto vedere in che stato erano, sporchi e affamati, con le ferite medicate alla bell'e meglio.»

Despina si era alzata e si era messa a camminare avanti e indietro, ma Natalia sapeva che non erano le condizioni dei soldati a turbarla in quel modo. Persino lei capiva che sarebbe stato pressoché impossibile rientrare a Bucarest, perché le ferrovie erano riservate unicamente ai trasporti militari. «Allora siamo in trappola. Dio solo sa se riusciremo a tornare a casa.»

«Forse è meglio così. Magari adesso lascerai perdere i tuoi folli propositi di andartene.»

Despina si era voltata, fulminandola con lo sguardo per il suo tono condiscendente, poi era rientrata in casa come una furia, andando quasi a sbattere contro la cameriera, che stava portando fuori un vassoio di biscotti.

La ragazza lo aveva posato con cura sul tavolo, quindi

era indietreggiata verso la porta, passandosi le mani sul grembiule, nervosa. Natalia le aveva rivolto un sorriso di solidarietà. *Non è colpa tua. Non è colpa tua, se sta così.* Il controllo di cui sua madre aveva sempre dato prova stava svanendo. E non vedevano Anton da settimane.

All'inizio riusciva a raggiungerle, coprendo con qualunque mezzo i quaranta chilometri che separavano la capitale da Snagov. Aveva preso un taxi o si era fatto accompagnare fino alla periferia di Bucarest, poi aveva camminato. A volte otteneva un passaggio dai contadini che trasportavano i loro prodotti sui carri, lungo le strade di campagna. Aveva viaggiato col bestiame, accanto a mucche e polli, felice di poter riprendere fiato e riposarsi senza perdere tempo prezioso. La maggior parte delle domeniche, Natalia capiva che suo padre era arrivato molto prima di vederlo al cancello. La sua presenza era annunciata dagli strilli e dalle risate dei bambini che lo scortavano lungo la strada principale, divorando i cristalli di zucchero che lui tirava fuori dallo zaino ed elargiva durante il cammino.

Quella domenica, però, come quella precedente, non c'erano state voci infantili, e mentre le ore passavano la speranza cominciò a svanire. Ben presto il caldo fu insopportabile, così come la fame, quindi si alzò e si diresse verso la villa, prendendo a calci la ghiaia. Era a metà strada, quando si sentì chiamare.

«Talia! Ti va di venire al fiume?»

Lei s'illuminò in volto e si girò. Era uno dei ragazzini del paese con cui lei aveva fatto amicizia, che premeva il viso abbronzato tra le sbarre del cancello. I momenti che aveva trascorso con loro, arrampicandosi sulle corde del campanile per suonare la campana o intrufolandosi nei frutteti dei vicini, erano stati i più allegri da quand'era lì, e quel giorno in particolare la loro compagnia era un sollievo. Se non altro non sarebbe stata costretta in casa, dove l'angoscia di sua madre soffocava ogni cosa.

Tornò di corsa al cancello. «Sì!»

«Scommetto che non mi stai dietro!» Il ragazzino si lanciò lungo la collina, sicuro che lei gli sarebbe rimasta alle calcagna.

L'indomani, Natalia si svegliò tardi. Doveva essere quasi mezzogiorno, a giudicare dalla luce accecante che invadeva la stanza. Non era la prima volta che dormiva così tanto, ma si domandava dove fossero sua madre e le cugine. Perché non erano andate a svegliarla? Scostò le lenzuola e fece per alzarsi dal letto, ma si sentiva pesante come piombo. La camicia da notte era zuppa di sudore e le s'incollava addosso come una vela bagnata. Riuscì a mettersi seduta: la stanza sembrava sfocata; persino l'orologio pareva vorticare, e lei non riuscì a leggere l'ora. I ragazzi del paese dovevano essere venuti a cercarla, ma ormai se n'erano andati senz'altro. Era costretta a rimanere lì con le gemelle o, peggio ancora, ad aiutare nelle faccende di casa. Non riusciva a tenere dritta la testa, né a posare i piedi per terra. Forse, se avesse dormito un altro po', avrebbe recuperato le forze. Chiuse di nuovo gli occhi.

Sentì la voce di sua madre. Faceva più freddo, nella stanza, ma lei si sentiva scottare e aveva sete. Sentì qualcosa di gelido sulla fronte, e annaspò.

Talia... Talia, tesoro, stai bene? Stai bene?

Aveva la gola in fiamme: si portò una mano al collo, poi si raggomitolò, voltandosi verso il muro. Guardò le ombre dei pioppi che giocavano sulla parete al di sopra del letto, i rami che ondeggiavano, si aggrovigliavano nel vento e, lentamente, scomparivano.

Quando aprì di nuovo gli occhi era buio. Nessuno la chiamava, adesso, faceva freddo, e sentiva soltanto sua madre che sferruzzava, senza sosta. Non c'era notte né giorno, solo un abisso che la trascinava in basso. *Dov'ero?* pensò in quell'istante, cercando di resistere, di tornare dove tutto si era interrotto. Ricordava soltanto il limite del sentiero polveroso, la sete dopo la lunga corsa. La dolcezza infinita dell'acqua del vecchio pozzo che, secondo i bambini, era avvelenata. Incredibilmente dolce e fresca.

20

Poco prima dell'alba, Despina aveva trascinato i bagagli fino ai gradini dell'ingresso, dove le bambole di Natalia erano ammucchiate accanto al baule da viaggio.

Soltanto un'ora prima, Ecaterina era tornata da sola. « Mi dispiace, Desi, è inutile. I dottori sono stati tutti dislocati negli ospedali in città. Non ne è rimasto nemmeno uno, qui in provincia. E non riesco a trovare nessuno che ti riaccompagni a Bucarest. È troppo rischioso. »

Despina l'aveva guardata, incredula. « Sono quaranta chilometri! Quaranta chilometri che Anton ha percorso a piedi, la maggior parte delle volte. Quanto potrà mai essere pericoloso? »

« La città è sotto assedio. Si vedono i caccia da qui. Sii ragionevole. »

Era la verità, e Despina lo sapeva. Neppure Anton, con la sua determinazione d'acciaio, era riuscito a oltrepassare la linea di fuoco, nelle ultime settimane. Non riusciva a dimenticare l'ultima volta in cui era stato lì, così smunto che, quand'era entrato in casa barcollando, a mezzanotte e mezzo, lei aveva stentato a riconoscerlo. Solo il sorriso sepolto sotto la barba folta e la luce nei suoi occhi segnati le avevano impedito di crollare ai suoi piedi, in lacrime. Come poteva costringere sua sorella a capire? Come poteva spiegarle che nulla le avrebbe impedito di fare ciò che *doveva* fare? Che non contava nulla se la città era stata evacuata e la stazione abbandonata, perché lei vi sarebbe tornata, anche a costo di portare Natalia in braccio?

Aveva indicato il buio che si estendeva davanti a loro. « Ecaterina, guarda là, nei campi. Ci sono centinaia di contadini che lavorano quella terra ogni giorno. Uno di loro ci aiuterà di certo. »

Ecaterina avrebbe voluto protestare, ribadire che non era un comportamento razionale, ma sapeva che non sarebbe servito a niente. Nelle settimane appena trascorse aveva visto diverse volte quello sguardo negli occhi di Despina. Mentre sedeva accanto a lei e ne osservava la postura, il profilo, immobile e fisso sull'orizzonte, come se potesse far sorgere il sole con la sola forza di volontà, Ecaterina aveva avuto l'improvvisa sensazione di avere davanti un'estranea. Dov'era la fragile bellezza che in un momento del genere sarebbe crollata tra le sue braccia, singhiozzando disperata? Dov'era la ragazza che chiedeva sempre il suo consiglio e pendeva dalle sue labbra? Quale che fosse la causa del mutamento, la separazione da Anton, la perdita della casa sul lago o la guerra stessa, Ecaterina era sicura che la sorella minore non aveva nessun bisogno del suo parere, né di farsi cullare dal suo abbraccio. « Va bene, Desi. Come vuoi. » Ed era entrata in casa, richiudendosi piano la porta alle spalle.

Sollevata, Despina si era seduta nel portico e aveva aspettato. Aveva guardato i contadini che poco alla volta arrivavano nei campi, i cappelli di paglia che ondeggiavano nella foschia dorata dell'alba. Quando ce ne furono abbastanza, Despina si avviò lungo il vialetto, facendo scricchiolare la ghiaia. Al limite del campo, si sfilò le scarpe e proseguì sulla terra arata di fresco, coi sandali che le dondolavano in mano.

Il primo contadino al quale si avvicinò evitò d'incrociare il suo sguardo, mentre lei gli spiegava che sua figlia era malata e che avevano bisogno di un carro per arrivare in città. « Mi dispiace, signora. Abbiamo troppe cose da fare, qui, prima che arrivi la pioggia. »

Ricevette la stessa risposta dal secondo e dal terzo. Adulti, giovani e vecchi scossero la testa e rifiutarono gentilmente la sua proposta. Nessuna cifra sembrava abbastanza per quello che chiedeva. L'uno dopo l'altro le voltarono le spalle, sebbene pregasse, implorasse e minacciasse, con la rabbia che diventava disperazione.

Ben presto non rimase nessun altro cui chiedere. *Vigliacchi.* Avrebbe voluto urlarlo, ma, mentre osservava i campi per l'ultima volta, notò un viso familiare, non lontano dal punto in cui era lei. Impiegò un attimo a riconoscere l'uomo che aveva accompagnato alla villa lei e Natalia quand'erano arrivate. Raddrizzò la schiena e s'incamminò sorridendo verso di lui, sfilandosi l'anello mentre si avvicinava. « Buongiorno. »

Il contadino si voltò, spaventato, poi la riconobbe. « Signora Despina. »

Rammentava il suo nome: buon segno. « Buongiorno, si ricorda di me? E di mia figlia, Talia? »

L'uomo annuì. Doveva avere almeno sessant'anni. La pelle coriacea era solcata da rughe profonde, simili a cicatrici di coltello. Forse non si sarebbe rivelato un codardo come gli altri.

Despina tese le braccia e prese le grosse mani callose dell'uomo tra le proprie. Lui sussultò, ma non le ritrasse. Senza dire una parola, Despina premette l'anello di zaffiri e diamanti sul palmo dell'uomo, e lasciò passare qualche istante. Le lacrime le solcarono le guance, ma non riuscì a guardarlo negli occhi, temendo per quello che vi avrebbe letto. « La prego, per favore, ci accompagni in città. Mia figlia ha bisogno di un dottore. »

L'uomo la scrutò per qualche istante coi suoi occhi

vecchi ed espressivi, quindi abbassò le mani, vuote. « Vi accompagno alla stazione, signora. Ma non posso fare altro. »

In stazione non c'era nessuno. Ecaterina aveva ragione. Despina sedette sull'unica panchina lungo il binario, cullando Natalia tra le braccia. Era quasi mezzogiorno, a giudicare dalla posizione del sole, e la certezza incrollabile di poche ore prima si stava incrinando. Per la prima volta si chiese se non avrebbe dovuto dare ascolto a sua sorella. Forse aveva fatto una sciocchezza. Ma la città non era così lontana, e un treno di qualunque genere sarebbe passato, prima o poi. Non si aspettava certo un convoglio civile, ma in tutto il Paese circolavano ancora treni merci e carri bestiame, e c'erano i convogli della Croce Rossa che portavano i soldati feriti negli ospedali della capitale. Anche se non ci fossero stati treni, in qualche modo sarebbe tornata a Bucarest. Avrebbe portato Natalia in braccio lungo la strada, finché non avessero incrociato qualche mezzo di trasporto. Per un attimo pensò che fosse possibile. Un attimo soltanto, prima che le sue dita sfiorassero la gola di Natalia, dove il cuore batteva debolissimo, irregolare come le ali di una falena.

Si chinò sul corpo della figlia, accostando la guancia alla sua. Il respiro era debole, le sfiorava la pelle come una piuma. Ripensò alla prima volta in cui erano scese in cantina, a Bucarest, quando l'aveva stretta a sé in quello stesso modo, al buio, mentre le scariche dell'artiglieria si riversavano sulla loro casa. Allora era riuscita a camuffare la paura, a rimanere calma per lei, sebbene fosse terribilmente scossa. Al momento lo era ancora di più: l'incertezza la spaventava più delle bombe.

Nel pomeriggio, quando il sole batteva con ferocia e l'acqua che aveva portato con sé era finita, Despina si guardò attorno in cerca di un po' d'ombra. Dalla parte opposta dei binari scorse un angolo di prato, sotto una quercia. Sollevò Natalia cercando di fare piano e s'incamminò in quella direzione, attraversando con cautela i binari. In quel momento la sentì: una vibrazione sotto i piedi, quasi impercettibile. In lontananza si udiva anche un fruscio, simile al vento tra gli sterpi. Forse non era altro che quello, ma Despina già correva senza posa, più veloce che poteva, verso l'orizzonte deserto, sventolando la sciarpa in alto.

All'inizio non sapeva se fosse ancora viva. *Apri gli occhi.* Sentiva il calore del motore così vicino che le ustionava la faccia. Era inciampata su una traversina nell'attimo stesso in cui il treno era apparso, e per un istante aveva temuto che non si sarebbe fermato in tempo. Forse la locomotiva si era arrestata stridendo solo perché lei era rimasta inchiodata sul binario, incapace di muovere un muscolo.

Tremando, si rialzò e cominciò a camminare lungo i vagoni chiusi, reggendosi in piedi a stento. Il suo urlo disperato fendette il silenzio: « Aiuto! Qualcuno mi aiuti! »

Finalmente, uno degli sportelli si aprì. Despina corse in quella direzione e sbirciò all'interno del vagone. Doveva esserci almeno un centinaio di uomini, spalla contro spalla, nel buio quasi totale. Non si vedevano sedili. Despina si sentì colpire da una zaffata penetrante di sudore e sangue rappreso, e voltò la testa. Qualcuno disse qualcosa, ma lei non riuscì a capire le parole. Era tedesco o russo?

Lungo il binario apparve un paio di stivali di pelle nera, lucidato alla perfezione. Despina fece un passo indietro sulla ghiaia. Il soldato non doveva avere più di venticinque anni, ma ricopriva di sicuro un grado elevato. S'intuiva dal modo in cui era saltato sui binari, avvicinandosi a lei con la mano sulla pistola. Despina riconobbe il simbolo sulla manica: una svastica. Gli occhi azzurri e penetranti la scrutarono da sotto il berretto verde. « Posso aiutarla, signora? »

Con enorme sollievo, Despina si rese conto che aveva capito le sue parole. Per la prima volta in vita sua, fu felice di aver frequentato una scuola tedesca, di essere stata costretta a studiare per anni una lingua di cui non comprendeva l'utilità. Sperava solo di ricordare quanto bastava. « La prego, mia figlia è molto malata. Devo portarla a Bucarest. Ha bisogno di un dottore. La scongiuro. »

Per un attimo temette che l'uomo non l'avesse capita, perché rimase immobile, con le braccia conserte. Poi però si diresse al punto in cui Natalia giaceva immobile, sotto la quercia. Un'ombra di tristezza o di pietà gli passò sul viso mentre la guardava, la testa inclinata. Forse pensava che fosse già morta. « Signora, si rende conto che cosa sta chiedendo? Questo non è un convoglio civile, trasporta soldati di ritorno dal fronte! Oltretutto dubito che vorrebbe viaggiare con loro. Sono su quei vagoni da giorni. Forse dovrebbe cercare aiuto al villaggio », aggiunse, vedendo che Despina non si muoveva e continuava a fissarlo. Poi si voltò, camminando verso il vagone con lo sportello aperto.

Despina sollevò Natalia e gli corse dietro, incespicando. « La prego, signor ufficiale. La scongiuro! »

Lui era già risalito sul treno, e la serranda in metallo si stava richiudendo con un clangore metallico che suonava come una sentenza di morte. Un attimo dopo, il convoglio riprese a muoversi.

C'è in gioco la sua vita, si disse Despina, mentre l'ultimo granello di speranza svaniva. *C'è in gioco la sua vita, e la sto perdendo. Questo treno se ne sta andando e si porta via la sua vita.* Poi successe qualcosa di così inaspettato che lei ci mise qualche istante a rendersene conto. Mentre il convoglio si metteva lentamente in marcia, a un braccio di distanza dal punto in cui lei reggeva Natalia, Despina vide l'ufficiale sulla passerella tra due vagoni. I loro sguardi s'incrociarono per un istante. Per un istante, lui la fissò. Despina non ne comprese il motivo, finché l'uomo non si sporse in avanti e le strappò Natalia dalle braccia. Un movimento repentino e definitivo, come il fendente di una spada.

Allora, in un lampo improvviso, capì e corse accanto al treno, cercando di tenere il ritmo, finché l'ufficiale non le tese la mano. *Vivremo o moriremo insieme, adesso.* Colse un lampo di terrore negli occhi dell'uomo, mentre il convoglio prendeva velocità. L'ufficiale si sporse un altro po' e il cappello gli volò via. Despina scorse la ruga che gli solcava la fronte per lo sforzo. Chiuse gli occhi, preparandosi all'inevitabile, all'impatto delle ginocchia sulla ghiaia, al vortice del treno in velocità che la risucchiava. Invece si sentì sollevare, strappata per un soffio a quelli che potevano essere i suoi ultimi istanti di vita. Quando aprì di nuovo gli occhi, la stazione era sparita, e le braccia del soldato la stringevano salde.

«Sta bene?» le chiese, senza fiato, i capelli scompigliati dal vento.

Despina cercò inutilmente di parlare, ma le lacrime che le rigavano le guance dicevano tutto. Poco più in basso, la terra correva via come un'ombra, un lampo di grigio indistinto.

L'ufficiale si chinò per prendere Natalia e affidarla alle braccia della madre. «Ho una figlia anch'io, più piccola della sua. Non la vedo da due anni e mezzo.» Fece scattare il chiavistello della porta di metallo alle loro spalle e appoggiò una mano sulla schiena di Despina, spingendola nella nicchia soffocante. L'ultima cosa che lei vide, prima che la porta si richiudesse con un tonfo e il buio l'avvolgesse, fu il dolore dipinto sul viso dell'ufficiale.

21

Davanti alla casa di Maria e Stefan, Anton si fermò a prendere fiato. Sebbene fosse ormai abituato a percorrere chilometri a piedi, quei dieci isolati lo avevano sfinito. La brezza autunnale faceva crepitare le foglie, che gli mulinavano attorno sul marciapiedi in una danza di rossi, gialli e rame. Salì lentamente i gradini e bussò alla porta.

Non sapeva se Stefan e Maria fossero in casa. Magari avevano lasciato la città. Erano mesi che non li vedeva e non aveva loro notizie. Non poteva certo biasimarli. In quei giorni, con le bombe che cadevano all'improvviso, spesso prima ancora delle sirene, non c'era molto di cui parlare, né posti in cui andare. E poi c'era l'altra questione, la lettera che aveva mandato in crisi Despina, poco prima che lei e Natalia partissero per Snagov.

Il giorno in cui gliel'aveva mostrata, tenendola davanti a sé come se porgesse una sentenza di morte a una giuria, lui aveva quasi sorriso e si era seduto sul letto accanto a lei. « E quella cos'è? » Conosceva fin troppo bene le linee che s'infilavano tra le sopracciglia della moglie quando una presunta minaccia incombeva sulla loro casa. Ogni volta doveva farle capire quanto fosse assurda la sua agitazione, spiegarle che le cose non erano gravi come sembravano. Ma, mentre i suoi occhi indugiavano su quelle righe, la sua stessa mano aveva cominciato a tremare. Quella lettera lo aveva lasciato senza parole. Per la prima volta da quando si era sposato, si sentiva annegare come lei nell'angoscia e nella confusione. « Come l'hai avuta? »

« Da Maria, è ovvio. Da chi altri? Chi è il cardine di questa storia, se non lei? »

« E lei che cos'ha detto? »

« Be', la conosci. Puoi immaginartelo. »

Anton le aveva cinto le spalle con un braccio, si era schiarito la voce e aveva pronunciato lentamente le parole che, come immaginava, lei non voleva sentire. « Maria ha ragione, Des. È la cosa giusta. Natalia dovrebbe almeno sapere che sono ancora vivi. »

Lei era saltata in piedi, facendolo sussultare. « Anton, mi stai dicendo che non capisci quanto male potrebbe fare a lei e a noi, alla nostra famiglia? Proprio tu? Ecco. » Gli aveva strappato la lettera dalle mani e l'aveva accartocciata, prima di lanciargliela addosso. « Prendila, voglio che la bruci. So che cosa dirai. So che cosa stai pensando di me e non me ne importa niente, Anton. Non me ne importa niente perché ti sto chiedendo, anzi ti sto *implorando* di farlo. »

« Despina, come potrei? » L'aveva guardata allibito, con gli occhi sgranati. Sua moglie era una persona corretta e non si aspettava una cosa del genere da lei. Il modo in cui quella donna forte, che non si piegava davanti a nessuno, lo aveva guardato, la supplica e la paura che le aveva letto negli occhi gli avevano spezzato il cuore. Incapace di reggere il suo sguardo, si era alzato e si era voltato.

« Allora nascondila. Mettila in un posto dove non dovrò mai più vederla. » Poi era corsa a chiudersi in bagno, sbattendo la porta. L'aveva sentita singhiozzare piano, al di sopra dello scroscio dell'acqua.

Anton si sfilò un fazzoletto dalla tasca e se lo passò sulla fronte, asciugandosi il sudore. La temperatura era scesa all'improvviso, ma lui era accaldato dalla camminata. Non aveva ancora superato lo shock della telefonata, l'incontro alla stazione e tutto quello che era seguito, la corsa sconsiderata del taxi lungo le strade lastricate, sua figlia che gemeva sul sedile posteriore, sua moglie china sul corpo della bambina, immobile, come se fosse stata anche lei in punto di morte. Quand'erano arrivati a casa, Sofia aveva spalancato la portiera del taxi ed era corsa di sopra a prendere altre coperte, a preparare il bagno e l'alcol per le frizioni.

Non avrei dovuto mandarle via, si disse Anton per la centesima volta. Se solo avesse potuto riportare indietro il tempo alla discussione con Despina, quando lui aveva insistito, chiedendole, anzi *ordinandole* di spostarsi in campagna... Era stato lui ad allontanarle, a mettere tra loro quei quaranta chilometri che adesso sua figlia rischiava di pagare con la vita.

Suonò il campanello all'infinito, come un pazzo, prima di fare un passo indietro, lasciando ricadere la mano lungo il fianco. *Non ci sono. Idiota, non sono in casa.* Si era girato per andarsene, quando sentì lo scatto della serratura. Al di là della porta piena di crepe udì un'esclamazione.

« Anton, Dio mio! » Maria spalancò la porta e, lisciandosi il vestito, gli fece segno di entrare.

Anton si tolse il cappello. « Grazie, Maria. Stefan è in casa? Ho bisogno di parlargli con urgenza. »

« Certo. » Maria trafficò con l'interruttore accanto alla porta e, quando lo vide bene in faccia, sbiancò. « Anton, che succede? »

« Maria, per favore, devo proprio parlare con lui. »

Lei annuì, dandogli un buffetto al bavero del cappotto prima di correre a chiamare il marito. Anton si sentì travolgere dalla stanchezza e si chiese se avesse fatto bene a precipitarsi lì. Del resto, a chi altri poteva domandare aiuto? A chi altri poteva rivolgersi, quando tutti gli ospedali si erano rifiutati di ricoverarla? Ogni clinica cui aveva telefonato gli aveva detto che erano pieni fino a scoppiare, per quanto lui implorasse e offrisse qualunque somma di denaro, minacciando infine di presentarsi con la figlia, di rimanere seduto nell'atrio finché non si fossero decisi a curarla. Gli avevano detto che i soldati feriti giacevano sui materassi di cartone. I letti erano riservati ai casi più gravi, quelli che rischiavano di non superare la notte. Non c'era posto per i civili, né per un caso come il suo. Ma Stefan aveva molte conoscenze, vantava amici potenti. Forse era l'unico in grado di trovare loro un dottore, di operare un piccolo miracolo.

« Anton. »

La voce di Stefan era risuonata alle sue spalle, riportandolo alla realtà. Sentì la sua presa salda sulla spalla e si voltò. Insieme avevano superato tanti momenti difficili. Incapace di parlare, si limitò a sollevare le mani, come a chiedergli di leggere ogni cosa nei suoi occhi. *Mia figlia sta morendo,* gli disse con lo sguardo, e cominciò a piangere tra le sue braccia.

« Andrà tutto bene. Qualunque cosa sia, andrà tutto bene. »

22

Il dottor Vladimir si sfilò lo stetoscopio dalle orecchie e lo rimise nella valigetta in pelle marrone. Si chinò su Natalia e le prese il polso per controllare di nuovo il battito, poi le riappoggiò con delicatezza il braccio sul letto. « Temo di non potervi dare buone notizie. Se l'avessi vista prima, forse... » Nonostante i suoi trent'anni di esperienza, era ancora in difficoltà in quei frangenti. Non c'era un modo indolore per dire certe cose.

« Che cosa intende, di preciso? » Il tono di Despina era in bilico tra l'incredulità e il sarcasmo. Un sottile reticolo di vene apparve sotto la pelle quasi traslucida delle tempie.

Il medico si schiarì la voce e distolse lo sguardo, imbarazzato. Si tolse gli occhiali e li mise nell'astuccio mentre cercava le parole più delicate. « Temo di non potervi dare buone notizie. Si tratta di un'infezione che forse ha contratto da giorni, perché sembra in uno stadio avanzato... A giudicare dalla febbre alta, l'infezione è diffusa, forse è passata nel sangue. Ho paura di non poter fare molto, a questo punto. »

Despina lo guardò, impietrita. Non riusciva a muovere un muscolo, eppure l'unica cosa che voleva era lanciarsi addosso a quell'uomo e tempestarlo di pugni, cavargli gli occhi, strappare i pochi capelli che gli rimanevano. Si lasciò cadere sul pavimento accanto al letto. La vista le si annebbiò, trasformando gli oggetti nella stanza in ombre cupe e grottesche, come macchie di sangue rappreso.

Anton s'inginocchiò accanto a lei e cercò di abbracciarla, ma Despina lo scostò con rabbia. Ci riprovò, ma lei lo colpì a una spalla e su una guancia, prima di spostarsi di scatto. A quel punto gridò. Si coprì le orecchie e gridò, un urlo così gutturale che persino Natalia aprì gli occhi.

Il dottore fece due passi verso di lei, poi cambiò idea, aprì la valigetta e prese a riordinarla. « Mi dispiace molto. Forse, se avessimo avuto la penicillina, qualche giorno fa... » Non c'era altro che potesse dire a quella poveretta che stava crollando a pezzi davanti ai suoi occhi. Estrasse un orologio a cipolla dalla tasca della giacca e guardò l'ora. Nulla era peggio di quel senso d'impotenza, della certezza di aver perso la battaglia, della morte che vinceva sulla speranza.

« Se avessimo avuto cosa? » Dopo aver setacciato la città, bussato alla porta di persone che mai avrebbe disturbato nel cuore della notte, pagato in lingotti d'oro, implorato in ginocchio per uno straccio d'aiuto e aver portato lì il medico, Stefan si aspettava ben altro che una dichiarazione di resa, una frase buttata lì come se nulla fosse. « Se avessimo avuto cosa, dottore? »

« La penicillina. È un nuovo farmaco che potrebbe curare un'infezione batterica come quella che ha colpito Natalia. Un farmaco miracoloso, in effetti, ancora poco utilizzato e diffuso. Praticamente impossibile da trovare, in questo periodo. Nessuno degli ospedali del Paese ce l'ha, e se anche lo avessero avuto lo avranno finito da un pezzo, per curare i feriti che muoiono a centinaia... » S'interruppe, consapevole che l'argomento non interessava a nessuno e che avrebbe addirittura peggiorato la situazione.

Stefan però aveva un'aria assorta, come se fosse già passato alla fase successiva della conversazione. « E se riuscissimo a procurarcene? Se lei potesse disporne? Quanto le resta? » Era l'ultima domanda che avrebbe voluto fare davanti a Despina, ma non c'era tempo di conferire in privato col medico. E il momento degli eufemismi era passato.

« Due giorni, forse tre. Una settimana, nel migliore dei casi. Ma, come ho detto, è impossibile... »

« Questo è un problema mio, dottore. » Stefan prese il cappello dalla cassettiera, si accovacciò accanto a Despina, ai piedi del letto, e cercò di scostarle le mani dal volto. « Lasciami tentare. Guardami, Des. » Non ci fu risultato. Le posò le mani sulle spalle. « Despina, farò tutto il possibile. Tutto quello che è in mio potere. Ma per questo dovrò aprire l'unica porta che tu vorresti lasciare chiusa. »

Per un attimo, nessuno parlò. L'unico suono nella stanza era quello di un ramo che sbatteva sulla cornice della finestra, come se anche lui reclamasse una risposta.

Despina affondò il viso contro il collo di Stefan e pianse. « Va bene. » Non si preoccupava più di cos'avrebbe pensato il medico: non aveva più niente da perdere. Le lacrime scorsero come da una diga crollata, bagnando le mani di Stefan che lei si stringeva al volto.

23

Passò un giorno, forse due. Impossibile tenere traccia dei minuti e delle ore che si accumulavano sconsiderati, all'infinito, senza tregua né riguardo per ciò che succedeva tra i muri della loro casa, per la disperazione e i pianti di Despina o il silenzio allibito di Anton, che camminava avanti e indietro sul pavimento di legno.

A intervalli di pochi minuti, Despina si chinava su Natalia e le avvicinava l'orecchio alle labbra, pregando di sentirne il fiato ormai debole. Agiva come se fosse morta a sua volta, con gesti meccanici, quelli di una marionetta tirata da fili invisibili. Trattenendo il fiato, percepiva l'esile respiro di Natalia contro la propria guancia. C'era ancora, lieve come le ali di una farfalla. La sola certezza che fosse ancora viva fu un balsamo per il suo dolore: il filo sottile che legava la vita e la morte non era ancora stato reciso.

Era passato pochissimo tempo dalla visita del dottore, ma la pelle di Natalia aveva già una sfumatura bluastra, traslucida. Vedendola così immobile, era difficile credere che fosse ancora viva, che il sangue ancora le scorresse nelle vene. La notte appena trascorsa non aveva emesso nemmeno un suono. Erano cessati persino i rari sospiri e i deboli gemiti.

Da due giorni Despina era seduta ai piedi del letto. Rifiutava di allontanarsi; rifiutava il cibo che Sofia le portava sul vassoio; rifiutava di parlare con Anton. Si era alzata una o due volte per bere un po' d'acqua, ma a parte quello non si era quasi mossa da quando Stefan se n'era andato in cerca di quel farmaco irraggiungibile, quella penicillina che forse nemmeno esisteva. E, se per un miracolo l'avesse trovata davvero, sarebbe tornato in tempo, o troppo tardi? Pochi giorni, aveva sussurrato il dottore all'orecchio di Stefan, ma Despina l'aveva sentito, più forte delle campane della chiesa in fondo alla strada. Due giorni, forse tre, poche ore. Era tutto quello che le rimaneva.

Sollevò lo sguardo verso la finestra socchiusa, schermata dalle grandi tende mosse dal vento. Non aveva più la forza d'implorare la pietà o il perdono di Dio, ma dentro di sé gridava, i pugni stretti così forte da piantarsi le unghie nei palmi. *Mi senti? Se sei lì, se esisti davvero, dimostramelo. Dimostramelo!* urlava in silenzio al rettangolo di cielo di un azzurro perfetto, che pareva sorriderle con innocenza.

Per tenersi impegnata, si era messa a recitare le poesie della raccolta che Natalia adorava quand'era più piccola. Ricordava quando gliele leggeva; la sua voce bastava a addormentarla, a calmare gli incubi dai quali si svegliava di soprassalto nei primi mesi.

Come allora, Despina continuò a leggere a lungo dopo che la luce del pomeriggio ebbe tinto ogni cosa di rosa e arancione, molto tempo dopo che il buio ebbe colmato la stanza e le ombre si furono allargate, spostandosi sulla parete al di sopra del letto di Natalia. Accese la lampada sul comodino e continuò a recitare una poesia dopo l'altra, senza rendersi conto di avere la gola secca come carta vetrata, la voce roca e appesantita. Si fermò solo all'alba, quando Sofia entrò nella stanza e la trascinò nella sua camera perché si riposasse un po' e si rinfrescasse.

In quella casa strana e austera che un tempo conosceva come le sue tasche, Sofia ormai non sapeva quale fosse il proprio ruolo. Nessuno sembrava gradire il cibo che cucinava. Nessuno le chiedeva lenzuola pulite o abiti stirati. Nessuno sembrava accorgersi che sul soffitto della cucina c'era una perdita e che l'acqua finiva in un secchio sul pavimento.

Sofia si era accorta che il secchio si riempiva sempre più in fretta, tanto che ora bisognava vuotarlo ogni due ore. « Devo chiamare l'idraulico, signor Anton? »

Anton l'aveva guardata come se non avesse capito una parola. Sofia aveva scosso appena la testa, richiudendo la porta dello studio. Se non altro, si era fermato. Per due giorni aveva camminato avanti e indietro per tutta la casa, senza mai fermarsi, col suono ritmico delle suole rinforzate che martellava all'infinito. In quel momento, sprofondato nella poltrona accanto al camino, fissava la danza delle fiamme. Muovendosi in punta di piedi, Sofia gli chiedeva se volesse mangiare qualcosa, se dovesse portargli il giornale. Lui scuoteva la testa e tornava a guardare il fuoco. La morte si era già impadronita di quella casa.

Passò un altro giorno.

Anton cominciò a prepararsi all'inevitabile. Era questione di ore, ormai, di giorni. Avrebbero perso la loro figlia, dopo tutto quello che avevano passato. E per colpa sua. Lasciò ricadere la testa sullo schienale della poltrona e cominciò a piangere. Non sentì il campanello se non al terzo squillo. Si alzò per andare ad aprire, muovendosi come in un sogno.

« Anton, grazie a Dio. » Sulla soglia c'era Stefan, che si stringeva al petto il cappello e sorrideva. Disse qualcosa mentre il tram si allontanava sferragliando, coprendo le sue parole.

Cos'hai da sorridere? Come puoi sorridere, in un momento come questo? Ma Anton non glielo chiese, perché sul palmo teso di Stefan c'era una scatoletta marrone.

Anton l'afferrò con un gesto avido e l'aprì, strappando il cartone come se fosse stato di carta sottile. La scatola gli si aprì tra le mani: il simbolo della Croce Rossa, di un carminio brillante, spiccava come una ferita. C'era un indirizzo, stampato in caratteri minuscoli: Ginevra, Svizzera. All'interno della scatola, dieci o dodici fiale di un liquido biancastro e torbido.

« Va iniettato in vena. Il dottor Vladimir è riuscito a ottenere il ricovero all'ospedale di Colţea, oggi stesso. Ma dobbiamo sbrigarci. »

Anton annuì. Aveva la bocca secca per lo stupore. La speranza tornò a scorrergli in corpo con una forza inaspettata, colmò il suo cuore scosso, facendolo galoppare, pompando il sangue troppo in fretta e troppo forte. *Come ci sei riuscito?* avrebbe voluto chiedere, ma le parole gli rimasero intrappolate in gola. E poi non c'era tempo per le domande, per cercare conferma a quella che sospettava, o meglio, sapeva essere l'unica strada possibile. Le lacrime tornarono a rigargli le guance pallide ricoperte da un'ombra di barba.

« Sbrigati, Anton. Vai a prenderla, subito. Ti aspetto sul taxi. »

Quando fu in cima alle scale, Anton scorse una macchina ferma accanto al marciapiedi, col motore acceso.

Per tre giorni, le ore di veglia si susseguirono come perle su un filo, senza inizio né fine: c'era soltanto l'adesso. Anton era a stento consapevole delle persone che andavano e venivano all'interno dell'ospedale, dello scatto della lavagnetta che ricadeva contro il supporto ai piedi del letto di Natalia, del lento sgocciolio della flebo fissata alla piantana in metallo, della tenda sottile e logora che si gonfiava al vento del tardo pomeriggio. E del silenzio. Un lungo, interminabile silenzio punteggiato solo dai singhiozzi di Despina.

Quella sera, accanto alla moglie, quando le luci furono spente e la calma scese sull'ospedale, si ritrovò a fare qualcosa che non gli succedeva da quand'era bambino. In ginocchio, pregò per Natalia, per se stesso e per Despina. Ben presto una calma sconosciuta lo invase, insieme con una consapevolezza che, fino a quel momento, gli era sempre sfuggita. Ecco cosa dovevano aver provato i genitori naturali di Natalia, quando l'avevano persa. Condividevano uno stesso destino: anche se non sapeva chi fossero e mai lo avrebbe saputo, la portata di quello che avevano fatto per salvarla, non una, ma due volte, lo colpì nella sua grandezza. Anton comprese che sarebbero stati legati per sempre dall'amore per Natalia. Non dovevano averne paura, ma essere loro grati del dono della vita di quella bambina e del loro sacrificio.

Più tardi, mentre sedeva in un angolo della stanza – lottando per tenere gli occhi aperti nel terrore che, se li avesse chiusi per un solo istante, lei sarebbe volata via –, si vide passare davanti i momenti più importanti della propria esistenza, e li accolse con un senso di venerazione mai provato prima. Come un'orda di ragazzini chiassosi, gli sfilarono davanti uno alla volta, riportandogli alla memoria quello che aveva provato, felicità, amore, passione, orgoglio, aspettativa e, infine, una speranza che mai sarebbe soffocata.

E un ricordo scottante: *Allora vivrò con voi?*

Certo, tesoro.

Natalia si era stretta la bambola al petto, scrutandolo da sotto le ciglia folte e scure. Gli occhi verdi si erano accesi come braci, di sollievo e forse un po' d'incertezza. *Per quanto?*

Be', per sempre. Saremo una famiglia.

Una famiglia?

Sì, una famiglia. Vuol dire che non ci separeremo mai.

Lei aveva abbassato lo sguardo sulla bambola. Le aveva passato le dita tra i lunghi capelli chiari, sul vestitino in mussola con le perline dorate, sulla liscia pelle di porcellana. Quando aveva risollevato gli occhi, un sorriso mai visto prima le illuminava il volto. *Allora non vi lascerò mai.*

L'indomani, quando il dottor Vladimir tornò a visitarla, con la cartellina stretta al petto, fu così colpito dalla scena davanti a sé che, senza dire una parola, si voltò e uscì dalla stanza. Come poteva interrompere quel momento? Era davvero un miracolo, nel quale nemmeno lui aveva osato sperare. Eppure erano lì, ai piedi del letto, tutti e tre stretti in un abbraccio. Ripensò a un'immagine che lo aveva scosso profondamente: una rosa a tre boccioli spuntata tra le erbacce di una tomba dimenticata.

PARTE SECONDA

NATALIA

24

Settembre 1944

La folla si muoveva e si gonfiava come un'onda di marea, riducendo lo spazio che li separava. Spingeva in avanti, un centimetro dopo l'altro, verso la corda tesa dalla polizia per evitare che le centinaia di persone presenti si riversassero sul viale. Da dove si trovavano, per arrivare a casa avrebbero dovuto raggiungere il lato opposto della piazza, quindi imboccare una delle vie laterali che si irradiavano dal centro come i raggi di una bicicletta. Impossibile.

L'odore di whisky e di profumo femminile scadente arrivò alle narici di Natalia in un mulinello nauseante, e lei si aggrappò al braccio del padre. Affondò il naso contro il risvolto della sua giacca e rischiò di finire a terra quando una donna piuttosto in carne la spinse da dietro: lottando per farsi largo a suon di gomitate, si schermava gli occhi con una mano, mentre con l'altra allentava la sciarpa che aveva al collo e la sventolava in alto.

Si scatenò una seconda ondata di esultanza, simile a una valanga, e la folla ricominciò a spingere con nuovo vigore.

«Papà, ho paura! Papà!»

«Non devi averne, tesoro.» Anton se la sollevò sulle spalle, dove lei si sentì al sicuro.

Al sicuro e meno spaventata, poiché da lassù vedeva un mare di fazzoletti, cappelli e bandierine che vorticavano; un attimo dopo seguì la direzione degli sguardi della gente e si sentì mancare il fiato.

Erano più piccoli di quanto pensava; sembravano quasi i camion dell'esercito che aveva visto sobbalzare lungo le strade di campagna. Erano affiancati su entrambi i lati dalle automobili, mentre sfilavano lungo le strade principali come una colonia di millepiedi, col metallo che macinava l'asfalto, riducendo in polvere le macerie sulle quali passavano. Sulle piattaforme, centinaia di soldati in uniforme verde, talmente stretti l'uno all'altro che ciascuno riusciva a reggersi soltanto con una mano ai supporti, sventolavano i berretti in direzione della folla che li acclamava.

« È finita, la guerra è finita! » gridò qualcuno, e l'entusiasmo tornò a crescere, spingendo la folla in avanti di un altro passo.

Alcune donne avevano portato secchi pieni di rose, gardenie e lillà appena colti dai loro giardini, e cominciarono a lanciarli al passaggio dei carri armati. Una ragazza di una ventina d'anni riuscì a oltrepassare la barricata e s'inginocchiò a terra, chinando la testa fino a toccare la strada. Quando si risollevò, aveva gli occhi colmi di lacrime.

Natalia abbassò lo sguardo verso il padre, in cerca di un segno: forse anche loro avrebbero dovuto piangere o almeno lanciare un urrà, ma la sua faccia era una maschera impassibile. Anton la rimise a terra, le strinse forte la mano e la guidò attraverso la folla, scavando un sentiero controcorrente. Sembravano un'enorme nave da guerra che solcava la marea di uomini e donne esultanti e di bambini in lacrime, terrorizzati.

Sul lato opposto della piazza affollata, tagliarono bruscamente in una stradina laterale. Alcune auto coi finestrini abbassati erano state abbandonate lungo la strada in strane posizioni, come se i passeggeri fossero fuggiti.

Sebbene quella zona fosse piuttosto tranquilla, continuarono a camminare a passo spedito lungo l'isolato. Le cose potevano cambiare da un momento all'altro.

« Natalia, non devi credere a tutto ciò che vedi », le disse Anton quando furono lontani da eventuali orecchie indiscrete. Tacque mentre passavano davanti a un caffè squallido coi vetri ricoperti di sporcizia, di fronte al quale tre uomini barcollavano a braccetto, canticchiando ubriachi. Si chinò verso di lei. « A volte la verità non è quella che sembra. »

Che cosa vuoi dire? stava per chiedergli lei, ma gli occhi del padre erano fissi sulla strada, a controllare le targhe prima di attraversare. Forse stava cercando di calcolare il percorso per arrivare a casa. Per raggiungere la prima arteria principale, si sarebbero dovuti inoltrare in un labirinto di vicoli e stradine. Magari c'era un autobus o un tram.

Di solito non le pesava fare lunghe camminate con suo padre. Erano gli unici momenti nei quali aveva tutta la sua attenzione e poteva condividere con lui qualunque cosa le passasse in testa. Quel giorno, però, Anton non era interessato alle sue storie.

Era così da un po', in pratica da quando lei era stata dimessa dall'ospedale. Il suo ottimismo era sparito, così come la luce maliziosa che un tempo gli brillava negli occhi, quando sembrava che ogni momento fosse stato creato perché lui ne godesse. L'uomo che amava circondarsi di persone a ogni ora del giorno era sparito. Persino nelle rare serate in cui passava a trovarlo un vecchio amico, sembrava impaziente di rimanere solo per andare di sopra ad ascoltare il radiogiornale. La maggior parte delle volte rimaneva il minimo indispensabile a scambiare pochi convenevoli, per poi lamentarsi di un'emicrania o di qualche altro malessere e andarsene.

In ogni caso, non avrebbe fatto differenza: sebbene la guerra in Romania fosse finita, la loro casa rimaneva deserta come nel periodo dei bombardamenti. Le scuole sarebbero state riaperte presto, e in tutta la città timide luci si erano riaccese nelle vetrine dei negozi e alle finestre delle case, però le sorelle e le nipoti di Despina non erano ancora tornate in città. Solo Maria e Stefan venivano a trovarli, ogni tanto, ma non si fermavano mai a lungo.

Natalia non si capacitava della freddezza con cui si trattavano sua madre e Maria. Prima della guerra, non stavano più di due giorni senza vedersi. Ormai invece le visite di Maria erano brevissime e lei sembrava sempre di fretta, a disagio all'idea di fermarsi troppo o d'intrattenersi in una conversazione prolungata. In genere se ne andava poco dopo essere arrivata, dopo aver dato a Natalia un rapido bacio su una guancia e avere lanciato a Despina un'occhiata del cui significato lei era all'oscuro. La tensione era palpabile.

E Victor? Natalia ricordava di averlo visto l'ultima volta al lago Băneasa, prima che le bombe distruggessero la loro casa delle vacanze. Erano andati tutti e quattro a fare un picnic sulla spiaggia, e Natalia rammentava quanto fosse stato piacevole il sole dopo il lungo inverno, il profumo del caprifoglio e del lillà che l'avvolgeva. Aveva insistito per portare il cesto coi panini, mentre Victor la seguiva con la coperta, una bottiglia di vino e un altro cestino in cui sbatacchiavano i piatti. Al cancello sul retro, lei si era fermata, aspettando che lui lo aprisse. «Scommetto che non mi prendi!» aveva gridato, scattando lungo l'erba alta della collina. Lui le era corso dietro, così vicino da farle pensare che quella volta l'avrebbe battuta. Ma non l'aveva fatto, come sempre.

Era dura dover accettare che una manciata di fotografie sulla mensola del camino fosse tutto ciò che rimaneva di quei giorni. Di recente aveva sentito suo padre dire che voleva disfarsi delle macerie e mettere in vendita il terreno.

« Papà, sei triste perché Victor non è più passato a trovarci? »

Anton rallentò di poco il passo, apparentemente sorpreso dalla domanda, o forse chiedendosi se fosse davvero così. « Be', sai che è molto impegnato. Adesso ha un lavoro, e forse non gli rimane molto tempo per la vita sociale. »

« Victor ha un lavoro? E quale? »

« Un incarico per il ministero degli Interni. Non so altro. »

« Per questo se n'è andato dalla soffitta? »

« Probabilmente. Quel posto non è più alla sua altezza, ormai. » Qualcosa passò sul suo viso, malinconia, forse, oppure orgoglio. Era chiaro che non gli andava di parlarne: allungò di nuovo il passo e proseguirono in silenzio, zigzagando nel labirinto di automobili coi clacson che suonavano, la gente che gridava dai finestrini o dai balconi delle case. Non trovarono nessun autobus, e quando arrivarono a casa era quasi buio.

Quella sera, sola in salotto, Natalia sedette al pianoforte e s'immerse distrattamente in una sonata di Beethoven, lo sguardo sognante fisso sulla finestra, al di là della quale c'era ormai solo un rettangolo nero. La stanza era intrisa del profumo delle gardenie che sua madre aveva colto in giardino quello stesso pomeriggio. Natalia prese un respiro profondo, ma il nodo allo stomaco cedette appena. Persino lì, tra le pareti di casa sua, si sentiva minacciata da una sensazione che non sapeva descrivere, un guizzo di realtà che la turbava molto.

Che cosa stava succedendo ai suoi genitori? Non capiva quale fosse il problema. A volte le sembrava di vivere con una versione impoverita delle persone che un tempo conosceva così bene. A differenza di suo padre, su cui incombeva una nube tetra, sua madre svolazzava in giro come se nulla fosse successo, come se la loro vita non fosse mai stata toccata dalla guerra, dalla malattia, dalle bombe e infine dall'Armata Rossa, che marciava lungo le vie principali della città.

Ogni mattina si presentava a colazione in un abito di seta o coi volant, coi capelli raccolti nella solita acconciatura francese. Come ogni mattina prima della guerra, sorseggiava il caffè in terrazza, la schiena dritta, l'espressione imperturbabile, mentre osservava il traffico in strada, i tram e gli autobus che avevano appena ripreso a circolare. In pochi avrebbero immaginato che preparava lei stessa il caffè e la colazione. Che lavava asciugamani e lenzuola, china sulla vasca, il pomeriggio, passandosi le mani rosse e insaponate sulla fronte sudata. Che rammendava le tende e tirava a lucido il camino, grattando via la fuliggine da ogni angolo della casa.

Da quando Sofia se n'era andata, si occupava di ogni cosa da sola.

Era ironico, in effetti, che dopo essere stata loro accanto nei peggiori momenti della guerra e nei bombardamenti più feroci, se ne fosse andata subito dopo. Sofia aveva compiuto settant'anni e aveva deciso che era il momento di tornare al villaggio in cui era nata, vicino alla frontiera con l'Ungheria, alle sue radici e ai nipoti, che ormai erano grandi. « Voglio passare i miei ultimi giorni nella terra in cui sono nata, signora. »

Despina l'aveva implorata, le aveva offerto un aumento e qualunque cosa volesse, ma alla fine l'aveva lasciata andare.

Quella domenica mattina, dalla finestra della sua camera, Natalia li aveva visti salutarsi, mentre i primi raggi del sole splendevano sui tetti. Persino dopo che il taxi se n'era andato, diretto in stazione, i suoi genitori erano rimasti lì, in ciabatte e vestaglia, stretti sotto il lampione, e Natalia si era ricordata di un altro momento, di un altro taxi che portava lei e sua madre lontano dalla città in fiamme.

Dopo la partenza di Sofia, sua madre si era fatta carico di tutti i lavori domestici, con lo zelo di un esercito conquistatore.

« Fatti aiutare da qualcuno », continuava dirle Anton, ma lei si ostinava, fedele a Sofia anche adesso che non c'era più.

« Ce la faccio, Anton, non preoccuparti. » Si era messa a preparare marmellate di pesca e di ciliegia, vasi di peperoni rossi, peperoni e cipolle sott'aceto, e a cucinare i pasti. Insisteva a dire che era molto divertente rispolverare le sue vecchie abilità ai fornelli: la dispensa era di nuovo piena di centinaia di barattoli di *zacuscă*, la salsa di melanzane, e *taramá* fatti in casa, tutti etichettati e datati con la sua grafia sottile e decisa. A Natalia sembrava che si stesse preparando per un'altra guerra.

E lei ne aveva avuto abbastanza.

Voleva soltanto spalancare le braccia al cielo, respirare e sentirsi viva. Per la prima volta da chissà quanto tempo si svegliava senza il timore delle sirene e delle bombe, del ruggito dei caccia che mitragliavano i tetti. Poteva uscire in terrazza e respirare l'aria del mattino. Poteva indossare di nuovo i suoi abiti più belli, senza timore che una nuvola di cenere li rovinasse. Poteva passeggiare davanti ai negozi che avevano riaperto, alla farmacia dietro l'angolo, che aveva una decina di rossetti di colori diversi. La commessa fingeva di non accorgersi che provava i campioni, tendendo le labbra davanti allo specchio sul bancone, cercando di non farsi notare, e si lasciava sfuggire un sorriso quando incrociava il suo sguardo. «Porta i miei saluti a tuo padre», le diceva, quando Natalia era sulla porta.

Ma suo padre aveva perso interesse nelle vecchie conoscenze e in tutto ciò che non fossero i carri armati russi sulle strade di Bucarest.

«I sovietici hanno appena negoziato un armistizio che gli garantisce il controllo militare del Paese. Siamo sotto il loro controllo, Despina, un controllo militare, come da ordini di Mosca. Capisci che cosa significa?» disse loro una sera, senza nemmeno essersi steso il tovagliolo sulle ginocchia.

Natalia posò la forchetta sul tavolo. All'improvviso non aveva più appetito. Voleva correre fuori dalla stanza per non sentire un'altra volta quelle parole. Non riuscì a trattenersi: «Oh, papà! Perché non la smetti di dire queste cose? I russi, i russi... perché è così importante?»

Lo sguardo che lui le rivolse le fece rimpiangere di avere aperto bocca, anche se non sapeva cos'avesse detto di male. Non era lui che l'aveva sempre incoraggiata a dar voce a ciò che pensava, a esprimere le sue opinioni? Eppure nello sguardo di Anton non c'era orgoglio, ma solo turbamento. Anche sua madre la guardava con gli occhi sbarrati, la forchetta a mezz'aria.

« Per la precisione, quanto credi di sapere in merito, Talia? »

« Ne so abbastanza. So che la gente balla per le strade, va in giro con le ghirlande appese al collo e accoglie i russi con pane fresco e fiori. Quindi, qualunque cosa stiano facendo qui, non può essere così brutta. »

Seguì un silenzio pesante che sembrò infinito.

Quando Anton parlò di nuovo, la voce era un sussurro. « Puoi tornare in camera tua, Natalia. » Si alzò da tavola per versarsi qualcosa da bere.

Natalia sentì un nodo alla gola e deglutì. *Non arrabbiarti con me. Sii felice che la guerra è finita. Perché non sei felice?* Non le uscì nemmeno un suono di bocca. Si alzò, scostò la sedia e uscì dalla stanza senza aggiungere altro.

25

Novembre 1948

Quell'anno, l'inverno arrivò fin troppo presto. Mancava ancora qualche settimana a Natale, ma già nevicava, le giornate erano brevi e feroci, coi ghiaccioli che brillavano sotto i cornicioni come stiletti spezzati nella cupa luce del mezzogiorno. A piaţa Revoluţiei, la statua in bronzo di re Carlo I venne abbattuta di fronte a una folla incredula. Mentre cinque o sei carri armati facevano a pezzi il piedistallo, senza pietà, un urlo d'indignazione lacerò la piazza, seguito da un altro e poi da un altro ancora, finché tutte le voci non s'intrecciarono, levandosi in alto come una nuvola di fumo. Il coro s'interruppe solo quando uno dei miliziani sparò un colpo di avvertimento in aria e la gente si allontanò a gruppetti, in silenzio, tra le raffiche di un vento freddo che spezzava le ossa.

Una nuova frontiera si delineava sul continente. Un muro di filo spinato, dietro il quale tutte le grandi città dell'Europa orientale e centrale si ritrovavano ostaggio, controllate da posti di blocco, sorvegliate da cani da guardia e dai carri armati sovietici. A Bucarest, i capi politici e i membri del parlamento erano stati arrestati, imprigionati o mandati nei campi di lavoro della lontana Siberia. Altri erano scomparsi dal giorno alla notte, senza spiegazioni. Quasi un anno prima, re Michele era stato costretto ad abdicare con un fucile puntato addosso, dopo che il Palatul Regal era stato circondato da squadre dell'esercito di Stalin. E non c'era in gioco solo il trono: se lui si fosse rifiutato, un centinaio di studenti in stato d'arresto sarebbe morto, a segnare l'inizio di un bagno di sangue. Così il re aveva firmato il decreto e, nel giro di pochi minuti, l'ultima monarchia dei Balcani aveva visto la fine.

I cittadini di Bucarest mormoravano increduli agli angoli delle strade, alle fermate degli autobus o accanto ai chioschi dei fiorai, dove potevano parlare a bassa voce. « Hai sentito che diventeremo una Repubblica del Popolo? Lo sapevi che il nuovo primo ministro è stato nominato da Stalin in persona? »

La nuova realtà in cui si trovavano prigionieri non era il lento risultato di un cambiamento, ma era stata creata con la precisione affilata di una ghigliottina, che li separava da tutto ciò che ritenevano giusto e familiare.

Natalia stava andando a scuola, quando la sua attenzione fu catturata dall'attività che ferveva attorno al vecchio Palazzo del Senato e al quartier generale dell'esercito. Rallentò, osservando a bocca aperta la parata di uomini in soprabito di pelle nera e colbacco, dalle spalle squadrate e dalle facce serie, che entravano e uscivano dagli uffici governativi cui avevano dato nuovi nomi. Le guardie ai cancelli li salutavano sull'attenti, aprivano loro le portiere delle macchine, reggevano valigette e scatole gonfie di documenti che caricavano nei bauli delle auto dai finestrini oscurati. Lungo le strade, la gente si scansava, abbassando timidamente lo sguardo, mentre quegli uomini la superavano con falcate lunghe e decise. Li salutavano baciandogli le mani quando entravano in birreria, ordinando bottiglie di vodka e prelibatezze che nessun comune cittadino rumeno assaggiava da tempo.

Intanto sulla loro casa era sceso un nuovo silenzio.

Despina le faceva la stessa raccomandazione quasi ogni sera: «Talia, non dire niente a scuola delle cose che abbiamo a casa. Soprattutto non parlare del pianoforte e dei libri rilegati in pelle. Non dire niente a nessuno. E ricorda: anche i muri hanno le orecchie».

«Lo so, mamma, me lo hai già detto. Stai tranquilla, per favore.» Talia sorvolava sul fatto che suo padre le ripeteva le stesse raccomandazioni. Sapeva quelle frasi a memoria, ormai.

Forse era per colpa dell'ansia crescente dei suoi genitori che si scopriva a origliare agli angoli delle strade, fingendo di doversi legare i lacci delle scarpe o di cercare qualcosa nello zaino. Aveva sentito storie spaventose a proposito di uomini perquisiti e derubati, di soldati dell'Armata Rossa che abbattevano le porte delle case nel cuore della notte, imbracciando mitragliatrici, e portavano via tutto ciò che trovavano: gioielli, porcellane, argenteria, dipinti a olio e tappeti turchi. Storie di uomini che cadevano in ginocchio e baciavano gli stivali a quei militari, offrendo orologi d'oro e fedi nuziali. Di civili che sparivano senza spiegazioni, a centinaia e migliaia.

«Sono ubriachi. Sono ubriachi di *ţuică*, affamati di potere e della vita al di fuori delle trincee piene di fango. Non hanno dimenticato i rumeni dell'assedio di Leningrado e del bagno di sangue di Odessa. In quanti sono morti per mano nostra? A centinaia, se non a migliaia», aveva detto qualcuno, scuotendo la testa.

Talia sapeva che era tutto vero. I tedeschi avevano ridotto alla fame i russi, li avevano costretti a cibarsi di gatti e cadaveri durante l'inverno. E intanto i rumeni davano una mano.

« Mamma, sono vere le cose che dicono sui soldati dell'Armata Rossa? » aveva chiesto un pomeriggio.

Despina aveva evitato l'argomento con la solita risposta: « Vai a lavarti, Natalia. Se ti sbrighi, magari hai tempo di fare un po' di esercizio prima di cena ».

Con un sospiro, lei aveva obbedito. Sapeva che era inutile insistere. Sebbene le storie e le voci sui soldati sovietici fossero persino più crude di quelle sui tedeschi, sua madre non ne voleva mai parlare. E lei sospettava che c'entrasse la volta in cui, negli ultimi giorni di guerra, Despina si era seduta alla stazione di Snagov con la figlia malata tra le braccia. Era stato un soldato a salvarle. « La guerra è la guerra. Trasforma gli esseri umani in modi inimmaginabili. Ma rimangono sempre esseri umani », le aveva detto.

Erano passati quattro anni da quel giorno fatidico, quattro anni che avrebbero potuto essere un secolo, eclissati da questioni ben più urgenti, che incombevano sulla loro casa come una tempesta in arrivo. Ormai da mesi, suo padre tornava a casa con la notizia di attività commerciali confiscate, banche nazionalizzate, denaro svalutato. Di persone come lui, gente onesta che lavorava sodo, trascinate in mezzo alla strada e uccise per un commento incauto contro il nuovo governo. Di famiglie identiche alla loro, caricate su un treno e sparite nel nulla. « Sono tempi pericolosi, Despina. Dovresti cercare di uscire il meno possibile. Ed evita di metterti la pelliccia. Non abbiamo bisogno di attirare l'attenzione. »

« Va bene, tesoro. Ma, per favore, cerca di non dire queste cose davanti a Talia. Non parlarne proprio. Farò come vuoi. »

Come il resto dei pochi borghesi rimasti, i Goza si ritrovavano confinati ogni giorno di più tra le pareti di casa. Non avendo molto altro da fare, Natalia trascorreva la maggior parte delle ore al piano, come aveva fatto quando suonavano le sirene. Anton lo aveva spostato in camera di Natalia, dove il rischio che i vicini la sentissero era minore. Non amava nessun suono, quei giorni, men che meno se poteva essere collegato a un vezzo aristocratico, col rischio di finire in carcere.

Già aveva dovuto rinunciare alle lezioni per Natalia, ma lei non se l'era presa. Si sentiva libera come non mai, a fare pratica da sola, lontano dall'orecchio ipercritico della signorina Eliade, dalla sua voce stridula che spesso la interrompeva per rimproverarla se non sedeva con la postura corretta, se i gomiti erano troppo rigidi o se teneva i polsi troppo alti, aggredendo la tastiera con gli artigli di un avvoltoio. Era libera d'improvvisare, di dare vita alle proprie melodie, variazioni sui brani classici che sapeva a memoria da tempo, o qualche pezzo meno convenzionale che avrebbe fatto esplodere di rabbia l'anziana.

Era sempre andata così pazza per il jazz? Sembrava che ci fosse sempre stato, anche prima della guerra, scorrendo sullo sfondo della vita di ogni giorno, tranquillo e sereno come un ruscello. Ma, quando Talia aveva portato in camera sua il giradischi e i vinili che nessuno usava più e si era seduta al piano, era successo qualcosa. Da allora si sentiva in colpa, come se in qualche modo tradisse i grandi compositori, eppure, mentre mescolava quelle melodie, le sembrava di essere altrove; gli accordi e i movimenti la colmavano di un'energia ribollente, simile alla febbre. A volte immaginava di essere la donna sulla copertina del disco, con l'abito di lustrini, su un palco dalle luci abbassate. Un trombettista bellissimo in giacca bianca suonava accanto a lei, mentre i suoni s'intrecciavano e si fondevano in una carezza. All'inizio era stata una sfida imparare quelle sincopi, ma dopo un po' era diventato meno difficile e Natalia aveva cominciato a riprodurre piuttosto bene i pezzi.

La rattristava, tuttavia, non poterli condividere con suo padre, che sempre più spesso si chiudeva nello studio e non le chiedeva più di suonare per lui, prima di andare a dormire. Era preoccupato, cupo, silenzioso. Non si lanciava più nelle sue filippiche sulle condizioni di vita che peggioravano di giorno in giorno, né diceva che era solo questione di tempo prima che perdessero ogni cosa.

Ma c'era dell'altro. Da qualche settimana, Anton tornava sempre a casa con una valigia pesante. Mormorava un breve saluto e, senza togliersi né il cappello né il cappotto, trascinava la valigia sul pavimento, annaspando, diretto in cucina, e poi fino alla scala che portava in soffitta. Le vecchie assi del pavimento scricchiolavano, riempiendosi di crepe; Natalia rimaneva ad ascoltare i tonfi della valigia che sbatteva contro i gradini in cemento, riecheggiando nella tromba delle scale, e si chiedeva che cosa ci fosse dentro. Gli interrogativi crescevano quando suo padre tornava giù e lasciava la valigia vuota davanti alla porta, per riportarla via l'indomani.

Qualunque cosa stesse nascondendo lassù, Natalia sapeva che era meglio non fare domande. Lo avrebbe costretto a inventarsi una bugia, una giustificazione poco convincente che sarebbe suonata falsa a entrambi. A quel punto sarebbe nata un'altra discussione, uno sproloquio sulla loro situazione, l'invito a non fidarsi di nessuno, a non parlare con anima viva. Perché la loro stessa vita sarebbe stata in pericolo se lei avesse detto in giro che cosa succedeva a casa. No, era meglio non sollevare nemmeno l'argomento.

Ma il punto non era che suo padre non volesse farle

sapere cosa stava nascondendo in soffitta, o che persino nei giorni più duri dei bombardamenti lei lo avesse visto agire con la medesima determinazione. Era la risolutezza con cui ogni sera lui seguiva quella routine a dirle che stava succedendo qualcosa di più terribile dei bombardamenti, per quelli come loro.

Una sera, sul finire dell'inverno, Anton diede una pistola a Despina. Gliela porse a tavola, al di sopra dello stufato di manzo e patate, come se le passasse il sale. Despina la fissò per qualche istante, ma non la prese. Lui la posò sulla tovaglia immacolata, e l'arma rimase lì, con l'elegante impugnatura in avorio che rifletteva la luce come una delicata porcellana, e al tempo stesso con la drammaticità di una bomba inesplosa. Era una pistola piccola ed elegante, un modello da donna, così minuscola da poter entrare in una pochette.

Anton continuò a mangiare come se niente fosse. « Voglio che la porti sempre con te, d'ora in poi. Talia, nel caso dovessi trovarla in giro, voglio che tu sappia cos'è e che non la tocchi. »

Natalia sentì che sua madre si agitava sulla sedia. La forchetta sbatté contro il bordo del piatto, mentre la posava sul tavolo. Si passò il tovagliolo sulle labbra, tese in una linea sottile, e prese un sorso d'acqua, ma non disse nulla.

Una pistola? Natalia per poco non urlò. Sapeva quanto sua madre detestasse le armi, tanto che non permetteva ad Anton di tenerne una, nemmeno chiusa in cassaforte. L'aveva sentita dire mille volte che ne era terrorizzata, eppure, adesso che ce n'era una sul tavolo, reagiva con indifferenza, come se fosse un piattino col burro.

« Ne parliamo domattina, Anton », disse Despina, calma, e Natalia capì che era per amor suo.

« Va bene, tesoro, come vuoi. »

Marito e moglie si scambiarono uno sguardo, senza bisogno di parole.

L'indomani, però, la prima cosa che Anton fece quando scese per colazione fu guardare nella borsetta di Despina, che poi richiuse canticchiando un motivetto. Con espressione soddisfatta, si avvicinò alla credenza per versarsi una tazza di caffè.

Natalia trascorse il pomeriggio e gran parte della sera in camera. Suonò senza sosta il suo jazz pieno di gioia, sulle ali di una fiaba. Suonò finché non le vennero il mal di schiena e i crampi alle dita, finché l'angoscia non fu lavata via come fango da un rovescio di pioggia.

26

Aprile 1950

La villa di Elena era l'unico edificio dell'isolato che mantenesse la facciata originale, così com'era prima della guerra. I segni dei tumulti passati s'indovinavano nelle crepe del vialetto in pietra, nel cancello di ferro arrugginito e nelle persiane di legno che reclamavano a gran voce una mano di pittura, ma nel complesso sembrava ancora un'antica dimora greca sulle sponde del Mediterraneo, persino in una strada cupa come quella, in mezzo alla neve mezza sciolta e sporca di fango.

Nella scarsa luce del portico, Despina si sfilò i guanti, scrollò le gocce di pioggia dal cappotto e si tolse gli stivali che stonavano col suo abbigliamento elegante.

Dietro di lei, Natalia la imitò.

« Ricorda quello che ci siamo dette. Sono nostri parenti, ma limitiamoci alle chiacchiere di circostanza, d'accordo? »

Natalia annuì decisa, ascoltandola solo a metà. Non aveva nessuna intenzione di partecipare ai soliti discorsi da adulti. Voleva solo vedere Lidia, la più grande delle sue cugine, che le era mancata tantissimo. Erano rimaste barricate in casa per tutto l'inverno, come se fossero ancora in territorio di guerra, e sua madre aveva acconsentito ad andare lì solo perché lei aveva pregato e implorato. Per un'ora o due al massimo. Se non altro, erano uscite di casa.

A una delle finestre al pianterreno si mosse una tenda, e un attimo dopo la porta si aprì. Due braccia robuste le avvilupparono, accompagnate da un forte aroma muschiato che doveva essere stato spruzzato solo un attimo prima.

La sorella maggiore di Despina era vestita come per una serata di gala, con un abito borgogna scuro e il rossetto in tinta. « Dio mio, quanto tempo è passato? » C'era una nota disperata, quasi isterica, nella sua voce, come se si fingesse allegra soltanto per loro. Persino l'abbraccio sembrava forzato, un po' troppo entusiasta. Del resto, tutti si comportavano in modo strano, in quei giorni, ed Elena se non altro ne aveva motivo. Suo marito, che l'anno precedente era stato mandato a Istanbul in forze al corpo diplomatico, si era rifiutato di tornare quand'era stato richiamato: era impossibile sapere se lei e la figlia lo avrebbero rivisto o se sarebbero riuscite a raggiungerlo. Ma i rapporti tra le loro famiglie erano in crisi da molto tempo prima, e la distanza aumentava a ogni visita, a ogni gelido incontro. Natalia non avrebbe mai dimenticato le parole pronunciate l'ultima volta da suo zio, ancora umide del vino di Anton, mentre balzava in piedi e ordinava a moglie e figlia di raccogliere le loro cose e di seguirlo subito a casa. « Finirai appeso alla forca! » Fumante di rabbia, chino sul tavolo, con gli occhi inferociti fissi in quelli di Anton, aveva preso il tovagliolo e lo aveva gettato nel piatto di zuppa rimasto a metà, sporcando di verdura finemente affettata la tovaglia stirata alla perfezione.

Era successo mesi prima, e sembrava che le sorelle, se non altro, avessero concordato una tregua, anche se quell'episodio incombeva loro addosso come una nube scura.

« Talia, tesoro, ogni volta che ti vedo sei sempre più alta e più bella! Ormai sei quasi più alta di tua madre!» esclamò la zia, con un'affettazione insolita. Elena spinse entrambe dentro e chiuse la porta con due mandate, con gesti quasi spasmodici.

In netto contrasto, il salotto le accolse con serenità: nel camino il fuoco ardeva deciso, agendo come un balsamo sui nervi di Natalia. Su un vassoio in argento, al centro della stanza, c'erano una caffettiera turca e un sifone per la soda, come ai vecchi tempi.

Mentre prendevano posto tra i cuscini sul divano in velluto, Lidia le raggiunse in un vortice di onde bionde, le labbra color pesca e un profumo persino più intenso di quello della madre. Planò fino a Natalia con un sorriso splendente, pizzicandole entrambe le guance con affetto. «Ciao, bambola.» Si lasciò cadere sul divano accanto a Despina, allungandosi a prendere una delle ciotole di composta, mentre guardava la cugina inarcando un sopracciglio, con un'espressione che fece scoppiare a ridere Natalia.

Quanto l'adorava! Cinque anni più grande di lei, Lidia non solo era piena di fascino e divertente, ma era una delle ragazze più belle che Natalia conoscesse, con quegli enormi occhi azzurri e i capelli biondi che portava legati con un nastro rosso. Sapeva di non essere l'unica a pensarlo: aveva visto il modo in cui i ragazzi le svolazzavano attorno e le ragazze le si avvicinavano in gruppo, per chiederle di andare al cinema o per invitarla a casa loro dopo la scuola. Era stata Lidia a farle da maestra nell'arte della trasformazione, a insegnarle come spazzolare i capelli per farli splendere, a muoversi dentro una stanza con la grazia di una stella del cinema. Prima della guerra, avevano passato insieme molti pomeriggi, ma ormai, con la distanza che si era creata tra le rispettive famiglie, si vedevano molto più raramente.

« Lidia, sei *très chic* », le disse Natalia, come se fosse la cosa più naturale del mondo, e colse lo sguardo divertito di Despina.

Lidia versò il caffè in una tazzina di porcellana e la porse a Natalia con la stessa scherzosa indifferenza. « E tu, Talia, come va col pianoforte? Che cosa stai studiando? »

Natalia emise un sospiro teatrale. « La mia insegnante è un mostro, *chérie*. Ha delle pretese assurde. M'impegno tantissimo, ma la sonata *Al chiaro di luna*... » Alzò gli occhi al cielo, con fare drammatico. « Voglio dire, non ho nemmeno quattordici anni... » Sperava che sua madre fosse presa dalle chiacchiere con Elena, perché in caso contrario avrebbe di sicuro sottolineato che, a onor del vero, ne aveva compiuti solo tredici il mese passato, e che ultimamente stava strimpellando Dio solo sapeva cosa, di sicuro non Beethoven.

« Oh, Talia, stai facendo grandi progressi. Il segreto è insistere e cercare di migliorare un pochino ogni volta... »

Qualcuno bussò alla porta. Lidia lasciò la frase a metà, scambiando un'occhiata con Natalia.

« Aspetti qualcun altro? » chiese Despina alla sorella, con le sopracciglia inarcate per la sorpresa.

Elena scrollò le spalle e prese un sorso dalla tazza. Quando la posò sul piattino, la mano le tremava. « No. Ma abbiamo ricevuto visite... » Si fermò e deglutì a fatica, portandosi una mano alla gola. « ... da quando Radu... be', hai capito. »

Despina abbassò lo sguardo e per un attimo nessuno disse nulla. I colpi alla porta continuavano, sempre più forti e decisi. Persino Lidia sembrava essersi incupita e sedeva rigida, mordendosi le labbra.

Natalia spostava lo sguardo dalla madre alla zia, confusa. « Qualcuno ha intenzione di aprire? »

« Sì, immagino che sia meglio. » Elena si riscosse e si alzò lentamente, rassettandosi il vestito con gesti precisi e misurati e si avviò piano alla porta, un po' china verso sinistra, come se non avesse nessuna fretta di sapere chi fosse.

Natalia sentì la chiave che girava nella serratura, una, due volte. Con un tuffo al cuore, colse un breve scambio verbale – voci maschili che non riconosceva –, seguito dal tonfo degli stivali sul legno e da un tintinnio metallico. Alla luce che entrava dalla portafinestra, scorse due sagome alte e scure che si avvicinavano. Quando furono sulla soglia, si sentì gelare il sangue nelle vene.

Aveva visto molti soldati sovietici, prima di allora, seduti in un caffè o mentre marciavano lungo le strade, con la mano sulla fondina. Mentre lei li superava, qualcuno le aveva anche sorriso, portandosi l'indice al berretto color kaki con le stelle rosse e rivolgendole sguardi sfacciati, ma non li aveva mai visti così da vicino. In quella stanza, con quelle uniformi sporche di fango, lo sguardo vacuo e un forte odore di brandy addosso, le apparivano grotteschi, quasi inumani. Si sentì travolgere da tutte le storie che aveva sentito, racconti di soldati russi che saccheggiavano e derubavano le case, portando via tutto quello che riuscivano. Spaventata, guardò sua madre, in cerca di un segnale, ma il viso di Despina era bianco come un lenzuolo. Solo il braccio si mosse in una sorta di spasmo nervoso, allungandosi sul divano per prendere la borsetta e avvicinarla a sé.

« Prego, signori. » Il tono di Elena, che era apparsa alle

spalle dei soldati, era di nuovo artificiale, finto, sebbene lei cercasse di suonare allegra. «Gradite un po' di *ţuică*? Ci sono anche le paste fresche. Da questa parte, accomodatevi.» Fece loro segno di entrare in cucina, ma quelli la ignorarono e si misero a gironzolare in salotto, prendendo gli oggetti - un posacenere in cristallo, un angelo di Fabergé sulla mensola del camino, un vassoio d'argento sulla credenza - e girandoli per osservare le incisioni sul fondo. Il soldato più anziano e tozzo disse qualcosa all'altro in russo. Risero entrambi, quindi posarono gli occhi su Lidia. Il più giovane, un uomo dalle spalle ampie, le sorrise, ma c'era qualcosa di cupo e spaventoso, nel suo sguardo.

Lidia si alzò dal divano e, sfuggendo quell'occhiata audace, si diresse verso la porta. L'aveva quasi raggiunta, quando l'uomo le si piazzò davanti, bloccandole la strada, le mani sui fianchi. Lei fece per schivarlo, ma lui le si mise di nuovo di fronte, una scena che si ripeté altre due volte. Lidia arrossì, il respiro accelerato. E poi accadde l'impensabile: la ragazza alzò lo sguardo, fissando il soldato negli occhi, e gli sputò addosso, facendo annaspare Natalia.

Nella stanza regnava un silenzio cimiteriale, quando lui sollevò la mano per pulirsi la guancia. Afferrò il braccio di Lidia, con un gesto talmente rapido che lei non ebbe nemmeno il tempo di reagire. La strattonò, facendola girare su se stessa e tirandola contro di sé, ma a quel punto lei dimenò il braccio libero, artigliandogli i capelli e il volto, affondando il pugno sul torace impassibile di lui come un uccellino intrappolato e in preda al terrore.

Lidia! Lidia! A Natalia sembrava di avere gridato, ma dalle sue labbra non era uscito nemmeno un suono. D'istinto, chiuse gli occhi e si coprì le orecchie per sfuggire a quello che stava per succedere, le grida stridule di sua cugina, il fruscio dell'abito strappato, i bottoni tondi che cadevano a terra, l'uno dopo l'altro, la zia che gridava, implorava, il battito del suo stesso cuore che le martellava alle tempie. E poi un unico, terrificante suono che sovrastò tutti gli altri, facendo largo a un silenzio totale.

Nessuno si mosse, mentre l'odore della polvere da sparo colmava la stanza. Nessuno osava respirare. Sembrava che persino l'aria fosse immobile. Il soldato fece qualche passo indietro, gli occhi spalancati e increduli, prima di abbassare lo sguardo ed emettere un urlo straziante. Un rivolo cremisi sgorgava dai pantaloni dell'uniforme, appena al di sopra del ginocchio. L'uomo crollò a terra, cercando invano di risollevarsi, quindi si accasciò su un fianco, colpendo il muro con un tonfo.

« Lasciala stare. Andatevene, subito. » La voce di sua madre si levò nel silenzio, roca e spessa, irriconoscibile.

In preda alle vertigini, Natalia sentì il proprio cuore accelerare ancora. A stento si rendeva conto delle macchie di sangue sulla tappezzeria lilla chiaro, nel punto in cui il soldato era appoggiato fino a un attimo prima, dei singhiozzi di Lidia che, con gesti frenetici, afferrava ciò che rimaneva del vestito, uno straccio attorcigliato ai suoi piedi. Con la coda dell'occhio, Natalia osservò la sagoma di sua madre, accanto a sé, che stringeva decisa la pistola, puntandola a turno sui due soldati. *Datemi una ragione per finire quello che ho iniziato,* diceva il suo sguardo d'acciaio, nel quale non c'era traccia di paura né di rabbia, carico solo di una forte e spietata determinazione.

Biascicando grugniti e imprecazioni, il soldato ferito si rimise in piedi. Scivolò, rischiando di cadere, ma il commilitone lo sorresse in tempo, infilandogli un braccio sotto l'ascella per aiutarlo a camminare. Senza guardarsi indietro, barcollarono fino all'ingresso, come una bestia a tre gambe che rimpiccioliva alla vista, superando il tavolo all'ingresso e le litografie incorniciate, uscendo infine dalla porta principale, che si spalancò al vento della sera.

Per tutto quel tempo, sua madre aveva tenuto alzata l'arma. L'abbassò solo quando i due furono spariti e gli unici suoni rimasti erano quelli delle macchine e del tram in strada, che si fermava stridendo in fondo all'isolato.

27

Negozi vuoti e strade poco illuminate, il fetore della spazzatura che si accumulava agli angoli delle strade, sotto un lenzuolo di neve sporca: ecco cosa rimaneva di quella che un tempo era la Parigi dei Balcani, coi marciapiedi pulitissimi e con le facciate moderne di un bianco immacolato, con gli splendidi parchi e con le piazze piene di vita. Natalia e suo padre camminavano quasi al buio, sullo sfondo di muri sporchi di fuliggine e recinzioni mezze abbattute. Si era fermata ad aiutare in negozio per qualche ora, come faceva ogni venerdì dopo la scuola.

Sulla strada, passarono davanti ad alcuni negozi ormai chiusi, coi tendalini strappati, con le vetrine rotte e vandalizzate, sebbene non ci fosse nulla da rubare all'interno. Di fronte all'unica panetteria ancora in attività, lanciarono un'occhiata agli scaffali vuoti dietro le vetrine sporche. Su un cartello accanto alla cassa si leggeva OGGI PANE FINITO. Natalia lo vedeva ogni mattina, mentre andava a scuola, dopo che i clienti in coda dalle prime ore del giorno se n'erano andati a mani vuote.

« Voglio venire in negozio tutti i giorni, papà. Posso fare i compiti sul retro e poi aiutarti. Potremmo tornare a casa insieme tutte le sere, come adesso. »

Sul viso di Anton passò l'accenno di un sorriso. « Non lo so, tesoro. Non credo che tua madre approverebbe. È stata lei a fissare queste regole, e sono l'ultima persona dalla quale si aspetterebbe un atto di ribellione. Le cose non sono più quelle di un tempo. È cambiato tutto, da quando... » Lasciò la frase a metà, ma Natalia sapeva che cosa intendesse. « Dobbiamo stare attenti, ora più che mai. Per adesso, dopo la scuola torni a casa. È meglio così. »

Arrivati all'angolo, si fermarono. Prima di attraversare, suo padre si frugò in tasca ed estrasse alcuni spiccioli, posandoli nella scatoletta di latta di un vecchio zingaro cieco, accovacciato al riparo di un tendalino.

« Che Dio la benedica, figliolo! » L'uomo li seguì con lo sguardo offuscato finché non ebbero raggiunto l'incrocio.

Anton le prese la mano e la tirò a sé, attraversando di corsa la strada prima che il semaforo cambiasse. « Andiamo. » Camminava sempre in fretta, ormai: schizzava via non appena il semaforo scattava sul verde, a volte anche col rosso, come se dovesse andare chissà dove. Le mani sempre in tasca, gli occhi a terra. Da tre settimane, da quando lei e sua madre erano andate a far visita a Elena e Lidia, gli occhi di suo padre scattavano frenetici in ogni direzione.

Natalia non avrebbe mai dimenticato il suo sguardo folle di preoccupazione mentre camminava avanti e indietro come un felino in gabbia, quella sera, quand'erano tornate a casa quasi a mezzanotte, né la sua postura, a piedi nudi e in vestaglia di seta, le mani sollevate a chiedere spiegazioni. Natalia avrebbe voluto buttarsi tra le sue braccia e raccontargli quanto fosse stato terribile, ma lui aveva seguito Despina in salotto, dove sua madre si era lasciata cadere sul divano e si era messa a singhiozzare, il viso nascosto tra le mani.

Cos'è che le aveva detto? « Dimmi tutto, Despina, e non tralasciare niente. »

Lei lo aveva guardato per un attimo. Con le mani che

tremavano, aveva preso la borsetta, ne aveva estratto la pistola e gliel'aveva porta. « Falla sparire. Nascondila. »

Era passata un'eternità, prima che lui gliela togliesse dalle mani. L'aveva posata sul tavolino da tè con un tintinnio debole e innocente, come il suono di una campanella.

Da quel momento, lui e sua madre avevano evitato di parlarne. Quando saltava fuori l'argomento, Anton cercava di minimizzare: « Despina, per fortuna ti hanno preso sul serio e hanno deciso di sparire davvero ».

Sua madre non sembrava affatto sollevata, come sarebbe stata un tempo, e si limitava a sospirare. I giorni erano diventati settimane, e ormai non ne discutevano più. Natalia aveva cominciato a tranquillizzarsi, a pensarci sempre meno, ma al tempo stesso non riusciva a scrollarsi di dosso la sensazione che, nonostante la devastazione della guerra, la paura dell'oppressione, le code infinite per i generi alimentari e l'elettricità razionata, nonostante tutto ciò che la sua famiglia aveva sopportato, quell'unica cosa poteva distruggere tutto. Non poteva immaginare che sarebbe successo così in fretta e che la lama stava per calare.

Non notarono nulla di strano, all'inizio. Mentre lei e suo padre tornavano verso casa, nella confusione dei tram che sferragliavano e degli operai che marciavano allegri sottobraccio, innalzando striscioni, non notò nulla di particolare, tranne forse un'ombra che incombeva alle loro spalle, una sfocatura ai margini del campo visivo. Per diversi isolati non ci badò più di tanto, finché l'ombra non si lanciò in avanti, materializzandosi. Vide così che si trattava di una macchina nera, senza targa né stemmi, coi finestrini oscurati. L'auto sterzò bruscamente, accostandosi al marciapiedi, e un uomo - un tizio tarchiato dall'aria inquietante, nonostante il cappotto di ottima fattura - scese dalla portiera posteriore. Poteva essere uno sconosciuto qualunque, ma il modo in cui si era fermato davanti a loro, con le braccia conserte e le gambe divaricate, indicava qualcosa di molto diverso.

Al di sopra del bavero sollevato, li fissava con occhi gelidi, uno sguardo in cui Natalia non trovò nemmeno un cenno d'interesse. « È lei Anton Goza? »

Lui impallidì, ma tenne la testa alta. « Sì, certo, sono io. Come posso aiutarla? »

« Signore, lei è in arresto. Le chiedo di seguirci. » L'uomo posò la mano inguantata sulla portiera dalla quale era uscito e l'aprì completamente in un gesto quasi cortese, come invitandolo a salire.

Lo sguardo terrorizzato di Natalia si spostò dal padre allo sconosciuto. Quella non era una macchina della polizia, e quel tizio non indossava un'uniforme. Come poteva arrestarlo? Quasi sorrise, pensando che doveva esserci un errore. Uno scherzo, forse. Le uscì di bocca qualcosa di simile a una risatina stupita. « Papà? » E poi capì. La consapevolezza la colpì con una tale forza che sentì le ginocchia cedere. Quella non era la polizia; dovevano essere i servizi segreti. Ma che cosa potevano volere da suo padre? La Securitate si occupava solo dei crimini contro lo Stato, e Anton non era un agitatore né un attivista. Al contrario, era molto riservato e non parlava praticamente con nessuno, ormai. Che cosa volevano? Poi ricordò le storie che aveva sentito raccontare agli angoli delle strade, voci di arresti insospettabili e rapimenti, di gente che spariva nella notte per non riapparire mai più, senza una ragione. « No! Papà, corri! » gridò, con voce roca e spezzata. Lo afferrò per una manica, ma lui rimase dov'era, immobile, come se non fosse affatto sorpreso.

Le strinse una spalla, severo. « Vai a casa, Natalia. Vai dritta a casa e non fermarti per nessuna ragione. » Si tolse il cappello e salì sul sedile posteriore.

« Perché? Perché? Non ha fatto niente! »

Ma l'uomo col cappotto nero stava già scivolando accanto ad Anton e la portiera si richiuse sbattendo. Mentre l'auto si allontanava, Natalia riuscì a scorgere soltanto la testa di suo padre che si rovesciava all'indietro, come se stesse prendendo un grosso respiro.

Un respiro. Si sforzò di prendere fiato a propria volta, vagamente consapevole che, dalla parte opposta della strada, alcuni passanti si erano fermati a guardare e, più in alto, alcune facce incuriosite facevano capolino alle finestre, seminascoste dalle tende. Riusciva a stento a pensare; tutti i suoi sensi erano tesi come corde di violino. Che cosa sarebbe successo a suo padre? Perché lo avevano trascinato via in quel modo? E dove lo stavano portando?

Aveva sentito altre cose sulla Securitate, e per quanto ci provasse non riusciva ad allontanarle dalla mente. Era proprio così che agivano: ti piombavano addosso nel buio, all'angolo di una strada poco frequentata, verso sera, per evitare scene. In quel modo non c'erano clamori, suppliche né turbamenti inutili. Quale che fosse l'accusa a carico di suo padre, non aveva importanza. Ci sarebbero stati un finto processo e una sentenza, senza diritto alla difesa, oppure un trasferimento immediato nei campi di lavoro. Li aveva sentiti chiamare « gulag »: ci finiva la gente accusata di crimini contro lo Stato, e da lì nessuno faceva ritorno.

Un grido disperato le uscì dalla gola in uno spasmo.

Che cosa dirò alla mamma? Come farò a spiegarle che papà non tornerà a casa? Tornerà mai? Era un pensiero inammissibile. Nascose il volto tra le mani e chiuse gli occhi, crollando in ginocchio. All'improvviso sentì il peso di una mano su una spalla e risollevò lo sguardo. Ci mise un attimo a riconoscere il signor Enesco, il loro vicino di casa.

« Natalia, cos'è successo? »

Riuscì soltanto a rifugiarsi tra le sue braccia, singhiozzando. Pianse per quelle che le sembrarono ore nell'abbraccio di quel vecchio signore gentile, che le accarezzava i capelli con le mani avvizzite e callose.

« Ti accompagno a casa. Tua madre sarà preoccupata, e non dovresti andare in giro da sola, in un momento come questo. »

Natalia annuì e si asciugò gli occhi. Si alzò e raccolse la borsa da terra, augurandosi che fosse solo un brutto sogno.

Mentre si avviavano, il signor Enesco scosse la testa. « Tuo padre era una brava persona. Non so cos'abbia fatto, ma su questo non si discute. »

Mio padre è ancora una brava persona! È una bravissima persona, e tornerà a casa da noi! avrebbe voluto gridare lei in risposta, ma non aveva le forze per farlo. Si aggrappò invece alla mano dell'uomo e s'incamminò in silenzio con lui.

28

Victor Dimitrov aveva davvero fatto carriera. Lo riconobbe a fatica quando lo vide sulla soglia di casa, pieno di fascino e più alto di quanto ricordasse, il berretto tra le mani e un'aria di comando dietro il sorriso cortese. Era bellissimo nel soprabito in pelle nera zuppo di pioggia che si sfilò con prontezza prima di entrare. « Buongiorno, Despina. Talia. » Si passò una mano tra i capelli, che nonostante l'acqua erano perfettamente in ordine. Gli occhi verdi che Natalia ricordava bene rimasero fissi nei suoi per qualche istante. Victor sorrise ancora, con l'angolo delle labbra che si tendeva appena verso l'alto, un gesto involontario che faceva sempre quand'era divertito o sorpreso.

Natalia abbassò lo sguardo. Qualcosa si smosse dentro di lei, un guizzo impercettibile soffocato da un improvviso imbarazzo. Sbatté le palpebre, restando per un attimo senza fiato, con le guance in fiamme.

Despina gli prese il soprabito. « Prego, accomodati. Grazie per essere venuto, so che sei molto impegnato. »

Quelle parole riportarono Natalia alla realtà. Victor non era lì per una visita di cortesia, ma perché sua madre gli aveva chiesto aiuto. Era stata la prima cosa che aveva fatto quella sera, quando Natalia era tornata a casa da sola, incapace di pronunciare le parole che, in definitiva, si erano rivelate superflue. Despina era sbiancata, sostenendosi alla ringhiera delle scale, poi si era subito diretta nello studio, dove aveva acceso la lampada sulla scrivania e si era messa a frugare tra le carte di Anton, aprendo e richiudendo cassetti, rovesciando pile di cartelline. Alla fine, aveva trovato ciò che cercava in una vecchia scatola di sigari. Sollevando controluce il pezzetto di carta, aveva digitato il numero con gesti lenti e determinati. « Sì, so che è un numero riservato. Lui sa chi sono », l'aveva sentita dire. Lo scambio era stato breve, ma, quando aveva riagganciato, nei suoi occhi era tornato un accenno di luce.

E poi Victor era arrivato. Come aveva promesso.

Quanto tempo era passato, dall'ultima volta in cui lo avevano visto? Natalia non riusciva a ricordare. Era così magro, allora, che gli si vedevano le ossa delle spalle sotto i maglioni di lana e d'angora che erano stati di suo padre. Tossiva spesso, a quei tempi, e aveva mani ruvide come carta vetrata, con le nocche screpolate, non ben curate come in quel momento.

« Non c'è nient'altro che tu possa fare per lui, papà? Gli puoi trovare un lavoro in negozio? » aveva chiesto una volta Natalia.

Suo padre le aveva rivolto un sorriso affettuoso, dandole un buffetto su una mano. « Lui non vuole lavorare per quelli come me, tesoro. Ma lo sto aiutando in ogni modo possibile. Non ti preoccupare. »

Una volta, durante una delle loro lunghissime cene della domenica che sembravano appartenere a un'altra vita, Victor aveva detto loro di non avere parenti. Era orfano, come Anton, ma, a differenza sua, non aveva mai conosciuto i suoi genitori. Era stato cresciuto da una zia, la sorella di suo padre, che prima della guerra faceva la sarta. Vivevano in un appartamento di una sola stanza, in fondo a un cortile perennemente occupato da lenzuola e biancheria intima sui fili del bucato, e Victor le dava una mano con le consegne in giro per la città. Attraverso le finestre delle ville, scorgeva barlumi di una vita che non avrebbe mai avuto, a prescindere da quanto avesse studiato e lavorato o da quanto si fosse impegnato. Era arrivato a detestare il modo in cui lo accoglievano, chiedendogli di aspettare fuori o di non toccare niente. Odiava il modo in cui maggiordomi e cameriere gli prendevano gli abiti dalle mani, neanche fossero sporche, quando lui stesso aveva contribuito a farli, tagliando i modelli, svolgendo i rotoli di velluto e seta e preparando gli aghi della zia. La sera, le massaggiava le spalle doloranti, la schiena curva, mentre lei ancora lavorava per poter comprare da mangiare l'indomani. Dopo qualche anno, quello stoicismo aveva cominciato a esasperarlo, e ben presto aveva iniziato a detestare la rassegnazione pacata di quella donna, l'umiltà immensa con cui accettava pochi spiccioli in cambio di un intero mese di lavoro, la sua fede incrollabile in un Dio buono e giusto. Il Dio che pregava in ginocchio ogni mattina nella chiesa in fondo alla strada e, la sera, di fronte all'altare artigianale alla Santissima Madre.

«Che cosa ti ha dato, Dio, per credere tanto in lui?» le aveva chiesto una volta, quando aveva quattordici anni.

Lei si era girata e gli aveva dato uno schiaffo. «Non sfidare il Signore Onnipotente. Dovresti essere grato per il pane che mangi ogni giorno e per tutto quello che ci permette di fare.»

Quale pane? avrebbe voluto ribattere Victor, ma sapeva che sarebbe stato inutile. A quel punto aveva deciso che ne aveva abbastanza della sua pietà e della sua umiltà da santa. Non molto tempo prima un ragazzo conosciuto a scuola lo aveva portato a una festa, dove Victor aveva bevuto il suo primo bicchiere di whisky. C'erano altri studenti, parlavano di cose che lui non aveva mai sentito prima e che avevano infiammato la sua indignazione. Parlavano di libertà e uguaglianza, della rivoluzione industriale che, al di là della frontiera con la Russia sovietica, stava superando di cinque volte i progressi di qualunque altro Stato. Avevano bevuto fino a tardi e, all'alba, Victor si era sentito libero. L'improvviso ottimismo sbocciato nel suo giovane cuore gli si era marchiato a fuoco nella carne, e non gli importava che la zia fosse in pensiero per lui, né che dovesse tagliare e cucire da sola i suoi abiti. Per la prima volta nella sua vita aveva una speranza, e gli sarebbe bastata a sopravvivere per giorni e settimane, senza cibo né riparo.

Il mese successivo, si era trasferito a Bucarest, in una mansarda sopra un negozio in piaţa Romană, e aveva cominciato a partecipare alle riunioni settimanali, dove i suoi nuovi amici lo trattavano con rispetto, gli chiedevano quali fossero le sue opinioni e ascoltavano ciò che aveva da dire. Nei loro occhi vedeva il futuro, possibilità inimmaginabili per quelli come lui, con un passato da individui insignificanti, poveri, annientati e sfruttati. Prendeva sempre parte alle manifestazioni ed era stato arrestato diverse volte per disturbo della quiete pubblica, ma tornava immancabilmente in piazza, sempre in prima fila nella folla di operai e contadini. Spesso veniva trattenuto per giorni, ma non gli venivano mai comminate condanne, e alla fine lo lasciavano andare. Ben presto, accadimenti ben più gravi avevano sorpreso la città, e la polizia aveva smesso di occuparsi dei cortei. Nessuno badava più a loro, ora che interi quartieri andavano a fuoco.

Una sera, a cena, Victor aveva detto che Anton era stato quanto di più simile a un genitore lui avesse mai avuto. Lo aveva guardato dritto negli occhi, con la forchetta a mezz'aria, gli occhi lucidi di gratitudine e certezza. Anton era scoppiato in una risata sincera, dandogli una pacca sulla schiena, ma la sua espressione tradiva ben altro che il compiacimento. Sembrava che tra loro si fosse accesa una luce, debole eppure incontestabile, un legame tra due anime affini che apparteneva a loro soltanto.

Dov'era finito il giovane che un tempo aveva un posto così speciale nel cuore di suo padre? A quanto vedeva, di lui rimaneva ben poco. Non c'era somiglianza con la persona che sedeva di fronte a Despina e l'ascoltava con attenzione, mentre lei riferiva gli eventi che avevano portato all'arresto di suo marito.

Se Victor era in qualche modo sorpreso o allarmato, nulla della sua espressione lo dava a vedere. Non mosse nemmeno un muscolo, non inarcò le sopracciglia e sulle sue labbra non ci fu nemmeno un tremito. Era immobile come una statua di marmo.

Ma come fa? Come può non provare nulla? Natalia lo osservava incantata da dietro la porta a vetri, poi si spostò dietro una delle tende, temendo che lui potesse vederla. Non riusciva ad allontanarsi: i suoi piedi sembravano bloccati da una calamita invisibile.

A un certo punto Victor si alzò e si accese una sigaretta, poi, passandosi una mano tra i capelli, si avvicinò alla finestra e guardò fuori. Pochi istanti più tardi, tornò al tavolino da caffè e spense la sigaretta sul posacenere di bronzo. Estrasse un taccuino e una matita dal taschino sul petto e scrisse qualcosa. Seguì uno scambio verbale che Natalia non riuscì a decifrare, mentre lui strappava i fogli e li tendeva a sua madre.

Despina si nascose il volto tra le mani. Un attimo prima che Victor le stringesse un braccio, come a consolarla, Natalia la vide fare qualcosa d'inaspettato: prendere una mano di Victor tra le proprie e posarci un bacio.

29

Il sole non era ancora sorto quando Despina uscì di casa, l'indomani. Natalia sentì che prendeva le proprie cose nell'ingresso, il tintinnio delle chiavi, la porta che si richiudeva e i passi che si allontanavano sul marciapiedi, brevi e rapidi. Saltò giù dal letto e sbirciò dalle tende mezze chiuse, osservando sua madre che camminava svelta lungo la strada.

Se le fosse passata accanto in mezzo alla folla, forse non l'avrebbe nemmeno riconosciuta, con quel cappotto troppo grande per lei – era di sicuro quello di suo padre – e la sciarpa a fiori ormai sbiadita annodata sotto il mento. Se non altro aveva rinunciato alle scarpe col tacco e alle pellicce. Il mese appena trascorso, sul tram, qualcuno aveva tagliato un buco grande quanto un pallone da calcio dalla schiena del suo visone, mentre lei si reggeva al supporto. Despina non si era accorta di nulla, ma non appena era scesa aveva sentito freddo alla schiena e aveva capito. Mentre si toccava lo squarcio, una donna che indossava una scialba divisa grigia e galosce da pioggia si era fermata a godersi lo spettacolo, ridacchiando. « Ti sta bene! La tua bella pelliccia è arrivata al capolinea! »

Dopo quell'episodio, le pellicce erano state impacchettate e riposte in fondo all'armadio, dove se non altro sarebbero rimaste intere, anziché finire sul mercato nero, un pezzo dopo l'altro. Tuttavia, nelle settimane successive all'arresto di Anton, sua madre aveva smesso di badare a cosa indossava. Il semplice fatto di vestirsi al mattino sembrava un'impresa insormontabile.

A Natalia sembrava che, negli ultimi tempi, i ruoli si fossero invertiti: doveva ricordare ogni giorno a Despina di mangiare, perché stava dimagrendo troppo, rincuorarla, portarle il tè al mattino, a letto, dove lei si rintanava, fuggendo in un posto in cui nessuno poteva raggiungerla. Era Natalia a fare la coda al negozio di alimentari, a ritirare la posta, a rispondere alle telefonate infinite delle zie e a dire che sua madre era stanca, che quel pomeriggio non riusciva a parlare, a muoversi né a respirare, che si era persa chissà dove. Natalia sapeva che, finché suo padre non fosse stato rilasciato, i giorni sarebbero stati così, un'emorragia continua, sospesi tra la disperazione e la speranza, contraddistinti soltanto da una lunga lista d'incombenze.

La sera, però, quando la casa era immersa nel silenzio e Natalia tornava in camera sua, era sola con se stessa, e permetteva alla propria mente di andare alla deriva. Dal giorno della visita di Victor sembrava che i suoi pensieri non facessero che tornare a lui. All'inizio era stata una semplice distrazione, oltre al pianoforte, capace di non farla pensare alla nostalgia di suo padre e alla paura, ma poi aveva preso sempre più spazio. Distesa sul letto, in attesa dell'alba, Natalia pensava a lui, ai suoi capelli neri e lucidi, alla statura imponente, al suo sguardo, intenso come sempre, nel quale però la rabbia e la disperazione si erano condensate in una calma glaciale. Ripensò al modo in cui lui le aveva sorriso dalla soglia, come se la vedesse per la prima volta, e qualcosa dentro di lei si avvolse stretto come un gomitolo.

Era sbagliato, e lo sapeva. Era lo stesso Victor che conosceva da quand'era una bambina, con qualche anno in più e vestito con abiti migliori, ma pur sempre lui. Il peso di tutto quello che era successo negli ultimi tempi le impediva di soffocare il germoglio di euforia che le spuntava nel petto, come una rosa rossa in un campo incolto. E poi tutti avevano diritto a un segreto. Quello era il suo, si disse, un piccolo segreto che non faceva male a nessuno. Chiuse gli occhi e si passò un dito sulle labbra, senza quasi rendersene conto.

Il pendolo al piano di sotto la svegliò di soprassalto. Era immersa in un sogno, ma non riusciva a ricordarlo. La camera era inondata di una luce così forte che le ferì gli occhi. Si drizzò a sedere, contando i rintocchi. Aveva dormito per tutta la mattina, a quanto sembrava, e sua madre ormai era fuori da quasi sei ore. Sei ore, e lei non aveva idea di dove fosse andata. Mentre scattava in piedi, cercando di fare mente locale, s'infilò il vestito e scese di corsa al pianterreno. Magari Despina le aveva lasciato un biglietto. Era a metà scala quando squillò il telefono. Saltò i gradini che rimanevano e afferrò l'apparecchio. « Pronto? » esclamò, col fiato corto, aspettandosi di sentire la voce di sua madre.

Ci fu un fruscio, come se la persona all'altro capo del filo avesse fatto cadere la cornetta e poi l'avesse ripresa. « Talia? Buongiorno, sono Stefan. »

Il sollievo di un attimo prima svanì all'istante. « Oh, buongiorno, zio. La mamma non è qui, adesso. Devo dirle qualcosa? »

« A dire il vero, no, Talia... Volevo parlare con te. Ho bisogno del tuo aiuto, e temo che sia urgente. »

« Va bene. Che cosa posso fare? »

« Sai come aprire la cassaforte di tuo padre? »

La domanda la lasciò di stucco. Era l'ultima cosa che si aspettasse, e tardò qualche istante a formulare una risposta. Sì, certo che lo sapeva. Glielo aveva visto fare tantissime volte, in negozio, quando a fine giornata metteva al sicuro l'incasso. L'aveva persino aperta per lui, una o due volte. La combinazione era facile: la data del suo compleanno. « Perché, zio? La mamma dovrebbe tornare da un momento all'altro. »

« Talia, è un'emergenza. Ti prego, perdonami se sono così diretto, ma... Ecco, non so come altro dirlo, ma rimane pochissimo tempo. Per tutti e due. »

Sentì un vuoto alla bocca dello stomaco. « Che cosa vuoi dire? »

« Adesso non posso spiegarti, tesoro. Posso dire soltanto che devi fidarti di me. Devi recuperare la collezione di francobolli di tuo padre dalla cassaforte. Per me. Subito. »

Ci fu qualche attimo di silenzio, mentre Natalia cercava di riordinare le idee. « Zio Stefan, credo che la mamma... »

« Tua madre non tornerà a casa, se non ci sbrighiamo. » Il suo tono le fece capire che stava dicendo la verità. Ma parlava troppo in fretta, e Natalia non riusciva a stare dietro ai dettagli, né a comprendere l'intera storia. « Ascolta, è stato appena emesso un mandato d'arresto per tua madre. Lei è *là*, Talia, sta facendo visita a tuo padre, ed è molto probabile che rinchiudano in cella anche lei. È stato Victor a dirmelo, mi ha chiamato pochi minuti fa. »

« Victor? E lui che cosa c'entra? »

« Sta facendo il possibile per far cadere le accuse. Purtroppo c'è un prezzo da pagare, per questo, una somma importante. E non ho quei soldi in contanti. » Ci fu una pausa. Il silenzio era straziante. «Dobbiamo muoverci subito. Capisci cosa sto dicendo?»

Sì, certo che capiva. Capiva così bene che dovette appoggiarsi al muro per non cadere. Rivide sua madre che premeva il grilletto e capì che era quella la ragione dell'arresto di suo padre. Una scusa per punirlo e spaventarlo. E adesso avrebbero fatto la stessa cosa con sua madre. Solo che, con lei, sarebbero andati ben oltre.

Natalia si sentiva paralizzata e non riusciva a respirare. Non poteva perdere entrambi i genitori: erano tutto quello che aveva. Doveva fare qualunque cosa per evitarlo. Avrebbe affrontato le conseguenze in seguito. Al momento non c'era tempo da perdere. Il loro futuro era nelle sue mani. «Che cos'hai bisogno che faccia, zio?»

«Puoi prendere la collezione dalla cassaforte, Talia? Sarò lì in meno di un'ora.»

«Sì.» Poi, come per ribadirlo a se stessa, aggiunse: «Puoi contare su di me».

30

Un'unica lama di luce penetrava dalla stretta finestra ad arco, appena sotto il soffitto spiovente. Era passato così tanto tempo dall'ultima volta che era stata in soffitta da avere quasi dimenticato come fosse, impolverata, piena di vecchi mobili, il suo vecchio lettino nell'angolo, il materasso scolorito e tarlato, la stufa recuperata dalla casa sul lago sommersa da un mucchio di vecchi abiti. Oggetti che un tempo erano dettagli della loro vita quotidiana, scartati e inutili, alieni al presente.

Cercò di allontanare quelle considerazioni, concentrandosi su ciò che doveva fare. Ventitré a destra, tre a sinistra, trentasette a destra: le sue dita tremanti composero i numeri del suo compleanno col disco della cassaforte. Fermandosi sull'ultima cifra, si domandò se suo padre avesse cambiato la combinazione, e dovette aiutarsi con l'altra mano per tenere il polso fermo e completare il giro. Quando il meccanismo interno si sbloccò con un forte scatto, quasi svenne per il sollievo.

Per un attimo rimase con la fronte appoggiata al freddo metallo, aspettando che il cuore rallentasse. A quel punto abbassò la maniglia.

Lo sportello si aprì con una facilità sorprendente e dall'interno provenne un odore sintetico, simile a quello della gomma bruciata. Si chinò, scostando i blocchi rettangolari avvolti nella stoffa che sembravano riempire completamente la cavità, in cerca della valigetta in pelle. Non impiegò molto a trovarla, incuneata tra la parete in fondo e uno dei blocchi. La estrasse con attenzione, e mentre lo faceva qualcosa rotolò fuori a sua volta, cadendole in grembo. Era una cartellina di cartone, legata da un cordoncino rosso. La sollevò; stava per rimetterla nella cassaforte, quando qualcosa di strano catturò la sua attenzione. L'etichetta nell'angolo, scritta a mano in inchiostro nero. *Natalia,* diceva soltanto.

Per un attimo tenne la cartellina, incerta sul da farsi. Se la rigirò tra le mani, tornando a fissare il proprio nome. *Rimettila dov'era. Subito.* Ma le mani non obbedirono alla voce nella sua testa, sembravano agire per conto proprio. Stavano già sciogliendo il cordoncino, uno, due giri, finché non riuscì a toglierlo e la cartellina si spalancò sotto i suoi occhi.

La prima cosa che estrasse fu una foto in bianco e nero che ritraeva lei e i suoi genitori. Doveva essere stata scattata pochi giorni dopo l'adozione. Inclinandola verso la luce, osservò quell'immagine di se stessa molti anni prima, con un enorme nastro bianco sulla testa, le calze di pizzo troppo lunghe che si arricciavano sotto le ginocchia, e i suoi genitori, belli da togliere il fiato in quegli abiti eleganti, accanto a lei, uno per lato. La posò e frugò nella cartellina, sperando di trovare altri scatti, ma c'erano solo due buste.

La più grande conteneva quello che le sembrava un documento legale. Nell'angolo in alto c'era lo stemma nazionale e in basso le firme dei suoi genitori e di Stefan, sulla riga riservata all'avvocato e ai testimoni. L'atto della sua adozione, dedusse, posando anche quello.

La seconda busta era molto più piccola, come quelle che si usavano per la corrispondenza comune. Qualcuno ci aveva scarabocchiato una data: *20 Febbraio 1944.* Non c'era l'indirizzo del mittente, solo uno strano francobollo scolorito che si leggeva a malapena: *Ginevra, Svizzera*. Chi conoscevano in Svizzera, i suoi genitori? Guardò all'interno e sfilò un unico foglio sottile, quasi trasparente, un po' ingiallito agli angoli. Lo dispiegò, sollevandolo in controluce, e cominciò a leggere.

Gentile signora Tudor,

le scrivo in merito a una bambina giunta al suo orfanotrofio nel gennaio del 1941. All'epoca non aveva nemmeno quattro anni. Solo di recente ho saputo quale sia stato il suo destino, con infinito sollievo e al tempo stesso grande dolore. Mi risulta che sia stata adottata poco dopo l'arrivo nel suo istituto, che sia molto amata e che non le manchi nulla.

Non ho intenzione di turbare la vita alla quale si è sicuramente abituata, né causare sofferenza alle persone che l'hanno accolta come se fosse figlia loro. Desidero soltanto far sapere a lei, se mai dovesse chiederlo, che quella notte l'ho abbandonata perché non avevo altra scelta, e perché era l'unico modo per garantirle la salvezza. Me ne sono separata con uno strazio infinito e solo perché potesse vivere, perché avesse una possibilità, anche se significava porre fine alla mia vita. Non oso sperare che un giorno potremo ritrovarci. Non voglio alimentare false speranze. Desidero soltanto farle sapere che l'ho sempre amata e che trascorrerò i miei ultimi istanti su questa Terra pregando Dio affinché lei sia felice.

La lettera scivolò via. Natalia si portò una mano alla gola, stretta da un nodo che le impediva di respirare. Il foglio si era posato davanti alle sue ginocchia, ma non riusciva a raccoglierlo, gli occhi sgranati fissi sulla data. Tutto il resto era stato inghiottito dal buio.

Erano passati sei anni da quand'era stata scritta. Sei anni da quand'era stata chiusa nella cassaforte, nascosta nell'oscurità. Pensavano di fargliela leggere, prima o poi? Aspettavano il momento adatto? Possibile che se ne fossero dimenticati? Certo, da allora erano successe cose infinitamente più gravi, capaci di far finire in secondo piano quella lettera. C'era una guerra, c'erano stati morti e malattie, e la loro vita era cambiata del tutto. Ma un'altra possibilità si affacciava alla sua mente: forse gliel'avevano nascosta di proposito, e lei la scopriva così, come un ladro nel cuore della notte.

Prese un grosso respiro, forzando l'aria nei polmoni. Si sentiva schiacciare dal senso di colpa per avere fatto qualcosa che non doveva, ma anche dalla lacerante certezza che quella fosse la verità. Despina, in particolare, avrebbe fatto qualunque cosa pur di difendere ciò che era suo, la famiglia che aveva voluto con tutta se stessa. Ecco perché era sempre stata così protettiva con lei, perché la teneva sempre accanto a sé. Ecco il motivo per cui era rimasta così sconvolta, se non terrorizzata, quando quell'uomo l'aveva fermata lungo la strada, mentre tornava da scuola. Rabbrividì al ricordo. Era successo nello stesso periodo in cui era stata scritta la lettera. Davvero voleva rapirla? Era per lui che i cancelli dell'ambasciata svizzera erano ancora aperti, quella sera?

Tutte le tessere della sua vita si stavano incastrando sotto una nuova luce, come un film che avesse già visto ma di cui non aveva colto il significato. All'improvviso capiva l'improvvisa freddezza tra sua madre e Maria. Maria lavorava all'orfanotrofio: era lì quando Natalia era arrivata. Maria sapeva troppo, e per Despina era fastidioso averla accanto, sentirsi giudicata da lei ogni minuto del giorno. E c'era dell'altro, qualcosa che lei aveva accantonato da tempo, una conversazione che aveva sentito pochi giorni prima della partenza per la campagna. « Diglielo, Desi. Ha il diritto di sapere », aveva detto Maria a sua madre, quel caldo pomeriggio. Natalia stava passando davanti alla stanza dei suoi, dove le due donne erano andate a rinfrescarsi dopo avere fatto spese. Stavano parlando di quella lettera, ne era sicura. Ecco perché, sentendo i suoi passi, sua madre si era affacciata dalla porta socchiusa ed era impallidita quando l'aveva vista.

Natalia richiuse con cura il foglio e lo infilò nella busta.

Tutto ciò che quella lettera diceva era assolutamente vero. Sì, lei era amata, addirittura adorata, dai migliori genitori che un figlio potesse desiderare. Che cosa sarebbe diventata, se non fosse stato per loro? Un'orfana, una randagia, magari sarebbe finita a vendere fiori in piazza, accanto agli zingari. Quei genitori l'avevano salvata dalla miseria, e lei apparteneva a loro. L'altra donna, la sconosciuta che aveva scritto quella lettera piena di emozione, l'aveva lasciata su una soglia, al gelo, nel bel mezzo dell'inverno. Non c'era bisogno di cercare chissà dove, per trovare la verità.

Era semplice, alla fine: non ci avrebbe più pensato. Non c'era posto nella sua vita per i punti interrogativi, per gli *e se...* C'era solo l'adesso, e due persone che avevano bisogno di lei. Subito. Qualunque cosa ci fosse alla fine di quel capitolo, qualunque cosa li aspettasse, loro tre ci sarebbero stati.

Si sentì colmare da un sollievo incredibile che la riportò alla soffitta piena di polvere, all'album di francobolli dalla lucida copertina in pelle che brillava come a spronarla. Fece scorrere le dita sulla superficie liscia; avrebbe voluto aprirlo un'ultima volta, sfogliarne le pagine e ammirare la bellezza di ogni francobollo, com'era solita fare sotto la scrivania, nel negozio del padre, ma il campanello continuava a suonare, e le venne il dubbio che lo stesse facendo da un pezzo. Si precipitò di sotto, senza nemmeno preoccuparsi di richiudere la soffitta, mentre una sola preghiera le risuonava in testa. Quando aprì la porta, si trovò davanti Stefan, che parlò in un soffio, come se avesse trattenuto il fiato fino a quell'istante.

«Grazie a Dio, ragazza mia.»

31

Lo volevano mandare fuori dal Paese. Non sapeva per quanto tempo, con esattezza, ma di sicuro settimane, forse mesi. Prima Budapest, poi Varsavia. E dopo ancora, forse, Mosca. Victor parlava a bassa voce ma con un tono concitato, e Anton dovette sporgersi verso di lui per capire cosa stesse dicendo.

Infilò le mani nelle tasche del cappotto che indossava il giorno in cui l'avevano arrestato. Era strano averlo addosso a metà maggio, eppure non riusciva a smettere di tremare ed era grato del calore che gli trasmetteva. Aveva passato settimane in quella cella gelida - quattro, secondo i suoi calcoli - a rabbrividire dal freddo, e di sicuro non aiutava il fatto che fosse dimagrito così tanto. « Mesi? »

« Lo so, sembra un'infinità. » Victor distolse lo sguardo dall'edificio grigio privo di finestre dal quale entrambi erano emersi pochi minuti prima. La postura era formale, ma, all'ombra delle fronde sopra di loro, i suoi lineamenti esprimevano un sincero affetto.

Anton distolse gli occhi, che all'improvviso gli si erano offuscati. « Certo, Victor, capisco. Vieni pure a trovarci quando vuoi. »

Si salutarono con una breve stretta di mano, a beneficio di coloro che sicuramente li stavano osservando. C'erano mille cose che Anton avrebbe voluto dire, che aveva *bisogno* di dire, ma non era il momento. Così rimase immobile, a guardare Victor che attraversava di corsa la strada per prendere il tram, quindi sospirò e si avviò verso casa.

Camminò piano, prendendosi tutto il tempo. Sebbene impazzisse dalla voglia di rivedere sua moglie e sua figlia, le gambe deboli non avrebbero retto un passo più veloce. E poi aveva bisogno di tempo per pensare, per metabolizzare quello che nemmeno lui riusciva a credere. Era appena stato rilasciato da un posto dal quale nessuno era mai riemerso vivo. Nessuno.

Doveva la vita a Victor, non c'erano dubbi. Tuttavia gli sembrava improbabile che avesse potuto fermare da solo gli interrogatori quotidiani, le dichiarazioni preconfezionate che cercavano di costringerlo a firmare, ottenendo un rilascio senza condizioni. La polizia segreta si era stancata della sua resistenza, forse? No, era ancora più assurdo.

Di sicuro non aveva ceduto. Nonostante le minacce, non aveva confessato nulla. Non avrebbe mai ammesso le folli accuse di aver complottato contro il Partito, o che sua moglie avesse sparato a un soldato sovietico perché era a sua volta una nemica della rivoluzione e del popolo, una borghese lealista. Avrebbe significato morire. Così, un interrogatorio dopo l'altro, Anton era rimasto impassibile, attenendosi ai fatti. Aveva comprato quella pistola per sua moglie affinché si potesse difendere. Quel colpo era stato un incidente. Si era spinto persino ad affermare di essere un convinto sostenitore del nuovo regime e che, se anche non era iscritto al Partito, aveva sempre simpatizzato per la causa. Ma neppure quello era servito ad arginare la marea che gli era montata contro.

Tre giorni dopo l'arresto, lo avevano trasferito in una cella nel seminterrato, dov'era stato rinchiuso nel buio più completo, senza cibo né acqua. Gli era concessa una sola visita al bagno al giorno, con una pistola puntata alla schiena. L'acciaio gelido spingeva tra le costole, mentre lui si dirigeva alle latrine, in fondo al lungo corridoio di porte blindate.

Un tizio alto dal fisico asciutto, con un'espressione di perenne indifferenza dipinta in faccia, scendeva ogni giorno nella sua cella. Senza preoccuparsi di salutare o anche solo di rivolgergli uno sguardo, trascinava la sedia dall'angolo e si metteva di fronte ad Anton, che in genere sedeva a terra, appoggiato al muro. Gli diceva ogni volta la stessa cosa, divaricando le gambe come a indicare che non aveva nessuna fretta: « Morirai in questa cella, se non ammetti le accuse a tuo carico. È la tua unica salvezza ». Estraeva dal taschino della giacca un foglio dattiloscritto e una penna. « Puoi firmare anche adesso, se vuoi. Sarebbe saggio, a parer mio. Tra un po' implorerai di poterlo fare, ma sarà troppo tardi, perché ormai il tuo destino sarà deciso. Ti ritroverai davanti al plotone d'esecuzione, oppure finirai a scavare il canale del Danubio per i prossimi cinquant'anni. In ogni caso, non rivedrai né tua moglie né tua figlia. »

Ma Anton si era rifiutato. Sapeva che ammettere quei crimini gli avrebbe garantito la fucilazione. Non ci sarebbero stati né un processo né una grazia. Non sarebbe mai uscito di prigione. Eppure quell'uomo tornava da lui, ogni giorno. E ogni volta se ne andava deluso, in un crescendo di imprecazioni e minacce. Finché, un giorno, al suo posto non era arrivato Victor.

« Lasciateci soli. Andate a fumarvi una sigaretta e chiudete la porta, quando uscite », aveva ordinato alle guardie che gli avevano aperto i tre lucchetti della cella, poi aveva preso la sedia e l'aveva piazzata accanto ad Anton, come faceva l'ufficiale che lo interrogava ogni mattina. Gli stivali dalla punta in acciaio avevano sfiorato la gamba di Anton, mentre lui si chinava a sussurrare: « Come ci sei finito, in questo posto? »

Anton aveva fatto un sorriso rassegnato, il primo da giorni. « Victor, sono così felice di vederti. Non so come, ma sapevo che saresti venuto. »

« Non essere felice. Sei in un grosso guaio. Dimmi tutto dall'inizio, e non tralasciare nulla. Ho bisogno di conoscere ogni dettaglio. »

E così Anton aveva raccontato, senza nemmeno sospettare che Victor fosse già informato al riguardo e conoscesse la gravità delle accuse, che già fosse stato tracciato un piano del quale lui non doveva sapere nulla, se volevano che andasse a buon fine.

« Sei fortunato che tua moglie sia viva, che siate vivi tutti quanti. »

Anton aveva annuito con aria cupa. Sì, sapeva fin troppo bene che cosa succedeva ai borghesi come lui, per questioni molto meno gravi. Un'osservazione banale, mormorata all'orecchio di un amico fidato, un commento disinvolto, e ti mettevano a tacere per sempre. Aveva sentito di persone sparite nel cuore della notte e mai più riapparse. Le famiglie non avevano nemmeno una spiegazione, men che meno un corpo da seppellire. La morte era ovunque e la vita di quelli come lui valeva molto poco. Lo sapeva bene.

« Be', è tutto sistemato, almeno per ora. Sono riuscito a farti rilasciare. Hanno accettato una cauzione, bella grossa, a dire il vero, ma non potevamo sperare di meglio, date le circostanze. Dovrai consegnare la pistola alla polizia, ovviamente. »

Per un attimo, Anton lo aveva fissato incredulo. Era impossibile che lo lasciassero andare, dopo tutto quello che aveva dovuto sopportare, dopo tutto quello che aveva visto in quel posto. Ma poi aveva guardato Victor e l'accenno di sorriso che gli si era dipinto in volto, e aveva capito che era tutto vero. Allora era libero, nonostante tutto. A quale prezzo, però? Qual era il prezzo di una vita come la sua?

A giudicare dai capelli bagnati sulle tempie, aveva la febbre alta. Aveva cercato di dire qualcosa, ma non ci era riuscito. C'erano parole adeguate, in un momento come quello? Come poteva esprimere ciò che aveva nel cuore? Avrebbe voluto inginocchiarsi ai piedi di Victor e baciargli gli stivali. E quasi lo aveva fatto, ma in quell'istante lo spioncino era scattato, e una delle guardie aveva guardato dentro la cella. « Tutto a posto? »

Senza girarsi, Victor aveva fatto un gesto, come a minimizzare. Anton aveva appoggiato la testa sulle ginocchia, per nascondere l'ondata di emozioni che lo aveva travolto. Solo quand'era stato certo che le guardie se ne fossero andate aveva rialzato la testa, gli occhi colmi di lacrime.

« Stai attento. » Victor si era alzato e si abbottonava il soprabito in pelle, per poi riportare la sedia nell'angolo.

« Lo sarò. Cercherò un modo di ricompensarti finché sarò in vita. Farò tutto quello che posso per dimostrarti quanto ti sono grato. Nessuna cifra sarà mai abbastanza. »

Victor aveva bussato alla porta in metallo. « Lo hai già fatto, Anton. Sono io che ti sto ripagando. Ero io quello in debito. »

La guardia si era messa sull'attenti mentre Victor usciva dalla cella. La porta si era richiusa con un tonfo, e l'ultima cosa che Anton aveva sentito prima che il solito silenzio lo inghiottisse era stata l'eco degli stivali di Victor lungo il corridoio vuoto.

32

« Amico mio, che sorpresa! » La voce di suo padre all'ingresso risuonava di un tale entusiasmo da far pensare che re Michele in persona fosse passato a far loro visita. La porta si richiuse e risuonò un'altra voce, che Natalia riconobbe all'istante.

« Anton, è un piacere rivederti. »

« Ne è passato di tempo, eh? »

« Sì, davvero. Sono stato via per un po', come sai. Mi dispiace di non essere passato prima. »

Le voci si allontanarono, facendosi più deboli a mano a mano che si spostavano all'interno della casa. In ritardo di quasi sei mesi, pensò Natalia. Ecco da quanto suo padre aspettava di vederlo.

Il suo cuore, che pure galoppava impazzito, si colmò d'indignazione. Quante volte Anton aveva controllato la cassetta delle lettere, sperando in un segno di vita da parte dell'amico? Le faceva quasi pena sentire che nella sua voce non c'era traccia di rabbia né di rimprovero per quella totale negligenza. Be', per lei non era così.

Sua madre era uscita per i suoi impegni domenicali, quindi lei non era tenuta a scendere. Poteva restarsene lì e leggere un libro, risparmiandosi una misera scusa cui avrebbe creduto soltanto suo padre. Eppure, dopo neanche dieci minuti, fu sopraffatta da un'emozione di tutt'altro genere, e si ritrovò in piedi davanti allo specchio sulla cassettiera, sottoponendosi a un esame severo.

La spazzola rimase impigliata tra i riccioli e le scappò

un gemito mentre lottava per liberarla. I suoi capelli avevano assunto una sfumatura tra il ramato e il cioccolato, ed erano così folti e lunghi che risultava impossibile domarli, proprio come il resto di lei. Sfilandosi la camicia da notte, si mise di profilo e guardò la propria immagine con la coda dell'occhio, riflettendo che non aveva nulla da mettersi, un pensiero che aveva da diversi mesi. La mareggiata di cambiamenti era arrivata in fretta e il bilancio familiare non riusciva a stare dietro all'urgenza di un nuovo guardaroba per lei. In quei momenti, quando notava la curva del seno sempre più piena o la linea dei fianchi che si ammorbidiva, le sembrava di osservare una completa sconosciuta.

Frugando nell'armadio, scelse un abito blu marino col colletto di pizzo, che donava riflessi azzurri ai suoi occhi verdi. Un tempo le andava largo, ma ormai era l'unico che le lasciasse un minimo di spazio per respirare. S'infilò le ballerine dorate e raccolse i capelli in una coda morbida. *Calma e sangue freddo*. Scese piano i gradini, a dispetto del vulcano che le ribolliva nel petto. Era a metà scala quando ci ripensò e si voltò per risalire.

Victor però l'aveva intravista attraverso le porte a vetri. Con un sorriso pieno di affetto, le tese una mano al di sopra dello schienale del divano. « Talia! »

Lei si fermò, con una mano improvvisamente sudata stretta sulla ringhiera in legno, mentre l'altra si alzava in un saluto. Ormai era costretta a scendere. Raggiunse al rallentatore il fondo delle scale e si sporse nel salotto.

Le labbra di Victor erano incurvate nel suo tipico sorrisetto ironico. « Talia, dov'eri? Come va la scuola? »

« Benissimo », mentì lei, abbassando lo sguardo. In verità, la scuola andava tutt'altro che bene, ma non pensava che a lui interessasse davvero. Erano solo chiacchiere di circostanza. Si augurò che non notasse il suo imbarazzo, il rossore che le aveva colorato le guance. Doveva apparire ridicola, lì immobile, come se il pavimento stesse per crollare sotto di lei.

Lui, al contrario, non le era mai sembrato così rilassato, con la camicia bianca dal colletto sbottonato e i pantaloni verde scuro. Niente cravatta. I capelli neri erano un po' più lunghi e ondulati, pettinati in modo da lasciargli perfettamente libera la fronte. Accavallò le lunghe gambe e da una tasca estrasse un accendino in argento e un pacchetto di sigarette. L'accendino scattò diverse volte mentre lui riparava la fiamma con la mano che pareva scolpita, striata di vene azzurre. Sembrava il ritratto di un conte in un dipinto barocco. Natalia l'osservò mentre prendeva una lunga boccata e tratteneva il fumo per un istante, prima di buttarlo fuori dalle labbra socchiuse.

Perché non era rimasta in camera sua? L'atteggiamento gelido con cui aveva immaginato di punirlo per la sua assenza, per rappresaglia, le sembrava all'improvviso una cosa sciocca e assurda. Un errore che le si era ritorto contro, soffocandola nel vestito troppo stretto.

In quel momento, la voce di suo padre risuonò nella stanza, riscuotendola dal torpore e peggiorando il suo imbarazzo. «Talia, tesoro, visto che sei lì impalata, ti spiace portarci un po' d'acqua ghiacciata?»

«Non ti preoccupare, ti prego. Non voglio disturbare. E poi non posso fermarmi molto.» Victor la guardò e Natalia sentì il sangue infiammarle persino le orecchie. «Grazie, comunque. Volevo solo fare un salto a vedere come stava tuo padre.»

Suo padre stava benissimo, non mancò di notare lei. Non ricordava di averlo mai visto così entusiasta e allegro.

Come se non avesse nemmeno sentito l'amico, Anton

era già in piedi e stava attraversando il salotto con l'agilità di un adolescente. « Ho un vino che conservavo per un'occasione speciale, e mi sembra il momento perfetto. Non riesco a pensare a un motivo migliore per godercelo! Dammi un minuto, vado in cantina a prenderlo. »

« Davvero, Anton, non posso rimanere. Magari un'altra volta. »

Come se qualcuno avesse tolto l'ossigeno dall'aria, Anton rimase immobile per qualche istante, quindi si voltò e tornò verso il tavolino da caffè, le spalle chine e il sorriso svanito. Quando si fu di nuovo seduto, nessuno dei due disse una parola, e in quel silenzio prolungato Natalia colse un cambiamento inquietante: non ricordava una sola volta in cui quei due fossero rimasti a corto di parole.

Ma non era l'unica stranezza: Victor sembrava sforzarsi d'ignorarla. Le aveva detto a malapena due parole. Natalia si sentì trapassare da una scheggia di terrore, mentre si chiedeva se lui fosse in grado di leggerle nel pensiero, ma poi si disse che era impossibile e la paura si sciolse in un velo di tristezza. Fu scossa dai ricordi, lampi degli anni passati: Victor che la faceva piroettare in aria nell'ingresso, quando andava a trovarli, il modo in cui le sedeva accanto, immobile, mentre lei suonava il piano, come se non se ne stancasse mai. Una volta, al lago, sua madre gli aveva chiesto di tenerla d'occhio mentre nuotava, e lei gli aveva raccontato una barzelletta sentita al negozio di alimentari. Non l'aveva capita, ma Victor era scoppiato a ridere, come se fosse stata la cosa più divertente del mondo. « Talia, sei proprio un bel tipo », le aveva detto, scuotendo la testa, mentre sedevano vicini sul prato. « Un giorno spezzerai il cuore a qualcuno. »

In quel momento, invece, era come se lei non ci fosse nemmeno. L'attenzione di Victor era solo per suo padre.

« Come stai? Ero in pensiero per la tua salute. Eri pelle e ossa, l'ultima volta che ti ho visto. »

« Mah, me la cavo. Despina mi sta mettendo all'ingrasso, anche se di questi tempi non è facile. Gli scaffali sono vuoti, come sai. È impossibile trovare pane fresco, a meno di mettersi in coda alle quattro del mattino. Si ostina ad andare lei, per farmi riposare un po' di più. 'A che pro?' le ho chiesto, ma si rifiuta di lasciarmi andare. È difficile, per lei. »

Victor annuì. « Sono tempi strani, Anton. E in negozio come va? »

Anton sventolò una mano, come a passare oltre. « Non vendo quasi nulla. La maggior parte dei giorni arrivano cinque, forse sei clienti. Il minimo per tenere aperto. Ma cos'altro posso fare? Quel negozio è la mia vita, Victor. Tutto sommato, ci dà quanto basta per vivere meglio di molti altri. Ogni tanto, quando in cassa c'è qualcosa di più, vado al mercato nero a procurarmi un po' di carne e di uova. Un lusso, ormai. E ringrazio Dio per... »

Victor lo interruppe: « Ti ricordi cosa ci siamo detti, l'ultima volta? Il giorno in cui ti hanno rilasciato. Devi stare attento. Non fare sciocchezze. Fatti bastare quello che hai, e stai alla larga dagli speculatori. Meglio vivere di solo pane, ma liberi ».

« Ma ci sono altre cose. Vorrei rimandare Natalia a lezione di piano. Costano una fortuna, ma suona così bene, ormai. E mi piace fare una sorpresa a Despina comprandole qualcosa di carino, ogni tanto, così... »

« Non mi stai ascoltando. È proprio per questo che sono passato, per avvisarti... » Il tono di Victor si era fatto impaziente, secco. Si fermò per schiarirsi la voce, o forse per trovare le parole più adatte. « Alla sede del Partito c'è un fascicolo su di te. Un fascicolo aperto. Niente lezioni di piano, basta con le scampagnate dagli speculatori e coi regali. Devi essere cauto. Me lo prometti? »

« Certo, capisco. Capisco. Ti ringrazio per tutto quello che hai fatto per noi, ma non credo che tu debba preoccuparti. »

« Ti prego, promettimelo. Dammi la tua parola che farai ciò che ti ho chiesto. »

Per un attimo si sentirono soltanto il chiasso dei bambini in strada e una voce che li chiamava, da una finestra. All'improvviso Victor sembrava prosciugato, gli spigoli del viso quasi smussati, a dargli un'aria molto più vecchia.

Anche suo padre aveva un'espressione abbattuta. « Hai la mia parola. »

Victor annuì soddisfatto, sollevato, o forse entrambe le cose. Rimise in tasca il pacchetto di sigarette e si allungò a prendere il berretto sul divano. C'era qualcosa di scrupolosamente lento nei suoi movimenti, come se gli richiedessero più energia di quanta ne avesse.

Natalia fu presa dal panico. *Non può andarsene adesso, è appena arrivato.* Suo padre però si era già alzato e si stava avvicinando a Victor, tendendogli le braccia. Quando si strinsero, tra loro ci fu qualcosa di così tangibile che Natalia lo sentì riverberarsi in tutta la stanza. Rimasero così per un po', immobili, la testa dell'uno contro quella dell'altro, in silenzio.

Victor si scostò, tenendo una mano sulla spalla dell'amico. « Riguardati. Abbraccia Despina da parte mia. Dille che non dimenticherò mai il suo arrosto d'agnello. » Si voltò all'improvviso verso di lei. « Talia, prenditi cura di tuo padre. È l'uomo migliore che abbia mai conosciuto. »

Quella volta lei sostenne il suo sguardo, con gli occhi che si riflettevano in quelli di lui, verdi e intensi. Un secondo? Un minuto? Quando diventava troppo? Non ne aveva idea. Il groppo alla bocca dello stomaco si stava sciogliendo in un liquido bollente, che le si riversò lungo le gambe come un veleno.

Non andartene. Non vedi che ha bisogno di te? Le parole non si staccarono dalle sue labbra e, con un sussulto, capì che Victor se ne stava andando per sempre e che non l'avrebbero più rivisto. Intravide quella semplice verità nel sorriso d'intesa che lui e suo padre si scambiarono mentre si avviavano alla porta, nel modo in cui Victor si sfiorò il bordo del berretto con l'indice, quando fu sulla soglia. Natalia continuò a fissare la linea scolpita delle sue spalle mentre lui si girava e scendeva i gradini, verso un insolente pomeriggio di sole di ottobre.

Voltati, ti prego. Ti prego. Ma Victor non lo fece. Non ci furono gesti di addio, nessun ultimo saluto, niente di niente. Appoggiata alla porta smaltata di nero, stringendo la cornice con tutta la forza che aveva, ascoltò i passi che si allontanavano sul marciapiedi, fino a svanire, mentre lui svoltava l'angolo e spariva tra la gente.

33

Febbraio 1954

« Hai lasciato il fuoco acceso tutta la notte? »

Strizzando le palpebre, Natalia si tirò a sedere, guardandosi attorno confusa. In effetti il fuoco non si era ancora spento: qualche fiamma faceva capolino dal letto di braci. Sentiva freddo, ma non c'era paragone con la temperatura che doveva esserci al piano di sopra. Amava dormire in salotto, sul divano, tra quelle pareti granata, i marmi luccicanti e i pochi oggetti di valore che, nella serenità del dormiveglia, la illudevano che le cose non fossero cambiate poi molto.

« Hai sprecato la legna di tre giorni, te ne rendi conto? Non ti avevo chiesto di spegnere e andare a dormire? »

Natalia raddrizzò la schiena. Lo scialle in lana che Despina le aveva fatto ai ferri le scivolò dalle spalle, scoprendo un maglione e, sotto quello, una lunga camicia da notte in flanella. Con un sospiro, infilò i piedi nelle pantofole. « Mi dispiace, mamma. Stavo leggendo, devo essermi addormentata. Metto su il tè. » Mentre si alzava per andare in cucina, strofinandosi le mani gelide, lanciò un'occhiata involontaria alla cesta della legna. Una decina di ceppi, a dire tanto. Ed era soltanto febbraio. Se non altro, non erano gli unici che avrebbero dovuto far durare quei pochi pezzi sino alla fine dell'inverno.

I negozi di Bucarest avevano esaurito le scorte nelle prime due settimane dell'anno. La gente aveva cominciato ad abbattere gli alberi dei parchi nel cuore della notte, alla scarsa luce dei lampioni, cercando di non farsi sorprendere dalla polizia. In tutta la città, uomini stretti nei cappotti trascinavano i rami rubati nel fango e nella neve, strisciando al buio sui marciapiedi ghiacciati, armati di scale e accette. Gli alberi erano ridotti a monconi spogli.

Suo padre si era rifiutato categoricamente. « Gli alberi hanno un'anima, proprio come le persone. Non meritano di condividere il nostro destino. » E si era messo a fare a pezzi i mobili, uno alla volta. Prima le sedie della sala da pranzo, tutt'e dieci, seguite dal tavolo Biedermeier, il più caro a Despina, che era stato il pezzo forte dell'arredo nel suo glorioso splendore.

« Non ne abbiamo più bisogno. Non sono tempi da cene sontuose, e in ogni caso ormai mangiamo sempre in cucina. » Despina aveva cercato di controllare il tremito della voce e di rimanere impassibile, senza tradire emozioni.

E così avevano superato i primi due mesi di gelo.

Poi era stata la volta dei mobili delle camere da letto. Il primo era stato l'elegante armadio verde coi pomelli in ottone, che Natalia aveva da quand'era bambina.

Despina aveva cercato di consolarla, mentre suo padre lo trascinava giù dalle scale di servizio e poi in cortile. « Ormai è troppo piccolo per te, Talia. Puoi appendere i tuoi vestiti accanto ai miei. »

Per evitare discussioni, Natalia aveva fatto a meno di ricordarle che quell'armadio era stato il loro primo regalo quand'era arrivata dall'orfanotrofio, e di puntualizzare che dentro c'erano ancora alcuni dei suoi vecchi abiti in velluto e pizzo. Non li metteva da anni ma, di nascosto, se li strofinava su una guancia, ogni tanto, per ricordare la sensazione del tessuto sulla pelle.

Il resto dei mobili aveva fatto ben presto la medesima fine: le librerie, il vecchio tavolo in stile art déco nell'ingresso, l'attaccapanni, la scrivania di Natalia coi fregi fiorentini, che nella stanza ormai spoglia sembrava più fuori luogo che mai. Aveva cominciato a fare i compiti al tavolo della cucina, accanto alla stufa. Le andava bene, comunque, visto che era l'unico posto caldo di tutta la casa. Oltretutto non aveva più molta voglia di studiare: le sembrava assurdo passare ore intere a spaccarsi la testa su geometria, fisica e storia, quando in casa non c'era nulla da mangiare e la maggior parte delle notti dormivano coi cappotti addosso, quando non avevano acqua calda né sapone con cui lavarsi. Inoltre le luci venivano spente alle otto in punto, molto prima che lei fosse riuscita a finire gli esercizi per l'indomani.

Quando suo padre la sorprendeva a sognare a occhi aperti sui libri, la riprendeva: « Devi continuare a studiare, così il prossimo anno potrai andare all'università. È la tua unica occasione di avere una vita dignitosa. Sapere è potere, è l'unico modo in cui sarai libera ».

« Ma, papà, lo sai che l'unica cosa che voglio davvero è suonare il pianoforte. Al conservatorio non guarderanno nemmeno i miei voti. E poi hanno cambiato i libri di testo, non vedi? Tutti i libri di storia, perfino quelli di matematica e di scienze, sono stati rivisti. Che cosa c'è da studiare, in quelle pagine? Sono tutte bugie! » Ogni volta si pentiva di rispondergli in quel modo. Non se lo meritava di certo, dopo tutti i sacrifici che aveva fatto per iscriverla a una scuola pubblica.

L'anno precedente, l'istituto cattolico che Natalia frequentava da quando aveva sette anni era stato costretto a chiudere i battenti. Le suore che avevano insegnato lì per decenni erano sparite dal giorno alla notte, senza lasciare traccia. Nessuno aveva idea di cosa fosse accaduto, ma una cosa era certa: erano state tolte di mezzo senza fare chiasso. Era successo la stessa settimana in cui il ministero dell'Istruzione aveva annunciato che tutti gli studenti dei vecchi istituti privati, rampolli borghesi come lei, erano esclusi per sempre dalle scuole statali.

I genitori sussurravano tra loro mentre aspettavano che i loro figli uscissero per l'ultima volta da scuola: « Che cosa faremo? Non potranno continuare a studiare? Dovranno fare l'elemosina per sopravvivere? »

Quegli interrogativi sobbollivano anche a casa sua, all'infinito, sulle labbra dei suoi genitori. Per sei mesi erano rimasti senza risposta, mentre suo padre implorava, supplicava, pagava multe e offriva mazzette perché lei fosse inserita in una scuola, una qualsiasi, anche fuori città. Le rare volte in cui non gli riattaccavano il telefono in faccia, la risposta era sempre la stessa: « Non è neanche lontanamente possibile. È come chiedere la Luna ». Finché, all'improvviso, la musica non era cambiata.

Un giorno era andata in negozio per dare una mano con l'inventario e aveva trovato due bicchieri vuoti nella stanza sul retro. Mentre si avvicinava al lavello per sciacquarli, aveva notato sul fondo una traccia di brandy, denso come miele. Al momento non ci aveva fatto caso: c'era sempre qualcuno che si fermava a salutare suo padre, e lui accoglieva i suoi amici come un tempo, senza badare a spese e senza lesinare sforzi per farli sentire a loro agio. Sette giorni più tardi, quando avevano ricevuto una lettera dal ministero dell'Istruzione in cui si annunciava una deroga al divieto affinché lei potesse frequentare una scuola pubblica, aveva capito chi avesse incontrato suo padre quel pomeriggio.

Aveva impiegato un paio di settimane a scrollarsi di

dosso il turbamento che l'aveva di nuovo invasa, insieme con la rabbia. Passava ore a guardare fuori dalla finestra o la pagina di un libro, senza capire una sola riga. Nemmeno il pianoforte sembrava darle sollievo e, incredula, si era scoperta gelosa del padre, sebbene avesse chiaro in testa che, non fosse stato per lei, quell'incontro molto probabilmente non sarebbe mai avvenuto. Alla fine, l'inquietudine si era affievolita. Non rimaneva niente cui aggrapparsi, lui era uscito dalla loro vita, e forse era meglio così. Ormai vedeva la situazione per quella che era, un insano attaccamento a un uomo che in lei non avrebbe mai visto altro che una ragazzina. Presto avrebbe iniziato una nuova scuola e attendeva quel giorno con un'aspettativa mai provata prima.

Il primo giorno, il cielo era coperto e l'aria afosa, sebbene per Natalia tutto risplendesse di una luce bellissima, che traboccava di nuove possibilità. Mentre oltrepassava i cancelli, a testa alta, aveva giurato a se stessa che quell'anno avrebbe segnato un nuovo inizio: avrebbe studiato più che mai, impegnandosi duramente, come ci si aspettava da lei. Avrebbe colto quell'opportunità, per suo padre.

Era così assorta nei suoi pensieri che quasi non si era accorta dei mormorii che crescevano alle sue spalle, dell'esplosione di risate mentre superava il distributore di acqua nel corridoio, in cerca della sua aula. Sembrava impossibile che fosse proprio lei la causa di quel divertimento, dal momento che lì nessuno la conosceva. Nessuno sapeva chi fosse.

Solo quando si era fermata di fronte all'aula era stata presa da un forte senso di disagio, freddo come ghiaccio, nel sospetto che quella giornata potesse andare in modo diverso da come aveva immaginato. Con gesti nervosi, aveva raddrizzato il fazzoletto rosso dei Pionieri Sovietici che tutti gli studenti avevano l'obbligo d'indossare, rassettando la gonna dell'uniforme. Aveva preso un grosso respiro e aveva aperto la porta.

L'aula era più piccola di quanto immaginasse, piena all'inverosimile di banchi, fino alla parete in fondo. Era stata avvolta da un vortice di rumori, voci, risate, tonfi di libri. Poi però qualcuno aveva fischiato, in fondo, e il baccano era cessato all'improvviso.

Senza fiato per la tensione, Natalia era avanzata, cercando di non fare caso alle bocche spalancate e agli occhi curiosi fissi su di lei. Si era fermata in mezzo alla stanza, senza sapere dove andare, pregando che la donna tarchiata dai lineamenti squadrati, impegnata a scrivere furiosamente sulla lavagna, si voltasse e dicesse qualcosa. Quando lo aveva fatto, Natalia aveva accennato un timido sorriso.

Senza nemmeno presentarsi, la donna aveva indicato col gesso l'angolo in fondo alla stanza. « Il tuo banco è quello. Sì, là in fondo. »

Stringendosi il libro al petto a mo' di scudo, Natalia aveva raggiunto il proprio posto. Un attimo dopo era suonata la campanella, e tutti gli studenti si erano alzati insieme.

La donna si era allontanata dalla lavagna ed era crollata dietro la cattedra sulla pedana, ansimando. Col dorso di una mano si era asciugata il sudore sulla fronte, vicino all'attaccatura dei capelli, e Natalia non aveva potuto non notare la chiazza a mezzaluna che le si allargava sotto l'ascella. « Buongiorno, ragazzi. »

« Buongiorno, signorina Tima », avevano risposto apatici i ragazzi.

« Potete sedervi. »

C'era stato un fruscio di pagine sfogliate. Qualcuno aveva ruttato, senza nemmeno chiedere scusa. In fondo all'aula, uno dei ragazzi tamburellava la matita sul libro, come a ritmo di musica.

« Oggi abbiamo una nuova allieva, Natalia Goza. Natalia, alzati, per favore. »

Lei aveva obbedito, timida.

« Natalia ha avuto il permesso di frequentare la nostra scuola. Prego, vieni qui davanti. »

Lei aveva obbedito.

« Natalia, prima che cominciamo la lezione, vorrei che facessi il giro dell'aula per raccogliere la spazzatura che dovessi vedere sul pavimento. »

Era quasi scoppiata a ridere, nonostante la nausea che sentiva montare dentro. Era uno scherzo, per caso? O forse un modo comico per presentarla alla classe? Doveva aver capito male, non c'erano altre spiegazioni.

Visibilmente seccata, la signorina Tima aveva sventolato la mano in direzione dell'aula. « Su, non abbiamo tutta la giornata. »

Immobile, Natalia aveva guardato l'insegnante con gli occhi sgranati.

La signorina Tima aveva fatto schioccare la lingua e scosso la testa in segno di disapprovazione. « Bene, benissimo. Capisco. Capiamo *tutti quanti*. Una principessina borghese come te non raccoglie la spazzatura, dico bene? C'è qualcuno che lo fa al posto tuo, a casa, vero? Be', qui non è così. Qui raccoglierai l'immondizia al posto degli altri. » Con la mano enorme aveva sollevato una riga, e aveva cominciato a batterla sul bordo della scrivania, poi l'aveva sventolata come se dirigesse un'orchestra. « Questa è un'ottima lezione per oggi, ragazzi. Un esercizio sulla parità. La signorina Goza sta per capire che in quest'aula non è migliore di nessuno.»

Natalia aveva fatto uno sforzo sovrumano per non correre via e non mandare al diavolo quella donna così sgradevole, dicendole di raccogliere la sua, di immondizia, se non qualcosa di peggio. Poi però aveva ripensato alla faccia del padre, a quanto era orgoglioso, quella stessa mattina, di essere riuscito a farla tornare a scuola. Come poteva scappare? Come poteva rientrare a casa e dirgli che tutti i suoi sforzi erano stati inutili, perché lei aveva sputato sull'unica possibilità di ricevere un'istruzione?

Le lacrime non si erano fatte attendere, annebbiandole la vista e trasformando la stanza in un carosello di ombre. Natalia aveva stretto i pugni, piantandosi le unghie nei palmi, quindi aveva fatto una cosa alla quale ancora non riusciva a credere. Raddrizzando la schiena e camminando lentamente, si era spostata in fondo all'aula e si era chinata. Accovacciata tra i banchi, aveva raccolto tutto ciò che vedeva a terra: pezzi di carta, un paio di matite spezzate, una crosta di pane che sembrava essere lì da settimane. Quand'era arrivata davanti, aveva fatto la stessa cosa lungo la fila successiva.

Qualcuno, nei banchi in fondo, aveva riso.

«Silenzio!» La signorina Tima aveva sbattuto la riga sulla cattedra con una tale forza che tutti erano rimasti immobili, quindi era tornata a correggere i compiti. Aveva rialzato lo sguardo solo quando, con la coda dell'occhio, aveva visto Natalia accanto a lei, che stringeva tra le mani tremanti la spazzatura. «Hai finito? Ottimo. Iniziamo la lezione. Puoi tornare al tuo posto.»

Natalia era convinta che non sarebbe mai sopravvissuta alla vergogna quando, l'indomani e il giorno successivo, le era stato chiesto di fare la stessa cosa. Invece aveva obbedito, con sua grande sorpresa. L'umiliazione provata il primo giorno si era fatta meno amara a mano a mano che lei imparava a eseguire qualunque compito le venisse assegnato con la mente e il cuore sgombri, a non provare nulla mentre faceva ciò che le era stato chiesto, a portare a termine l'incarico, quel giorno e quello successivo, e a sopravvivere. Dopo un po', i compagni avevano smesso di ridacchiare quando lei si chinava a raccogliere ciò che loro avevano buttato sul pavimento, avevano smesso di lanciarle palline di carta mentre lei strisciava a terra, mordendosi le labbra, gli occhi fissi in basso.

Col tempo, Natalia aveva smesso di essere una distrazione divertente, una cosa curiosa. Era solo Natalia, i cui genitori erano stati etichettati come nemici del popolo, il cui padre era stato dichiarato uno sfruttatore, un borghese, un capitalista. Sua figlia avrebbe pagato per i suoi peccati, ogni mattina, prima che la lezione avesse inizio.

34

Non sapeva bene che cosa l'avesse trascinata sino all'orfanotrofio San Paolo, quel pomeriggio. Non avrebbe saputo spiegarlo. Non cercava nulla di particolare, anzi era un po' spaventata da quello che avrebbe trovato, scavando nel passato. Erano trascorsi quasi quattro anni da quando aveva trovato la lettera nella cassaforte del padre, eppure ci pensava più spesso di quanto avrebbe voluto. Non ricordava nemmeno quante sere si fosse addormentata ripetendosi quelle parole che non le davano pace.

Non ho intenzione di turbare la vita alla quale si è sicuramente abituata...

Be', invece lo aveva fatto, eccome. Quale che fosse la sua esistenza, qualunque cosa fosse diventata, Natalia era accompagnata da una curiosità assillante che le ribolliva dentro, tormentandola notte e giorno. Era strano pensare alla facilità con cui, da bambina, si era lasciata alle spalle il passato, diventando sorda e indifferente a quegli anni bui. Quella lettera, però, aveva spalancato la porta ai fantasmi che aveva seppellito tanto tempo prima e che la inseguivano da quattro anni. Le tendevano agguati ovunque, nei sogni, sotto la superficie della vita di ogni giorno, come piccoli e sporchi segreti.

Ora non importa più, Talia, si diceva spesso, rimproverandosi per quell'assurda preoccupazione. *Non ha nessuna influenza sulla tua vita.* Sapeva benissimo che c'erano questioni molto più importanti sulle quali doveva concentrarsi, come il fatto che il suo sogno di frequentare il conservatorio era andato in fumo. Non era rimasta sorpresa più di tanto quando aveva trovato la lettera di rifiuto nella cassetta della posta. Aveva già letto la risposta sui volti della commissione, quando, alla fine dell'esecuzione, avevano letto la sua domanda di ammissione e la loro espressione era passata dalla meraviglia alla delusione. Si era sentita spezzare il cuore, la volontà e, peggio ancora, la fiducia in se stessa, ma dopo mesi di autocommiserazione aveva deciso di non rinunciare al pianoforte.

Adorava il jazz da anni, ormai, e aveva sentito che, sebbene fosse proibito suonarlo in pubblico, era ancora vivo e vegeto per un fervido movimento clandestino. L'idea sembrava folle, oltre che rischiosa, ma, se si fosse esercitata abbastanza, se si fosse impegnata davvero, forse un giorno avrebbe trovato uno spazio in quel contesto. Nel frattempo poteva guadagnarsi un po' di soldi dando lezioni. Ci sarebbero stati altre strade e altri sbocchi, finché non si fosse arresa.

Sì, c'erano problemi ben più urgenti, nella sua vita. Più si sforzava di non pensare a quella lettera, però, meno ci riusciva. E se ci fossero state altre missive, e altre ricerche? Era possibile? Ne dubitava. Dopo il 1945, quando la Romania era stata tagliata fuori dall'Occidente, era diventato impossibile spedire lettere all'interno del Paese. Se ce ne fossero state altre, altri tentativi di trovarla, la catena si sarebbe interrotta alla frontiera. Ma se non fosse stato così? Ricordò le volte in cui avrebbe voluto chiedere allo zio se fosse al corrente delle circostanze della sua adozione e si rammaricava di non averlo fatto. Ma forse non sarebbe servito a molto. Qualunque cosa Stefan sapesse, se la sarebbe portata nella tomba. Niente poteva incrinare la sua lealtà eterna nei confronti dei genitori di Natalia.

Se davvero c'era dell'altro, le rimaneva un solo modo per scoprirlo. Doveva tornare nel posto in cui tutto era cominciato.

Quel pomeriggio, sul tram, Natalia stentava ancora a credere alla propria impulsività. Era salita a bordo all'ultimo momento, senza nemmeno un piano preciso in testa. Viaggiava in piedi, con la città che le passava davanti sfuocata, nel solito miscuglio di parchi bruciati dal sole e facciate macchiate di cenere, mentre lei contava gli anni. Ne erano passati tredici da quando aveva lasciato quel posto. Tredici lunghi anni di un'altra vita, prima delle code per le razioni e delle limitazioni all'uso dell'elettricità.

Una volta ci era passata davanti per caso. Era stato subito dopo la guerra; gli autobus non circolavano ancora in modo regolare, così lei e sua madre avevano preso un taxi per andare chissà dove. Ricordava che Despina parlava con l'autista, a proposito di quell'inverno interminabile e di una bomba che aveva scavato un cratere nel centro della città. A un certo punto si era fermata a metà frase. A quel silenzio, Natalia aveva sollevato gli occhi dal libro che aveva in grembo, seguendo lo sguardo della madre. Lì, sotto le impalcature di metallo, in stato di abbandono, c'era il posto che custodiva i suoi primi ricordi.

«Ti ricordi, Talia?» aveva mormorato sua madre, mentre l'edificio rimpiccioliva nel lunotto.

Certo che lo ricordava. Dubitava che lo avrebbe mai dimenticato. Come poteva cancellare dalla memoria i volti di quei bambini sperduti, che piangevano a notte fonda, con le uniformi infestate dai pidocchi, il cortile ammuffito che puzzava sempre di spazzatura, la zuppa acquosa che mangiavano ogni giorno? Ma non aveva detto nulla. Aveva alzato le spalle, fingendosi indifferente, sperando che lei lasciasse cadere il discorso. Non ne avevano mai più parlato. Di sicuro ai tassisti che le avevano accompagnate in giro in seguito era stato chiesto di evitare quella strada, allungando il percorso se necessario.

Natalia decise di scendere alla fermata successiva. Non era la più vicina all'orfanotrofio, ma lei aveva bisogno di camminare un po', per ritrovare la calma. Lungo la strada, i suoi pensieri tornarono all'unica domanda che l'aveva portata lì, l'unica alla quale non fosse mai riuscita a dare una risposta. Perché le persone che le avevano dato la vita avevano poi deciso di vivere senza di lei? In passato, nei brevi momenti in cui aveva cercato di capire, aveva trovato mille ragioni possibili. Erano giovani, forse pativano la fame ed erano sopraffatti dal peso di un figlio da crescere. Se li immaginava come due vagabondi che si spostavano da una casa all'altra, poveri e affamati, vivendo di stenti. Forse lei era il frutto di un errore, uno sfortunato imprevisto. Forse avevano fatto tutto ciò che potevano, prima di arrendersi, lasciando che qualcun altro si occupasse di lei. Sì, era stato facile non pensarci. Finché non era incappata in quella lettera, non aveva nemmeno immaginato che potessero esserci altre ragioni. E infine eccola lì. Per sua stessa scelta, avrebbe dato la caccia ai fantasmi.

All'incrocio, osservò le targhe stradali e svoltò l'angolo, col battito che accelerava. Alcuni passanti la superarono in fretta, con la testa china e le mani in tasca. Natalia camminava così lenta che venti minuti dopo non era ancora arrivata in fondo all'isolato. Quando infine giunse a destinazione e alzò lo sguardo, fu sorpresa di notare che l'edificio era molto simile a come lo ricordava. Mancavano solo le impalcature e la vecchia targa blu dell'orfanotrofio San Paolo, ma per il resto era uguale.

Superò esitante il portone in legno, aspettandosi di incrociare un'orda di ragazzini, ma il cortile era immerso nel silenzio. Era tardi e non aveva nemmeno avvisato che sarebbe passata. All'improvviso le sembrò assurdo trovarsi lì. Che cosa si aspettava? Che la direttrice dell'istituto la invitasse a entrare e le consegnasse un dossier riservato? Lo stesso per il quale i suoi genitori dovevano aver pagato denaro sonante affinché fosse seppellito nell'oscurità?

Si voltò per andarsene. Aveva quasi raggiunto di nuovo il cancello, quando una serratura scattò alle sue spalle e una porta si aprì, gettandole una debole luce negli occhi. Un militare uscì dall'edificio, aggrottando la fronte mentre si sistemava la visiera del berretto. Per un attimo, Natalia pensò che l'avrebbe interrogata e le avrebbe chiesto il motivo della sua presenza, ma lui le passò accanto senza nemmeno guardarla e varcò il cancello, che si richiuse sbattendo. Mentre lei si appiattiva contro il muro, per nascondersi nel buio, notò che la porta dell'istituto era rimasta aperta. Aspettò cinque minuti, quindi s'infilò dentro.

Come l'esterno, l'ingresso sembrava stranamente immutato, coi muri verde pallido scrostati, con l'odore di ammoniaca e con le piastrelle in linoleum a scacchi che scricchiolavano sotto i suoi passi esitanti. Mentre procedeva verso quello che – se la memoria non la tradiva – era l'ufficio della direttrice, cercò di prepararsi un discorso. Come poteva spiegare perché era lì? L'anziana donna l'avrebbe riconosciuta, dopo tutti quegli anni?

Si fermò di fronte alla porta e prese fiato. Prima di cambiare idea, posò la mano sulla maniglia e spinse. Si guardò attorno in preda alla confusione, cercando di farsi una ragione di ciò che vedeva. Al posto della vecchia scrivania screpolata della signora Tudor, un grosso tavolo rettangolare, attorno al quale sedeva una decina di militari in uniforme. Il ripiano era coperto di portablocco e cartelline, e al centro c'era un mangiacassette, accanto a una caraffa d'acqua piena a metà.

« S-scusate. Devo aver sbagliato stanza, devo... Scusatemi tanto », balbettò Natalia, mentre dieci paia d'occhi la inchiodavano all'unisono. Fece un passo indietro.

Un militare piuttosto in là con gli anni, col petto ricoperto di decorazioni, fece ruotare la sedia per guardarla in volto. In quella cruda luce artificiale, i capelli bianchi avevano una sfumatura argentea, come pure la barba perfettamente curata, che lui si grattava pensoso mentre la scrutava con occhi azzurri e gelidi, come se Natalia fosse una rara specie d'insetto e fosse incerto se schiacciarla sotto un piede o lasciarla andare via. « Signorina, che cosa ci fa qui? »

« Perdonatemi, non volevo interrompervi. Stavo solo... Cercavo la signora Tudor, la direttrice dell'orfanotrofio. Mi dispiace. »

« Quale orfanotrofio? »

L'uomo seduto alla sua destra si schiarì la voce. « Sì, generale, dice il vero. Qui c'era un orfanotrofio, prima della guerra. Una parte dell'edificio è andata distrutta durante i bombardamenti. L'ala che ospitava il dormitorio e la cucina, per la precisione, oltre all'archivio e un paio di aule. »

« Quindi che cosa vuole? »

Natalia udì a stento la domanda del generale. *Che cosa è successo ai bambini? Dove sono? Dove sono le suore, la cuoca e le maestre?* Rimase immobile, mentre il terrore l'invadeva come acqua ghiacciata. « Ero una dei bambini che vivevano qui. »

Aveva parlato a voce così bassa che il generale si portò una mano a coppa all'orecchio. « Che cosa? »

« Prima della guerra, vivevo qui. Ero una degli orfani e sono rimasta qui per un po'. »

« Be', adesso questo posto appartiene al governo. Non sappiamo niente dell'orfanotrofio. E lei ha interrotto una riunione ufficiale. »

« Scusate. Non volevo disturbare. » E scappò via. Si voltò e corse più forte che poteva lungo il corridoio e attraverso il cortile nel quale aveva giocato. Corse senza voltarsi, senza preoccuparsi di richiudere il cancello alle proprie spalle, corse lungo la strada e ancora oltre, finché una fitta acuta al costato non la costrinse a fermarsi. Si appoggiò al muro, cercando di riprendere fiato, alzò gli occhi al cielo sempre più scuro e pensò ai bambini. I bambini.

Solo più tardi, ormai vicina alla fermata del tram, si asciugò gli occhi. Qualsiasi traccia rimanesse del suo passato, qualsiasi segreto avessero custodito quelle mura, erano finiti in cenere insieme con l'orfanotrofio. Il filo terminava lì, spezzato in modo irrimediabile. Prima di svoltare l'angolo, si girò a guardare un'ultima volta l'edificio che un tempo era stato casa sua. Lo osservò per qualche istante, cercando di stamparselo nella mente. Sapeva che non lo avrebbe mai più rivisto.

35

Tuffandosi con entusiasmo sul piatto di pollo arrosto, Natalia si rivolse a suo padre. « Qualcuno è passato a cercarti, oggi. »

La carne dorata e grassa le si sciolse in bocca, così tenera che le sfuggì un gemito. Nelle rare occasioni in cui sua madre riusciva a comprare un pollo fresco dal macellaio, la prima cena era sempre una festa. Nei giorni successivi ci sarebbero stati piatti messi insieme ad arte utilizzando ogni avanzo, per finire con un brodo ricavato dalla carcassa. Ma il primo pasto era una rara prelibatezza, e Natalia detestava affrontare argomenti sgradevoli in quei momenti.

« Ha lasciato detto chi fosse? »

« Ha detto che era un ispettore municipale, che stava facendo un censimento e voleva sapere quante persone vivevano in questa casa. Gli ho detto di tornare quando fossi stato a casa. »

Anton alzò lo sguardo dal piatto e a Natalia sembrò di vederlo impallidire. « Sai che non devi dire nulla sulla nostra famiglia. Non puoi... »

« Sì, papà, lo so. Gli ho chiesto di andarsene e ha detto che sarebbe ritornato in un altro momento. »

Scese il silenzio. Suo padre annuì appena e mangiò qualche altro boccone, prima di posare la forchetta. La sua espressione s'illuminò appena. « Oggi ho fatto una vendita di quelle che non mi capitavano da anni. È entrato un uomo e come se nulla fosse ha chiesto diecimila buste della migliore qualità. L'ho aiutato a portare fuori le scatole e a caricarle nel bagagliaio.»

Despina alzò la testa dal piatto, sgranando gli occhi. «Chi era?»

«Ha detto che lavorava per un ministero, ma non ho capito quale. Doveva essere un impiegato. Sembrava piuttosto interessato alle giacenze di magazzino. Ha detto che passerà il prossimo mese per un altro ordine, quindi ha pagato in contanti. In contanti, Despina. Non lo fa più nessuno.»

«Chissà.» Despina rifletté, portandosi il bicchiere alle labbra.

Natalia intuì a cosa stesse pensando. Significava un po' più di cibo, per un po', cibo *migliore,* magari un po' di frutta o di uova fresche. Significava che potevano aumentare di poco le razioni. Tutto sommato, era la notizia migliore che avessero da mesi.

Despina si alzò e raccolse allegra i piatti, nei quali non rimaneva una sola traccia di cibo, e le altre stoviglie. «Chiunque sia, non ha importanza. È fantastico. Non poteva succedere in un momento migliore. Questa settimana non sono riuscita a vendere nulla, al mercatino delle pulci. Sembra che le mogli dei nostri governanti si siano stancate dell'argenteria, persino se è a poco prezzo.»

«Despina, ti prego...»

«Sì, lo so. E lo sa anche lei. Viene a darmi una mano tutti i mercoledì, lo hai dimenticato?» Strizzò l'occhio a Natalia, che le rispose con un vago sorriso.

Era vero. C'erano settimane buone e settimane pessime, al *talcioc,* e l'ultima non era stata granché. Ma ci andavano comunque, ogni volta. Di solito portavano a casa qualche prezioso spicciolo e lei aveva smesso di detestare quel posto, come faceva all'inizio.

Un mese prima, quando c'erano state per la prima volta, sarebbe voluta sparire. Mentre seguiva sua madre in quel mare di donne che avevano disposto i loro oggetti più preziosi sui lenzuoli bianchi, in mezzo alla piazza vuota, aveva implorato Dio di farla svanire nel nulla, di tagliarla fuori dalla scena che le si svolgeva davanti, come un pittore che ricoprisse di vernice un pezzo della tela. Faceva caldo e avevano aspettato per un po' sotto un albero, dove avevano avuto la fortuna di trovare un posto. Sua madre indossava uno dei suoi abiti migliori, e Natalia si era sentita ancora più mortificata da quel particolare, dal modo in cui se ne stava lì, con la schiena dritta e i capelli sciolti, come una specie di sacerdotessa.

Una donna le si era avvicinata e aveva guardato il contenuto della loro valigia aperta. «Quello», aveva detto, con un forte accento russo, puntando un'unghia laccata di rosso verso una delle stole di Despina, che si era chinata per prenderla.

La faceva ridere, ormai, ripensare a quell'assurdo moto di orgoglio, alla rabbia che l'aveva invasa quando la donna aveva fatto scorrere le dita sulla pelliccia, avanti e indietro, rivoltando la stola per tastare la fodera in seta, senza nemmeno guardare sua madre negli occhi, mentre le tendeva le banconote. Si rendeva conto che la cosa davvero importante, l'unica che contasse, era che loro *avessero* qualcosa da vendere. C'erano ancora le pellicce di Despina, le borse in pelle di serpente, i cappelli ordinati a Vienna e a Parigi. Avevano l'argenteria e le porcellane. E, anche se da tutte quelle cose messe insieme non ricavavano che un briciolo del valore effettivo, sarebbero bastate a procurarsi da mangiare per qualche altro anno.

Eppure non riusciva a smettere di fare l'inventario

mentale di quanto rimaneva, pensando alla prossima cosa che avrebbero venduto. Era più forte di lei.

L'indomani, di buon'ora, qualcuno bussò alla porta. Il rumore raggiunse Natalia nel sonno e sembrò arrivare da un posto lontanissimo. Continuò a sentirlo mentre si sollevava, confusa, e lanciava un'occhiata all'orologio. Erano appena passate le sette. Chi poteva presentarsi a quell'ora, di domenica? Si chiese da quanto stavano bussando; non sembrava che nessuno avesse intenzione di andare ad aprire. Si alzò dal letto e scese in punta di piedi. Il pavimento dell'ingresso era freddo come ghiaccio sotto i piedi nudi, mentre si avvicinava alla porta e sbirciava dallo spioncino.

Era lo stesso uomo tozzo in abito elegante che era passato a chiedere di suo padre il giorno precedente. Si teneva a distanza e stringeva il cappello al petto, con fare educato, eppure c'era qualcosa d'invadente nel modo in cui scrutava la casa, osservava le lampade a muro in ferro, alzava lo sguardo come se fosse oltremodo interessato all'altezza del tetto e agli stucchi alle pareti.

Natalia fece un passo indietro e il coperchio dello spioncino si riabbassò con un tintinnio. Che guardasse pure. Che cosa voleva? Perché era lì a quell'ora? Se non sapeva che non era un orario opportuno per presentarsi a casa della gente, non sarebbe stata lei a spiegarglielo. In preda all'irritazione, risalì le scale. Era quasi arrivata in cima quando quasi andò a sbattere contro suo padre.

« Talia, chi è? » Anton si lisciò i capelli sale e pepe. Se c'era qualcosa che tradiva la sua età era proprio il fatto che la chioma, un tempo corvina, fosse ormai punteggiata di fili argentati. Oltre alle spalle leggermente curve, come Talia aveva notato solo di recente.

«Oh, ecco... Nessuno, in realtà. Nessuno d'importante, credo...»

Ma suo padre stava già scendendo le scale, con la vestaglia granata che svolazzava alle sue spalle.

«Come, scusa?» Era incredula. Davvero doveva portare a quel tizio qualcosa da bere, dopo il modo in cui era piombato lì, posando il cappello sull'attaccapanni senza nemmeno essere stato invitato?

«Sì, un bicchiere d'acqua», le aveva chiesto suo padre sottovoce. Se non le spiaceva.

Sì, le spiaceva. Le spiaceva moltissimo, ma non poteva farci niente. Scese e, senza preoccuparsi di salutare quel tizio, andò dritta in cucina, dove riempì un bicchiere con l'acqua del rubinetto, quindi lo portò in salotto, posandolo sul tavolino da caffè con un tonfo più forte di quanto lei avesse voluto.

«Oh, grazie. Gentilissima.» L'uomo non alzò lo sguardo dal contenuto della valigetta che teneva aperta di fronte a sé. Inforcò un paio di occhiali sul naso a patata e si mise a frugare in una delle tasche bordate in seta. Estrasse una penna d'argento e un taccuino, sul quale cominciò a scrivere furiosamente, fermandosi a intervalli di pochi istanti per aggrottare la fronte e spingere gli occhiali più in alto. Quando ebbe finito, si alzò e, con carta e penna ancora in mano, girò attorno al divano, sfiorando con le dita tozze il rivestimento in velluto. Un attimo dopo era davanti alla credenza cinese e osservava gli oggetti all'interno, inclinando il capo da un lato e dall'altro, senza mai smettere di scribacchiare sul taccuino.

Natalia non riuscì a trattenersi oltre: «Mi scusi, posso

aiutarla in qualche modo? C'è qualcosa che la incuriosisce in maniera particolare? »

L'uomo non le rispose né la guardò. Solo le sue dita continuavano a muoversi, tracciando linee invisibili sulla superficie intagliata del mobile, sul caminetto in marmo bianco e grigio e sui libri rilegati in pelle sugli scaffali. D'un tratto si voltò verso di lei come se si fosse reso conto della sua presenza solo in quell'istante. « Tu suoni? O forse tua madre? Avete un pianoforte? » Prese uno spartito dalla credenza e iniziò a sfogliarlo.

Qualcosa le risalì in gola, amaro come caffè stantio. Abbassò lo sguardo sulle proprie mani, pregando che suo padre scendesse quanto prima e sbattesse fuori quel maleducato. Provava ribrezzo per la sua faccia tonda e sudata, per gli occhi spudorati che continuavano a vagare avidi sugli oggetti di sua madre, che appartenevano alla sua famiglia, come se fossero articoli di una svendita. « Ah, quello. Sì, c'è un pianoforte, di sopra. Ma nessuno lo suona da anni. In effetti fa solo arredamento. »

L'uomo la guardò con indifferenza, come se non l'avesse nemmeno sentita. Sul volto gli si aprì un ghigno volgare, scoprendo una corona di denti macchiati dal tabacco. « Il negozio di tuo padre è qui vicino? »

Era troppo. Natalia si voltò e uscì di corsa dalla stanza, schivando Anton, apparso sulla soglia con un paio di pantaloni kaki e camicia bianca. Gli lanciò uno sguardo che conteneva tutto il suo sdegno, ma che lui non vide, poiché guardava già altrove.

In cima alle scale, Natalia si accovacciò sull'ultimo gradino, sporgendosi per ascoltare la conversazione al piano di sotto. Suo padre non aveva chiuso la porta, e lei riuscì a sentire quasi ogni parola. Quel tizio stava facendo una serie infinita di domande riguardo alle proprietà che Anton possedeva prima della guerra, al negozio, ai cavalli che erano stati portati via e alle stalle, nazionalizzate due anni prima. Chiedeva quante camere da letto avessero, quanti bagni, se la stanza della cameriera era occupata. Che cosa c'era in soffitta?

Dopo un po' Natalia si alzò e corse in camera. Si lasciò cadere sul letto e accese la radio. Non poteva ascoltare un minuto di più quel tizio che interrogava suo padre mentre scriveva affannosamente sul taccuino, catalogando tutta la loro vita. Né poteva rimanere ad ascoltare il tono di Anton, così rassegnato e piatto, come se la battaglia fosse già stata persa.

36

Gennaio 1955

Si svegliò tremando nel cuore della notte e dovette sforzarsi di fare respiri lunghi e profondi, lenti e regolari, inspirando ed espirando, per sciogliere il nodo di terrore che le stringeva la bocca dello stomaco. Aveva sognato una riunione di famiglia, con le cugine e le zie, tutti stretti al tavolo ovale della sala da pranzo. Il sole filtrava allegro attraverso le tende in pizzo, e le schegge di luce si riflettevano sui calici in cristallo e sulle posate in argento disposte alla perfezione. Da una delle terrine di porcellana di sua madre saliva il profumo di agnello arrosto, ricoperto dai suoi densi intingoli. Al capo opposto della tavola, eleganti pasticcini non più grandi del suo pollice le facevano venire l'acquolina in bocca. C'era la limonata fresca, che sua madre aveva preparato coi limoni del giardino, e bottiglie di vino appena stappate con le etichette in alluminio che scintillavano nella luce del pomeriggio. Di fronte a lei, suo padre rideva. *Che cosa c'è di così divertente, papà?* gli chiedeva, ridendo a propria volta, quando si era svegliata all'improvviso. L'ultima cosa che ricordava del sogno erano gli occhi di suo padre, che brillavano e danzavano come quando lei era piccola.

Ogni notte sognava la sua vecchia vita. Nebulosi ricordi frammentati la tormentavano senza tregua, togliendole la pace. Non voleva affatto ricordare. Non voleva rammentare la casa della sua infanzia, la veranda col profumo di lillà, il ronzio del traffico, le finestre enormi della sua stanza e la vista sui platani. Il pianoforte, soprattutto. Detestava la nostalgia che la invadeva a quel pensiero, il rammarico inutile, il dolore. Avrebbe dato qualunque cosa pur di cancellare quei ricordi, per ridurli in cenere. Se non altro poteva vivere nel presente che aveva creato con le sue stesse mani. Non era forse stata lei a far entrare quell'uomo in casa loro? Non era sua la colpa di quello che era successo in seguito? Chiuse gli occhi, sperando di fermare la stanza che le vorticava attorno. Non avrebbe mai dimenticato lo sguardo di sua madre, quel giorno, quando l'ispettore aveva fatto ritorno con una coppia di poliziotti e i documenti che li buttavano in strada. Come avrebbe potuto cancellare la sua espressione incredula, la preghiera silenziosa che tutto fosse solo un incubo? O suo padre, lo sguardo perso nel vuoto, silenzioso e immobile, come se qualcuno avesse spento un interruttore?

« Vi trasferiamo in una casa comune dalla parte opposta della città. Molto graziosa, in effetti. Avete due ore per prendere le vostre cose. » Che cosa c'era nel sorriso dell'ispettore? Senso di colpa? Soddisfazione? Qualunque cosa fosse, l'aveva vista soltanto lei. Suo padre se n'era già andato. Era rimasto curvo e silenzioso, fermo in fondo alle scale, mentre sua madre urlava.

Natalia si voltò verso il muro. Le palpebre pesavano troppo per tenerle sollevate, la testa era troppo greve per staccarla dal cuscino, il cuore troppo afflitto per affrontare un altro giorno. Stava per riaddormentarsi, quando fu riscossa da un colpo dal lato opposto della parete del tinello, appena sopra il divano che era anche il suo letto. Ne sentì un altro. Una porta sbatté così forte da far tremare i vetri. Sentì la voce di un uomo, cupa e rabbiosa, quindi una donna che implorava tra i singhiozzi: « Ti prego, Dima, ti prego, Dima, ti prego, Dima, basta! »

Natalia si coprì la testa col cuscino per soffocare il chiasso. I passi pesanti risuonarono lungo il corridoio, sempre più vicini, e proseguirono verso l'ingresso. Un attimo dopo, la porta principale si richiuse sbattendo, quindi calò il silenzio. Sarebbe durato finché Dima non fosse tornato dal *tabac*, dov'era andato a comprare un'altra bottiglia di gin. Natalia si augurò di essersi riaddormentata, quando fosse rientrato.

Qualche tempo dopo, qualcuno bussò alla porta, svegliandola. Lei lanciò un'occhiata al pendolo e si rese conto che era mattina. Ancora intontita, buttò le gambe giù dal divano e si avvicinò alla porta che separava le loro due stanze comunicanti dal resto dell'appartamento. Davanti a lei, una donna con una vestaglia di flanella lunga fino al pavimento la guardava con sospetto, reggendosi su un paio di stampelle. Un livido scuro le copriva metà del volto, e i capelli erano ancora fissati ai bigodini.

« Buongiorno, mi chiamo Ioana », si presentò, senza sorriderle né tenderle la mano. « Io e mio marito stiamo nelle stanze qui accanto. Volevo solo essere sicura che conosceste i turni. Sono esposti sulle porte. »

« Sì, lo so. »

La donna fissò Natalia con sguardo ostinato. « Be', non vi siete fatti vedere molto, quindi volevo chiarire che non ci sono eccezioni. Per nessuno. Se perdete il vostro turno, non potete più usare il bagno, né la cucina. »

« Va bene. Grazie per averci informato », ribatté Natalia, in tono piatto.

Come lei e i suoi genitori, la coppia delle stanze accanto era arrivata da poco. Natalia aveva sentito da sua madre che erano giunti solo poche settimane prima e, dal momento che l'uomo era un giornalista del Partito, si erano assicurati la più grande delle sei stanze da letto, quella vicina alla cucina e al bagno. Le due che rimanevano erano occupate da una giovane infermiera che faceva il turno di notte e non usciva mai durante il giorno, e da una donna sulla quarantina abbondante, un'operaia della raffineria di petrolio che passava il tempo libero a scaldare gli animi della folla alle manifestazioni filogovernative.

Natalia non era riuscita a scoprire altro, nei pochi giorni da quando si erano trasferiti. Ed era molto più di quanto avrebbe voluto sapere. Era costretta a vivere sotto lo stesso tetto di quelle persone, un uomo che picchiava la moglie ogni notte e una spia del Partito che la guardava con odio quando s'incrociavano nelle zone comuni, e che probabilmente si augurava che Natalia e i suoi fossero caricati su un treno diretto ai campi di lavoro. Come avrebbe potuto respirare, muoversi, mangiare, dormire, *esistere* in mezzo a quella gente? E per quanto tempo? All'improvviso, la vita che aveva davanti le sembrò troppo lunga. Si rannicchiò, abbracciò il cuscino e chiuse gli occhi.

Era tardo pomeriggio, quando li riaprì. C'era uno strano silenzio, tolto il debole suono della radio nella stanza accanto: doveva essere suo padre che girava la manopola da una parte e dall'altra, cercando le frequenze di Radio Free Europe. Nella penombra, riuscì a scorgere sua madre che sistemava ciò che restava dell'argenteria in una vetrinetta cinese col vetro frontale rotto, sfilando una stoviglia alla volta dall'unico baule che avevano potuto portare con sé.

Suo padre le si avvicinò e cercò di parlare a voce bassa. « Pare che sia solo questione di tempo prima che l'Occidente intervenga. Queste atrocità non dureranno a lungo.

Sai come chiamano il confine che ci separa dal resto dell'Europa? La cortina di ferro, Despina. La cortina di ferro. Presto verranno a salvarci, vedrai.»

Ma nessuno dei due ci credeva davvero. Anton tornò in camera e spense la luce.

Quanto tempo passò, in quello stato? Non avrebbe saputo dirlo. Giorni, come minimo, stando a quanto ripeteva di continuo sua madre. Ogni mattina Despina le posava sulla fronte la mano gelida e le diceva: «Su, Talia, devi mangiare qualcosa». E così lei capiva che erano passate altre ventiquattr'ore. Come poteva spiegare che non voleva più riaprire gli occhi, né mangiare, lavarsi o alzarsi? Era fuori discussione, ovviamente. Secondo loro, doveva trovare un modo. Doveva reagire.

Lo fece solo quando Despina minacciò di versarle addosso dell'acqua gelida. Si alzò controvoglia. L'ultima cosa che voleva era far arrabbiare o preoccupare sua madre. Mise i piedi nelle pantofole, senza nemmeno infilarsi una vestaglia sulla camicia da notte, e seguì Despina nell'area comune, dove l'aspettavano un piatto di pane tostato e una tazza di tè, disposti in ordine sul tavolo di legno ricoperto da una tovaglia di plastica. Ne addentò un pezzo e, masticando fiacca, lasciò vagare lo sguardo attorno a sé.

Quel posto non era terribile come le era sembrato all'inizio. Un tempo doveva essere stato un appartamento elegante, in classico stile edoardiano, con portefinestre in vetro smussato, infissi costosi e un parquet dal motivo composito. Tuttavia dopo anni d'incuria i davanzali erano scrostati, i muri neri di fuliggine e gli splendidi motivi del pavimento cancellati da strati di sporco. Non aiutava il fatto che il salotto fosse stato sezionato e frazionato in settori, assegnati ciascuno a una delle famiglie, che difendeva il proprio spazio con divisori in legno e tappeti appesi ai fili della biancheria. Ciononostante, c'era qualcosa, in quella casa devastata, che la toccava nel profondo. Le sembrava un invalido, uno storpio bisognoso di essere accolto, di ricevere un abbraccio e che, come lei, si sforzava di resistere, di mantenere qualcosa dell'antico splendore.

Dopo colazione, Natalia aiutò sua madre a riportare i piatti in cucina, in fondo a un corridoio male illuminato.

Stavano ancora sciacquando le tazze, mettendole ad asciugare sulla credenza, quando la donna da cui Natalia era terrorizzata piombò nella stanza, spalancando la porta a vento. Senza salutare, rimase impalata, con un grembiule unto stretto su un abito vistoso, a indicare il foglio appeso al di sopra della stufa. « Il vostro turno è finito. Non avete letto la tabella? »

Despina non alzò lo sguardo dai piatti che continuava a strofinare con decisione. « Sì, stiamo finendo. »

La donna sgranò gli occhi e il volto già paonazzo assunse una sfumatura di rosso ancora più intensa. « Compagna, che non si ripeta! Devo partecipare alle dimostrazioni ogni sabato, mi segui? Ogni sabato pomeriggio, e non posso arrivare un solo minuto in ritardo! »

Natalia e la madre avvolsero i piatti tra gli strofinacci, più in fretta che potevano, e corsero fuori senza dire una parola.

La voce della donna le inseguì sino in fondo al corridoio. « Era ora! Chi diavolo credete di essere? I vostri giorni sono finiti, cari signori! Finiti! Vi ritroverete a lucidarmi gli stivali all'ingresso! »

Non appena furono tornate nelle loro stanze, sua madre chiuse le finestre e tirò le tende. Poi si voltò verso Anton, che sfogliava rumorosamente le pagine del giornale, cercando notizie che non c'erano. «Non rivolgere la parola a quella donna. Per nessun motivo. Non deve nemmeno sentirti sussurrare. Vuole farci finire nei guai.»

«Lasciami in pace, Despina! Qua dentro posso dire quello che voglio. Quella baldracca di una comunista può andare all'inferno!»

Lei lo guardò allibita, entrò in camera da letto e accese la radio, alzando il volume al massimo.

Passarono settimane in quel modo. Riuscirono a scuotersi da uno stato di paralisi e di torpore mentale e, quando infine ripresero una routine, Natalia si era ormai abituata a svolgere i propri compiti quotidiani a intervalli di tempo prestabiliti. Aveva imparato a lavarsi con l'acqua appena tiepida, sfruttando al massimo i dieci minuti del turno, a sparecchiare e a lavare i piatti prima che gli altri inquilini piombassero in cucina con pentole e padelle, col loro maiale grasso e con le carote avvizzite, a cucinare sulla stufa che solo sua madre si preoccupava di pulire. Aveva imparato a parlare sottovoce, a nascondersi dietro una maschera di totale indifferenza, a scrollare le spalle quando le gridavano un insulto. Ma soprattutto aveva imparato a convincere sua madre di non avere fame, di non averne mai, perché i loro risparmi si stavano esaurendo velocemente.

Suo padre si era messo a cercare lavoro il giorno stesso in cui era stato costretto a cedere il negozio, oltre alla casa che aveva costruito con le sue stesse mani. Aveva chiesto ovunque, ma nessuno sembrava disposto ad assumerlo. Si era proposto come commesso, cameriere e tassista, persino come venditore di pretzel su un carretto ambulante all'angolo della strada. « Sono ancora giovane, posso svolgere qualunque compito », diceva ai negozianti, ai gestori dei ristoranti e ai responsabili dei negozi.

« Ha i documenti di lavoro? Ha la tessera del Partito? » gli chiedevano ogni volta.

« No. Mi hanno revocato il permesso di lavoro, ma sono disposto a fare qualunque cosa. Non avete che da chiedere. Mettetemi alla prova. Gestivo una catena di negozi, una volta. Potrei essere un'ottima risorsa. Lasciatemi provare. Mi pagherete quanto potrete. »

Lo scambio finiva sempre nello stesso modo: « Non vale il rischio, mi dispiace. Mi metterei in guai grossi, se la prendessi a lavorare qui. Buona fortuna. Spero che trovi qualcos'altro. Qui non c'è possibilità ».

Ogni tanto trovava qualcosa, in effetti, lavoretti giornalieri che nessun altro voleva fare, coi quali si pagava il pranzo e il viaggio di ritorno a casa, se era tanto. Vendette i biglietti della lotteria al chiosco accanto allo stadio, spazzò i marciapiedi, aiutò a scaricare le merci dei pochi ristoranti ancora in attività. Gli unici a dargli qualcosa da fare erano gli amici della vecchia vita, che lo conoscevano da anni.

Eppure quegli incarichi erano comunque una benedizione. Quando riusciva a tornare a casa con qualche soldo in tasca, Despina prendeva le banconote e le contava con attenzione, quindi correva al mercato a comprare un po' di verdura e qualche uovo fresco, prima che finissero, e faceva del suo meglio per mettere insieme un pasto che rinfrancasse le scarse energie del marito, risollevandogli l'animo devastato. Se la madre di Natalia aveva in testa un obiettivo, era quello di mantenere a tutti i costi un minimo di normalità domestica, sebbene nulla della loro nuova vita fosse normale. Ma era disposta a lottare fino all'ultimo respiro, pur di riuscirci. Avrebbe combattuto come aveva fatto quel giorno, durante la guerra, quando avevano viaggiato al buio, su un treno carico di soldati feriti, guardando avanti, verso qualunque cosa fosse ancora possibile.

Per il cinquantottesimo compleanno di Anton, Despina riuscì a preparargli la sua torta preferita, sebbene nessuno a Bucarest vedesse frutta fresca da ormai più di cinque anni.

« Ho un'idea. Vieni con me », sussurrò a Natalia, quel pomeriggio d'inizio giugno. Le porse la borsa di paglia, prese le chiavi e si diresse alla porta.

« Andiamo al mercato? » Natalia era perplessa. Sapeva che il loro budget settimanale era esaurito da qualche giorno.

« Non esattamente. Andiamo a fare una passeggiata. Un giretto per il quartiere. Solo io e te. »

Natalia la guardò con sospetto, ma la seguì. In effetti era uno splendido giorno d'estate e non le spiaceva camminare, anche se sua madre non sembrava molto loquace. La precedeva di qualche passo e, giunta all'angolo, le fece segno di sbrigarsi. Un attimo dopo erano in un vicolo acciottolato, sul quale si allungavano le ombre di numerosi alberi.

« Eccoci. »

Natalia era ancora confusa. « Dove? »

« Guardati attorno, tesoro. » Tese un braccio verso il fondo del vicolo, e una luce maliziosa le brillò negli occhi.

A quel punto Natalia li vide. Rami di ciliegio carichi di

frutti si allungavano oltre i cancelli, lungo entrambi i marciapiedi. La via era disseminata di ciliegie cadute, e a lei sfuggì un gridolino di stupore. Guardò sua madre che cominciava a raccogliere i frutti a terra, si chinava e si allungava, muovendosi tutt'attorno, e metteva le ciliegie nella sacca di iuta come se fosse la cosa più naturale del mondo. « La tua borsa non si riempie da sola », scherzò a un certo punto, lanciandole un'occhiata.

Natalia rimaneva impalata, con la borsa vuota stretta al petto. Si riscosse all'istante, infilò un braccio sotto quello della madre e appoggiò la testa alla sua spalla. S'incamminarono insieme, assorte nei loro pensieri, superando le ombre che danzavano sui marciapiedi, e raggiunsero la strada opposta, dove molte altre ciliegie aspettavano solo di essere raccolte. Le abbracciava il sole di quel pomeriggio estivo, di un blu meraviglioso, il colore della speranza. Non era molto, ma bastò a farla sentire grata. Profondamente grata di avere ancora una famiglia che, di lì a qualche ora, avrebbe assaggiato un dolce delizioso.

PARTE TERZA

VICTOR

37

Agosto 1959

Natalia aveva promesso a Lidia che sarebbe arrivata al massimo alle sei, ma con gli autobus sempre in ritardo era sicura che non avrebbe fatto in tempo.

Sua cugina, la sua amica più cara, avrebbe tenuto una piccola festa di compleanno nel nuovo appartamento. Aveva invitato alcuni amici della Banca nazionale, dove lavorava da due anni, e voleva farglieli conoscere. « Ti prego, Talia, almeno per questa volta cerca di arrivare puntuale. Vedrai, ne varrà la pena. » Le aveva dato di gomito, mentre sedevano su una panchina a dividere un'aranciata, la domenica precedente.

All'inizio Natalia le aveva detto di avere altri impegni per quel giorno. Era impossibile. Ma Lidia aveva insistito tantissimo, sfoderando tutto il suo fascino ed enunciando tutte le ragioni per cui non poteva assolutamente perdersi quell'occasione, non poteva proprio. « Non ti sembra di essere un po' vecchia per non avere nemmeno un ammiratore? Hai ventidue anni, santo cielo! »

E così aveva accettato.

Per raggiungere la casa di Lidia ci volevano due autobus e quasi mezza giornata da quando la cugina si era trasferita in periferia, dove si allungavano chilometri di isolati costruiti dopo la guerra. Ogni volta che Natalia andava da lei faticava a trovare il suo appartamento e spesso si perdeva nel labirinto di sentieri che collegava quei giganti di cemento armato. A volte le sembrava d'impiegare più tempo per trovare la scala e la porta giuste che per arrivare fin lì.

Se non altro, Lidia aveva la fortuna di vivere da sola. Era padrona del proprio destino, si disse Natalia con una punta d'invidia, stretta fra gli altri passeggeri sull'autobus affollato. Forse, di lì a cinque anni, anche lei avrebbe avuto un posto tutto suo dove stare. Il magazzino dove lavorava le dava a malapena di che mantenere la sua famiglia, figurarsi un secondo appartamento, ma non era nella posizione di lamentarsi. Per fortuna, dopo aver svolto turni di dodici ore nella cooperativa agricola fuori Bucarest per quasi un anno, era riuscita a ottenere un trasferimento. Almeno non era più costretta a viaggiare su treni dall'aria irrespirabile, a perdere ore di sonno, a sopportare gli sguardi lascivi dei lavoranti che le si strofinavano addosso e ridevano del suo pudore. Non doveva stare con la schiena al sole mentre raccoglieva patate nei campi, né patire il freddo d'inverno, quando, al tramonto, si trascinava verso la stazione, senza nemmeno sentire le gambe.

No, il magazzino dove l'avevano trasferita era un sogno, in confronto. E anche il lavoro – pulire e selezionare pere, pesche e albicocche, e caricarle sui pianali dei camion che le portavano all'estero – era molto meno pesante di quanto immaginasse. Sebbene ricordasse a malapena il sapore di quella frutta matura, morbida e profumata, le piaceva toccarla.

I freni dell'autobus stridettero e, mentre le porte si aprivano per far salire una nuova ondata di pendolari sul veicolo già strapieno, Natalia si rese conto che stava per perdere la fermata. Stringendosi la borsa al petto, si fece largo verso l'uscita e si affrettò a scendere in piaţa

Romană, a pochi isolati dal vecchio negozio di suo padre. Attraversò bulevardul Magheru, diretta alla fermata del tram di collegamento. Prese posto sulla panca e aspettò, osservando i movimenti in fondo alla piazza: zingari che vendevano fiori, venditori di pretzel, mendicanti che facevano l'elemosina e passanti che camminavano veloci, la fronte corrugata e lo sguardo a terra. Il tram era in ritardo, come al solito, e mezz'ora più tardi Natalia decise d'incamminarsi.

Di tanto in tanto si lanciava un'occhiata alle spalle, per controllare se il tram si avvicinava, ma poiché non sembrava in arrivo lei continuò a piedi, senza troppa fretta. Dopo qualche isolato, notò un caffè dalla parte opposta della strada, con gli ombrelloni rossi e bianchi. Alcuni clienti sedevano a chiacchierare ai tavolini in ferro battuto, godendosi il piacevole sole del tardo pomeriggio. I raggi delicati s'insinuavano attraverso gli spessi rami di una quercia al centro dello spazio, proiettando una danza di ombre e luci sulle tovaglie a quadri. Che fortuna, poter stare in un posto come quello, a gustare una coppa di gelato o una birra fresca in una giornata afosa.

Non è cosa per la gente come noi. Quei tavolini erano riservati a una clientela scelta, funzionari e capi di Partito o impiegati del governo. Natalia sospirò, lasciando indugiare lo sguardo sugli avventori. D'un tratto, accanto alla fontana nell'angolo più lontano, una donna catturò la sua attenzione. Notò subito i capelli biondi e ondulati, così lunghi che coprivano lo schienale della sedia. Quando lei si mosse, le onde dorate catturarono la luce del sole, ricadendole sulle spalle nude.

Natalia era incantata. Nessuno portava più i capelli in quel modo, nessuno che avesse visto negli ultimi anni, se non altro. La donna rovesciò indietro la testa e rise per qualcosa che aveva detto il suo compagno. Un attimo dopo, consapevole degli sguardi curiosi degli altri clienti, si portò una mano alla bocca. Cercando di soffocare le risate, si chinò sul tavolo, e la massa di capelli biondi le ricadde sul viso. L'uomo che le sedeva di fronte rise a propria volta, mentre spegneva la sigaretta nel posacenere. Si alzò ed estrasse alcune banconote dalla tasca, le contò e le infilò sotto il posacenere, poi si chinò verso la donna e, mettendole una ciocca dorata dietro l'orecchio, la baciò su una guancia.

Natalia non avrebbe saputo spiegare il motivo per cui quel gesto la colpì tanto, se per la tenerezza che esprimeva o per il sorriso con cui lei rispose, come se tra loro ci fosse un segreto. Ma in quell'istante capì ciò che il suo cuore già sapeva: quell'uomo era Victor.

Rimase a osservarlo mentre si avvicinava a falcate ampie e decise alla porta del caffè. Si fermò a dire qualcosa a un cameriere fermo lì accanto, con un vassoio in mano e un tovagliolo bianco sul braccio. L'uomo chinò appena la testa e sorrise, mentre Victor spariva all'interno.

A Natalia sembrò che il sangue l'avesse abbandonata. La borsa in cui aveva infilato il cambio di vestiti per la festa le sembrava pesantissima, e la lasciò cadere a terra. Si appoggiò al muro, e guardò la donna bionda che estraeva uno specchietto dalla borsetta e si ritoccava il rossetto, rivolgendo al sole il viso a forma di cuore. Natalia sentì lo stomaco annodarsi. Doveva andarsene, subito. *Vattene, cammina, adesso!* Ma le gambe non le obbedivano.

Con uno sforzo enorme, si abbassò e raccolse la borsa, che si buttò su una spalla in modo inelegante, e s'incamminò incerta lungo il marciapiedi. Allungò il passo, la schiena curva, diretta ovunque tranne che alla fermata del tram. E poi lo sentì.

« Talia! Talia, fermati, per favore! »

Accelerò, con lo sguardo basso, concentrata sul movimento, un passo dopo l'altro. Per un attimo valutò se mettersi a correre, ma poi si rese conto che era assurdo. Lui l'avrebbe comunque raggiunta. Quando si fermò, voltandosi bruscamente, lui era così vicino che quasi si scontrarono.

Il tono di Victor era incredulo. « Talia, sei proprio tu. Perché scappi? »

Sollevò lo sguardo, fissandolo. Le sembrava che l'aria fosse immobile, e pensò che Victor si sarebbe accorto di quanto lei tremasse. Un lampo di rabbia lacerò la ragnatela di sbigottimento, imbarazzo e confusione. « Che cosa vuoi da me? Perché mi stai seguendo? »

Lui fece mezzo passo indietro, turbato dal suo tono gelido, ma non abbassò lo sguardo. « Sei proprio tu », ripeté, come se non riuscisse a crederlo. Fece un sorriso incerto e cercò d'incrociare il suo sguardo, che non era affatto amichevole.

« Perché mi stai seguendo? »

Sembrava che Victor stesse cercando di darsi un contegno, di trovare qualcosa da dire, una scusa per il fatto di esserle corso dietro per quasi due isolati. Era chiaro che la freddezza di Natalia lo aveva sorpreso. Be', non era più la ragazzina dolce e sottomessa che lui ricordava. E di sicuro lui non era più il giovane affascinante di un tempo.

I capelli neri e lisci erano striati di grigio sulle tempie, e sembrava dimagrito. Se lo ricordava più alto, sebbene ancora la sovrastasse. Nonostante i tacchi, Natalia non gli arrivava alle spalle. I lineamenti spigolosi, che un tempo la facevano pensare a un centurione romano, si erano ammorbiditi, ma gli occhi erano identici, a dispetto delle lievi rughe. Erano ancora acuti e profondi, come smeraldi grezzi. «Pensavo... Speravo che fossi tu. Non ti volevo spaventare.»

«Sì, be', sono io. Natalia, ti ricordi? E ti ricordi dei miei genitori? Di Anton? Una volta hai detto che per te era come un padre. Te lo ricordi, visto che sei sparito quando aveva più bisogno di te?»

Lui rimase a guardarla senza parole, sgomento, come se gli avesse tirato dell'acqua ghiacciata in viso.

«Certo, che differenza fa, per te? Perché dovrebbe interessarti che cosa ne è stato di noi da quando ti sei fatto vivo l'ultima volta, più o meno dieci anni fa?» Nel suo sguardo, Natalia scorse una traccia di tristezza, e qualcosa che non aveva mai notato prima: paura. Forse Victor temeva da sempre che arrivasse quel momento, l'istante esatto in cui avrebbe dovuto fare i conti col passato e chiedere perdono. Da lei non lo avrebbe avuto di certo. «Sì, mio padre... Mio padre non lavora quasi più da quand'è uscito di prigione. Lo sapevi? Da quando sei stato così gentile da fargli riavere la libertà. A che scopo? La libertà di perdere tutto, di essere messo da parte come se non avesse mai contato niente, di passare ogni giorno a chiedersi quando la sua vita smetterà di essere un inferno, mentre tu ceni nei ristoranti di lusso senza nemmeno una preoccupazione? Gli stessi ristoranti che non prendono mio padre nemmeno per lavare i piatti o pulire i pavimenti... Lo sapevi, Victor?» Era rimasta senza fiato e non riuscì a continuare. Le lacrime le stringevano un nodo in gola e deglutì per ricacciarle indietro. No, Victor non l'avrebbe mai vista piangere. Per un attimo pensò di essere stata troppo dura e che lui avrebbe reagito allo stesso modo.

Invece Victor rimase immobile, senza dire una parola.

Quel silenzio alimentò il fuoco della sua rabbia, spronandola a continuare: « Non credo. Non sai niente di me, non sai niente di nessuno di noi, ormai. Perché non torni dalla tua amica? Sono sicura che ti sta aspettando ».

All'improvviso lui le afferrò un braccio, con una tale foga che Natalia per poco non cadde. *Non mi toccare!* avrebbe voluto gridargli. Invece raddrizzò la schiena, preparandosi ad affrontarlo. Gli occhi fissarono quelli di lui, senza paura. La sua stretta era così forte che di sicuro le avrebbe lasciato il segno.

« Tu... Tu non immagini... Non puoi capire. Eri così giovane, e io... ho fatto quello che potevo. » La lasciò andare e si passò le mani tra i capelli, per poi lasciarsi cadere sul muretto di cemento alle sue spalle. « Non hai idea di quanto mi sia costato. »

« So quant'è costato a mio padre. »

Victor prese fiato e trattenne l'aria nei polmoni, facendo vagare lo sguardo.

Bene. Sperava di averlo ferito. Sperava che sentisse almeno un briciolo dell'angoscia che lei aveva provato mentre lui usciva dalla loro casa, sperando in un ultimo sguardo da parte sua, in un cenno di saluto. Quei momenti, quell'infatuazione adolescenziale, appartenevano a un'altra epoca. Quella ragazzina era morta da tempo, ormai, insieme con l'ultima immagine di lui che svoltava l'angolo.

D'un tratto si sentì stremata, come se tutta la sua forza si fosse riversata all'esterno, lasciandola come un guscio vuoto. Lentamente, si sedette sul muretto, accanto a lui. « Guarda che cosa ne è stato, di noi, Victor. Guarda cosa ci ha fatto il tuo amato Partito. » Sapeva che quelle parole bastavano a garantirle un viaggio senza ritorno per un gulag, se rivolte a un uomo nella posizione di Victor.

Ma non le importava che la denunciasse, che la Securitate la prelevasse seduta stante e la mettesse al muro con una benda sugli occhi. Aveva perso ogni potere sulla sua vita molto tempo prima.

« Natalia, che cosa sai di me? Che cosa ne sai di quello che ho visto e che sono stato costretto a fare, da quando ci siamo separati? » La voce gli s'incrinò.

Lei lo guardò come se lo vedesse per la prima volta, con le sopracciglia aggrottate, perplessa, afflitta, in attesa. Si toccò il braccio nello stesso punto in cui Victor l'aveva stretta fino a pochi istanti prima, come a marchiarla.

« Sono morto, Talia. L'uomo che conoscevi è morto tanto tempo fa. Quello che vedi è solo un fantasma. »

Avrebbe voluto chiedergli che cosa intendesse, avrebbe voluto che le spiegasse cosa gli era successo, ma non ne ebbe modo. Un rumore di tacchi sul cemento la interruppe. Quando alzò lo sguardo, vide la giovane donna del caffè che si avvicinava, i capelli che ondeggiavano. Si fermò davanti a loro e rivolse un sorriso incerto a Natalia, guardando perplessa dall'uno all'altra. « Victor? »

Natalia non poté non notare le elegantissime scarpe in pelle che indossava. Sua madre ne aveva un paio identico, un tempo. Ci fu un istante di imbarazzo interminabile, mentre Victor si rimetteva in piedi a fatica e si avvicinava alla donna. « Tesoro, lei è Natalia, una vecchia amica. Ero molto legato alla sua famiglia, tempo fa. Non ci vedevamo da anni. » Quindi si rivolse a Natalia, con evidente imbarazzo. « Natalia, lei è Katia, mia moglie. »

38

Quell'anno il clima era rimasto stabile e i colori non si erano dissolti nei toni dell'autunno, ma Natalia si era persa il passare delle stagioni, perché il tempo correva sopra di lei come una nuvola. Una sera, uscì dal magazzino più tardi del solito e rimase sbalordita vedendo che era già buio. Si strinse addosso il soprabito e s'incamminò a passi veloci. Era novembre, e a giudicare dal freddo sarebbe nevicato presto. All'angolo, si accodò ai passanti, osservando il fiato che si condensava in nuvole di vapore. Un attimo dopo si sentì chiamare.

« Talia! »

Si fermò, senza voltarsi. *Forse dovrei mettermi a correre. Sarebbe la cosa migliore da fare, se fossi furba.* Ma poi si girò lentamente, e una frazione di secondo più tardi lui le era accanto. Il bavero sollevato gli copriva gran parte del volto. Rimanevano scoperti solo gli occhi, vivaci e colmi d'inquietudine. Natalia guardò alle sue spalle, per controllare se fosse solo, ma non vide nessuno di sospetto. Nessun uomo in soprabito nascosto all'ombra dei palazzi, a parte alcuni civili seppelliti sotto montagne di vestiti, che li superarono di buon passo.

« Posso accompagnarti a casa? »

« No, grazie. Sto andando alla fermata dell'autobus. »

« Non vuoi un passaggio? Posso... »

« No, Victor. Non voglio che mi accompagni, né un passaggio in macchina. Qualunque cosa volessi dirmi, lo hai già fatto. »

Victor inclinò la testa e socchiuse gli occhi. « Hai paura di me? »

Quella domanda diretta la spiazzò. Pensava che non volesse parlargli perché era spaventata? Be', era pur sempre un uomo che incuteva timore. Se avesse avuto un minimo di buonsenso, ne sarebbe stata intimidita. « Victor, ti sono grata per quello che hai fatto per la mia famiglia. Mio padre ti amava come un figlio, per cui non sta a me giudicarti. Ma tu non mi conosci, non conosci più nessuno di noi. È passato troppo tempo. »

Un'asserzione sincera e definitiva, che non aveva bisogno di una risposta. Sperava che bastasse a farlo andare via. Perché non la lasciava in pace? Perché se ne stava lì, come se sperasse di sentirle dire qualcos'altro? Sapeva che era rimasto ad aspettarla altre volte. Aveva già visto la sua macchina, parcheggiata lungo il marciapiedi, lontano quanto bastava a confondersi nel traffico, ma solo negli ultimi due giorni si era avvicinato, uscendo allo scoperto. In ogni caso, non aveva nulla da dirgli. Che cosa c'era da dire, dopo tutto quel tempo? La mandava su tutte le furie ripensare a quando lo aveva visto ai tavolini di quel bar, mentre sorseggiava un whisky e rideva con quella donna. Sua moglie. « Non capisco che cosa vuoi, Victor. Riprendere da dove abbiamo interrotto? Vorresti passare per cena, come una volta? Temo che il nostro cibo non sarebbe di tuo gradimento, anche se mia madre riesce a fare miracoli con quattro patate e un po' di grasso di maiale. Non mangiamo pane fresco da settimane. E non ricordo quand'è stata l'ultima volta che ho toccato la carne. »

Sul viso di lui passò un'ombra che poteva essere pietà o rimorso. Natalia si chiese se fosse il perdono, quello che cercava. La vita che si era scelto, costruita su sofferenze, cadaveri e terrore, era una responsabilità soltanto sua. Non poteva fare finta di niente.

« Non devi più venire qui. È rischioso. Non è questo, il motivo per cui sei sparito dalla nostra vita, tanti anni fa? » Si fermò, deglutendo a fatica. « Lasciaci in pace, Victor, per favore. Girati e vattene. Qualunque cosa tu creda di sapere su di noi, o su di me, è sbagliata. »

« Non è vero. »

Ah, allora parlava ancora. Una voce roca, strozzata, che lei non riconosceva.

« Io ti conosco, Talia. Ti conosco da quand'eri una bambina. Ti ascoltavo incantato quando suonavi il pianoforte, non ricordi? Questa ragazza ha un dono, mi dicevo, diventerà una grande pianista. Chi altri lo sa? »

Fu come se le avesse dato uno schiaffo. Sì, il piano era stato la cosa più preziosa che avesse avuto, prima che quelli come Victor glielo portassero via, rubandole il suo talento e la pace che le regalava. « Sì, una volta suonavo divinamente. Prima che mi portassero via il pianoforte, insieme con tutto il resto. »

Lui sospirò e abbassò lo sguardo, come se fosse sul punto di piangere. Solo allora Natalia notò le ombre scure sotto gli occhi, le rughe attorno al sorriso sghembo, appena accennato. Gli anni avevano reso più maturo il suo volto, arricchendolo di un'aura nobile, ma al tempo stesso era come se l'orologio fosse tornato indietro. C'era qualcosa in lui che le ricordava il Victor di quand'era bambina, il Victor che ancora viveva sopra il negozio di suo padre. « E so molte altre cose. So quanto amavi gli orecchini coi rubini che tuo padre ti aveva regalato quando avevi sette anni, so che hai letto *Anna Karenina* almeno una decina di volte, so che non ti piacciono i peperoni ripieni anche se quelli che preparava tua madre erano deliziosi, che adoravi nasconderti sotto la scrivania di tuo padre, in negozio. So che il giorno che più amavi era la Vigilia di Natale, quando Anton portava te e i tuoi cuginetti a fare un giro in slitta in şoseaua Kiseleff. E so come mi hai guardato quel giorno, quando me ne sono andato, dopo che tuo padre era uscito di prigione. Avevi quattordici anni, Natalia, *quattordici*, e io ero un idealista giovane e senza speranza.»

Le lacrime le rigavano il viso, e Natalia si detestava perché non riusciva a frenarle, a controllare le proprie emozioni. Come faceva, Victor? Come poteva riportare tutto a galla con quella precisione impressionante? Aveva cercato in tutti i modi di dimenticare quella vita, di chiuderla a chiave in un posto in cui non l'avrebbe mai più disturbata. Non era stato facile, ma in qualche modo c'era riuscita. Aveva seppellito quei ricordi, finché lui non era tornato, senza nemmeno chiedere permesso, e aveva riportato ogni cosa alla luce. Finché, con le sole parole, non aveva resuscitato ciò che era morto da tempo.

Aprì la bocca, ma non riuscì a dire nulla. Rimase lì, scuotendo il capo, senza preoccuparsi di asciugare le lacrime, finché Victor non allungò una mano verso il suo viso, passandole il pollice sulle guance. Fu come una scossa elettrica. Qualcosa dentro di lei si sciolse, ammorbidendo la corazza attorno al suo povero cuore, che batteva impazzito. Contro la sua stessa volontà, chinò il viso contro la pelle morbida del guanto di lui, che la tirò piano verso di sé, cauto, finché la fronte di Natalia non fu contro il suo petto.

Lui la strinse più forte, tanto che lei riuscì a sentirgli il cuore battere sotto il cappotto, e le appoggiò il mento sulla testa. « Andiamo da qualche parte al caldo. »

Natalia non riuscì a rispondere, né a muoversi. *Voglio rimanere così per sempre, Victor. Voglio rimanere così, a sentire il tuo cuore crudele e spietato che batte.*

39

Era di nuovo lì il giorno successivo, appoggiato a una Volga color argento, una macchina sovietica di lusso, riservata ai diplomatici e agli ufficiali di grado più alto. Lei stava uscendo dal magazzino privo di finestre, chiacchierando con alcune colleghe, e cercò di fingersi indifferente, ma non riuscì a trattenersi e alzò una mano. Si fece sfuggire quel gesto istintivo prima di rendersi conto che poteva essere preso come un invito.

Un attimo dopo Victor era in fondo alle scale e la inchiodava con uno sguardo rovente, mentre lei scendeva gli ultimi gradini. Alle loro spalle, due ragazze si fermarono a guardarli senza nascondere la curiosità. Natalia le sentì mormorare qualcosa e ridacchiare, mentre Victor le si avvicinava, le sfilava il foulard e le accarezzava i capelli, incantato. Lei lo scostò, a disagio, e lui rise, un verso soffocato che la fece sentire una ragazzina ingenua. Un sorriso accentuò le rughe attorno agli occhi. « Ciao, Talia. »

« Ciao, Victor. »

Lui le sfilò lo zaino, senza nemmeno chiederglielo. Quella volta lei non si oppose, e s'incamminarono. Nonostante il freddo, Natalia si sentiva bruciare. Era di nuovo accanto a lui, senza una meta, con le foglie velate di ghiaccio che scricchiolavano sotto i piedi.

« Devo dirti una cosa. » Si erano fermati di fronte a un caffè poco illuminato, col tendalino consunto. Dentro, un paio di vecchi bevevano insieme, al bancone. Non c'erano altri clienti. « Ti va di mangiare? »

Natalia scosse la testa. L'ultima cosa di cui avesse voglia era il cibo: sentiva lo stomaco sottosopra, così come tutte le cellule del corpo.

« Allora beviamo qualcosa. » Non era una domanda. Senza aspettare la sua risposta, le aprì la porta e si scostò per farla passare.

Come al solito, la sicurezza ostentata da Victor, il modo in cui dava per scontato che lei avrebbe fatto tutto ciò che le avesse chiesto, come se fosse l'unica opzione possibile, la innervosirono.

La campanella sulla porta tintinnò debolmente, mentre un uomo di mezza età piuttosto corpulento con un grembiule bianco si precipitava ad accoglierli. « Victor Dimitrov, che piacere! »

« Buonasera, amico mio. Sono felice di trovare aperto. »

« Il suo tavolo è sempre pronto. Da questa parte, prego. » Le labbra dell'uomo rimasero tese in un sorriso congelato, che scopriva le gengive rosse e sporgenti. Mentre li accompagnava all'interno del locale, oltre il bancone e il gruppo di tavoli vuoti, Natalia colse la sua occhiata di apprezzamento e s'irrigidì, chiedendosi quante altre donne avessero percorso insieme con Victor quel tavolato di legno, che aveva un urgente bisogno di essere incerato.

L'uomo li accompagnò in fondo alla stanza, a un tavolo a lume di candela, al quale Natalia sedette rigida. Aveva insistito per scostare da sé la sedia, ma adesso che si era accomodata non sapeva dove mettere le mani. Gli uomini al bancone sembravano mezzi ubriachi ed erano assorti in una fitta conversazione, del tutto indifferenti alla loro presenza. Uno dei due si chinò sulla spalla dell'altro, per dirgli qualcosa o forse in cerca di un appoggio, ed entrambi risero di gusto.

Victor percepì il suo disagio. «Non ti preoccupare. Non porto nessuno, qui. Men che meno mia moglie.»

Già, sua moglie. Solo a udirla nominare si sentì mancare il respiro. C'erano cose che non voleva sapere. Non era pronta. Non avrebbe saputo spiegare che cosa la ferisse di più, se l'accenno alla moglie o alle presunte donne che non portava lì. Sua moglie lo sapeva, o ignorava quelle trasgressioni? Sentì crescere in gola un nodo di gelosia, mentre la immaginava a letto, accanto a lui, la pelle color avorio e le onde scintillanti dei capelli dorati sotto le dita di Victor. E immaginò le altre, quelle con cui divideva una parte di se stesso, a esclusione del cuore, che sorvegliava con cura.

Non sono nemmeno una di loro. Sono soltanto un lampo del suo passato, un ricordo della giovinezza ormai lontana. Si alzò lentamente, prendendo lo zaino.

«Natalia, dove vai?»

In piedi di fronte a lui, in preda alle vertigini, cercò di districare le parole. *Addio, Victor,* avrebbe voluto dire, se ci fosse riuscita. Invece rimase lì, paralizzata, stringendo i denti per trattenere le lacrime. «Victor, non so che cosa ci faccio, qui. Devo proprio andare. Devo tornare a casa.»

«No, non adesso.»

Prima che lei potesse fare un solo passo, lui si sporse e le prese un polso. Una stretta delicata, che implorava più che costringere, ma era stato così fulmineo che l'aveva comunque spaventata. Natalia prese di nuovo posto, mentre l'oste tornava con una brocca d'acqua e due bicchieri vuoti, che posò sul tavolo con fare cerimonioso.

«Due vodka. Della migliore che avete, per favore», chiese Victor, senza spostare gli occhi dal viso di Natalia.

Quando furono rimasti soli, si rivolse di nuovo a lei. «Talia, ho bisogno di parlarti. Voglio spiegarti...»

Lei chiuse gli occhi, per fargli capire che non voleva ascoltarlo, più che per nascondere l'angoscia. *Non dire niente, Victor. Non chiedere scusa, non giustificarti. Non sminuire quello che ho provato nel rivederti.* «Non ce n'è bisogno. È acqua passata, e vorrei che tu...»

«Sai chi è Ivan Vasilović?»

Certo che lo sapeva: un importante funzionario sovietico, uno dei primi militari del corpo diplomatico a trasferirsi al Palatul Regal dopo l'abdicazione di re Michele. In quei primi, caotici giorni quando il giovane monarca era stato privato della cittadinanza, oltre che delle sue proprietà, ed esiliato, Ivan Vasilović si era autoproclamato ministro degli Interni. Era responsabile dell'arresto e della deportazione di centinaia di persone, oltre ad aver fatto piazza pulita dei ministri del re dal giorno alla notte.

«Sì, lo so. So quante cose meravigliose ha fatto per il nostro Paese. È sui libri di storia. Almeno nelle edizioni emendate. Perché?»

«Katia è sua figlia.» Sfilò un pacchetto di sigarette e una bustina di cerini dal taschino. Mentre ne accendeva una, appoggiando un gomito sul tavolo, la sua espressione s'incupì, e per un attimo Natalia si rammaricò del proprio sarcasmo. «Sì, è davvero un grand'uomo, capace e devoto alla causa. Pieno di energia. Così tanto che, quando tornava nella sua casa su şoseaua Kiseleff, picchiava la moglie e la figlia sino a far perdere loro i sensi. Usava un palanchino, un attizzatoio, una bottiglia di whisky vuota, ma la maggior parte delle volte si serviva della fibbia d'acciaio della cintura. Ovviamente non sapevo nulla di tutto questo quando ho cominciato a lavorare per lui, al ministero. Ho conosciuto Katia qualche tempo dopo, una mattina che era passata a portare il portafogli del padre. Indossava uno scialle su un abito senza maniche, e quando mi ha passato il portafogli, al bancone d'ingresso, lo scialle le è scivolato. E ho visto i lividi.» Si rigirava la sigaretta tra le dita, inquieto, e guardò la punta incandescente prima di prendere un altro tiro.

L'oste tornò, posò sul tavolo i due bicchieri di vodka e tornò dietro il bancone.

«Ivan Vasilović non la perdeva di vista un attimo. La portava con sé ovunque andassimo, a Varsavia, a Sofia, a Leningrado, a casa loro. Li accompagnavo anch'io, insieme col resto della squadra. Occupavamo tutte le carrozze libere sui treni. Io e Katia abbiamo legato in fretta. Una sera, l'ho sentita piangere nel corridoio del vagone cuccette, accanto al mio scompartimento. Sono uscito e le ho offerto un po' della mia vodka.

«Mi ha parlato di un ragazzo. Uno studente di Medicina, figlio di un contadino, che suo padre, paradossalmente, non approvava. A quanto sembrava, aveva piani più ambiziosi, per lei. Peccato che quel ragazzo fosse il grande amore della sua vita, come mi ha confessato disperata. Non riusciva a immaginare un futuro senza di lui. Per la precisione, mi ha detto che si rifiutava di vivere lontano da quell'uomo, e qualcosa, nella determinazione con cui l'ha detto, mi ha dato i brividi. Un attimo dopo si è allungata verso la mia fiaschetta e ha preso un lungo sorso. 'Non ti preoccupare, è la vita', mi ha detto, prima di tornare nel suo scompartimento.

«Una settimana più tardi, sono passato da casa loro a lasciare alcuni documenti. Era tardi e quando mi ha aperto non l'ho riconosciuta. Il viso era una maschera di lividi, gli occhi gonfi, uno non si apriva nemmeno. 'Lo ha scoperto. Mi manda in collegio a Mosca', mi ha detto.

« 'Quando?' le ho chiesto. Ero sconvolto per il modo in cui l'aveva ridotta.

« 'Tra una settimana', ha risposto lei.

« Le ho preso una mano, e qualcosa mi ha spezzato il cuore. Ho guardato quel viso bellissimo e martoriato e le ho detto: 'Katia, domani vieni da me in ufficio. Ti voglio parlare di una cosa'.

« Tre giorni più tardi, sono tornato da loro con un mazzo di fiori, una scatola enorme di cioccolatini per sua madre e la migliore bottiglia di vodka che fossi riuscito a trovare per suo padre. Lui mi ha accolto con entusiasmo, sembrava felice di vedermi. 'Entra, ragazzo. Katia mi ha detto che saresti passato.'

« 'Sì, signore. C'è una questione molto importante di cui le vorrei parlare', ho risposto. » Victor si fermò, prese la vodka e mandò giù un lungo sorso. Aveva smesso di guardare Natalia, fissando invece la parete spoglia alle sue spalle. « Due mesi dopo eravamo sposati. Un matrimonio sontuoso, con cinquecento invitati. C'erano tutti i dignitari, i funzionari di governo e gli attaché, dal primo all'ultimo. Ti lascio immaginare. Abbiamo ballato nella sala dell'Atheneum, che suo padre aveva riservato per l'occasione. Ci siamo sorrisi e abbiamo tagliato insieme la prima fetta della torta a sette piani, mentre tutti esultavano e sollevavano i calici colmi dello champagne migliore, fatto arrivare dalla Francia. Quella sera, quando la macchina ci ha portati alla villa, il nostro regalo di nozze, lei si è cambiata il vestito mentre mi versavo da bere.

« Stavo fissando le fiamme nel caminetto di marmo quando si è avvicinata di spalle, silenziosa come un gatto. Si era messa un abito nero ed era bellissima. Mi ha abbracciato, appoggiando il mento sulla mia spalla. Siamo rimasti così per un po', e sapevo che stavamo pensando alla stessa cosa. Lei era libera, libera di amare il suo dottore, e io avevo davanti un futuro brillante. Avevamo entrambi ciò che volevamo. 'Ti voglio bene, Victor. Adesso vado, non aspettarmi alzato', mi ha mormorato all'orecchio. Mi ha dato un bacio su una guancia ed è uscita.

«Tra noi è così da cinque anni.»

Natalia lo guardò schiacciare il mozzicone nel posacenere e vuotare il calice con un solo sorso. Per qualche istante tacquero entrambi, il silenzio colmo di mille cose non dette. Victor si allungò sul tavolo e prese la mano di lei. Natalia cercò di scostarsi, ma la decisione con cui lui la stringeva glielo impedì. Lentamente, Victor le sollevò la mano, avvicinandosela al volto. Ed eccolo, il calore della sua pelle, l'umida morbidezza delle sue labbra sotto la barba corta.

«Guardami.»

Ma Natalia non poteva farlo. Temeva che le avrebbe letto negli occhi ciò che non era più in grado di nascondere, anche se lo sguardo di Victor stava già scalfendo la sua maschera. *Non riesco a fermarlo, non esistono barriere che lui non possa far saltare. È la mia anima, che vuole.* Quando infine sollevò gli occhi, lui le sorrise. Un sorriso d'intesa, pieno di speranza. E il mondo attorno a loro scomparve.

40

Nel bagno comune in fondo al corridoio, Natalia posò lo zaino nell'angolo e accese la luce. Mentre si lavava le mani sotto il getto dell'acqua gelida, osservò il proprio riflesso allo specchio annerito. Era rossa in viso, ma per il resto non notava grosse differenze, rispetto a quella stessa mattina. Invece era cambiato tutto, in poche ore. Non si era mai sentita più diversa, più *cambiata,* anche se nulla traspariva all'esterno. Erano gli stessi occhi verdi, leggermente inclinati agli angoli esterni, gli stessi lunghi capelli ramati, così folti che lavarli era diventato un problema. Lo stesso neo sbiadito sullo zigomo sinistro. Lo stesso viso, che in qualche modo era riuscito a sbocciare nonostante gli anni di povertà e la disperazione che le si avvinghiavano addosso come le dense nuvole nere di un temporale estivo.

Solo negli ultimi tempi si era resa conto di essere piuttosto carina. La sua non era una bellezza lampante e indiscutibile come quella di sua cugina Lidia, ma un fascino più discreto, che non intimoriva, tanto che i ragazzi le si avvicinavano, anziché fuggire a gambe levate e col volto paonazzo. Ma lo aveva capito chiaramente solo quando si era trovata faccia a faccia con Victor. Glielo aveva letto negli occhi.

Quand'è che sei diventata così bella, Talia? Lasciati guardare. Lascia che ti guardi...

No, non c'era nulla nel suo volto che tradiva il terremoto nel suo cuore.

Tornò in punta di piedi in camera, lasciando le scarpe fuori dalla porta. Senza accendere la luce, si avvicinò all'armadio, rovistò in cerca della camicia da notte e si cambiò al buio, attenta a non fare rumore. Si lasciò cadere sul rivestimento ricamato del divano, allargò le braccia più che poteva, come le ali di un uccello in volo, e alzò gli occhi verso il soffitto invisibile. Ci mise qualche istante a rendersi conto che stava sorridendo.

Sebbene fosse ormai sola coi suoi pensieri, non riusciva a calmare il battito del proprio cuore. Chi era lui? Chi era quel Victor che tornava all'improvviso, così come se n'era andato tanti anni prima? Non aveva importanza. Non voleva sapere niente della sua vita, le sue ambizioni, il dolore, i suoi amori, quello che aveva fatto. Non voleva pensare a tutto ciò che era successo negli anni che li separavano come un abisso insondabile.

Natalia, che cosa sai di me? le aveva chiesto il pomeriggio in cui l'aveva vista dai tavolini di quel caffè. *Che cosa ne sai di quello che ho visto?* Ne sapeva anche troppo. Aveva sentito cos'era capace di fare a sangue freddo la gente come lui. Di quanti arresti era responsabile? Di quante deportazioni nei campi di lavoro, o in Siberia? Il suo viso era stato l'ultima cosa che i prigionieri avevano visto, prima di finire faccia al muro?

Quel pensiero l'attraversò come una lama, facendola rabbrividire. Ma, anche se la sua mente si ritraeva, terrorizzata, il cuore galoppava in avanti, lasciandosi tutto il resto alle spalle. *Il cuore prende ciò che vuole, non sente ragioni.* Chissà dove l'aveva letto o sentito. Se era davvero così, sperava di poterselo strappare dal petto, farlo a pezzi e liberarsi di tutto il sangue intossicato da lui.

Non sarebbe servito, in ogni caso. Victor non avrebbe smesso di andare da lei, per quanti insulti gli avesse rivolto. Era un uomo che non si fermava davanti a nulla, che prendeva ciò che voleva e quando voleva, senza mai chiedere il permesso. *Be', non sono a sua disposizione. Non sono un capriccio, né un passatempo, una ragazzina che gli si vende in cambio della sua protezione.*

Eppure...

Qualche ora più tardi, mentre le prime luci del giorno s'infilavano attraverso la finestra, rifrangendosi in schegge sul tappeto logoro, Natalia non era ancora riuscita a prendere sonno. Sentiva che non sarebbe mai più riuscita a dormire, mentre centinaia d'immagini di Victor si riversavano dentro di lei in un mucchio confuso, facendola oscillare dall'euforia all'angoscia e viceversa in un solo secondo. Era troppo stanca per cercare di allontanarle, troppo stanca per tenerle a bada, così lasciò che la travolgessero come l'acqua di una diga crollata, trascinandola fino al mare, affogandola.

Victor. Victor tanti anni prima, Victor in strada, che la chiamava. I suoi occhi, la sua tristezza, i suoi passi dietro di lei. La sua sofferenza come in un libro aperto. Victor con una camicia consunta, che discuteva infervorato con suo padre al tavolo della sala da pranzo. Victor ancora giovane, col soprabito in pelle, alto, forte, bello da togliere il fiato. Le sue mani inguantate che le asciugavano le lacrime dal viso, mentre lui sussurrava: *Andiamo da qualche parte al caldo*. E più tardi, il suo viso che tremava fra le mani di lei, silenzioso, assorto. Il respiro di lui contro la sua guancia, a cancellare ogni cosa, il passato e il futuro, tutto, tranne quel momento.

Molto tempo prima, c'era stato uno splendido giorno d'estate, prima della guerra. Natalia sentiva ancora il profumo del prato appena falciato, i raggi del sole sulla sua pelle bianchissima, i fili d'erba che le solleticavano i piedi, nel giardino di sua madre. C'era anche lui, seduto accanto a suo padre al tavolino da picnic; stavano bevendo cognac dai bicchierini colmi. Anton gli aveva sussurrato qualcosa all'orecchio, qualcosa che doveva rimanere tra loro; Victor era scoppiato a ridere, rovesciando la testa all'indietro. Con la coda dell'occhio, Natalia lo aveva guardato timida; era solo una ragazzina, lui un uomo nel fiore degli anni. Riusciva ancora a sentire quella risata, forte e senza freni, che si riverberava tra i cespugli di rose di sua madre. E la sua voce, che la faceva sentire a casa.

41

« Ti devo parlare », disse Natalia.

« Certo, tesoro. Ti ascolto. » Victor le prese una mano e se la strinse al petto.

Amava quel gesto, era un po' come cercare di convincerla che il suo cuore le apparteneva, che batteva solo per lei.

Natalia si divincolò con dolcezza, posandosi le mani in grembo. Qualcuno passò davanti alla panchina sulla quale erano seduti, sotto un salice carico delle gemme argentate d'inizio primavera, in riva al lago Herăstrău. Natalia si scostò appena. Aveva bisogno di un minimo di distanza, per quello che doveva dire. « Riguarda mio padre. »

« Sì? »

Natalia abbassò lo sguardo sulle proprie mani, come se cercasse le parole più adatte. Lui riusciva sempre a intimorirla, anche quand'erano così vicini. « Non voglio che sappia di noi. Di *questo*. »

Victor inarcò le sopracciglia, in un'espressione sorpresa che lei non aveva mai visto su quel volto bellissimo, sempre così cauto nel tradire un'emozione.

Si schiarì la gola, a disagio. « Non è molto lucido, ultimamente. A dire il vero, da un po'. E non credo che gli farebbe bene rivederti, dopo tutto questo tempo. » Ecco, l'aveva detto. Il dado era tratto.

« Lo pensi davvero? » Victor sembrava ferito, come se non avesse mai preso in considerazione quell'ipotesi. Come se avesse dimenticato tutto quello che era successo da quando si erano allontanati.

«Si alza quasi sempre prima dell'alba. Mia madre ha rinunciato a cercare di farlo tornare a letto o anche solo a rimanere in casa. Quando gli chiediamo dove va, dice che ha delle commissioni da fare e che non può restarsene tutto il giorno seduto a girarsi i pollici.»

Victor la studiò da sotto le ciglia folte e scure, quindi rivolse lo sguardo sulle increspature della superficie del lago, strofinandosi il mento. Una lama di luce s'infilò attraverso i rami, gli ricadde sulla linea della mascella e sui capelli, incendiando alcuni fili argentati. Anche l'anello che aveva al dito brillò, facendosi beffe di lei. «Quali commissioni?»

«È proprio questo il punto, Victor. Solo l'altro giorno, mentre lo aiutavo a cercare le chiavi, mi ha augurato di passare una buona giornata a scuola. E sono anni che non entro in un'aula.»

«Ma dove va?»

Lei sospirò. Come poteva spiegargli che Anton spariva per ore intere, e che loro non avevano idea di dove andasse? Il mercoledì di quella settimana era rientrato molto dopo la mezzanotte, e sua madre era quasi impazzita dalla preoccupazione. Parlò con finta indifferenza, augurandosi di non aver peggiorato le cose. «Mah, forse non è nulla di grave. Probabilmente va a trovare qualche vecchio amico. Magari Stefan.»

Victor la scrutò di nuovo in quel modo tutto suo, come se cercasse di leggere tra le righe, quindi distolse lo sguardo. Qualcosa nella sua reazione, nel modo in cui si era irrigidito, la confortava. Forse ci teneva davvero, allora. Non aveva messo in conto che a Victor potesse mancare suo padre, dopo tutto quel tempo, che per lui Anton fosse molto più di un relitto sbiadito del passato.

«Pensi ancora a lui? E a mia madre?»

Sul volto di Victor passò un sorriso triste. «Certo che ci penso, Talia. Tengo molto a loro, a dispetto di quello che pensi. E nonostante le apparenze.»

Lei gli rivolse uno sguardo di sfida. Sapeva che non avrebbe dovuto, ma non riuscì a trattenersi. «Davvero?»

«Sì, davvero.»

Era riuscita ad accendere una scintilla dentro di lui. E la cosa le dava un briciolo di soddisfazione.

«Non ho intenzione di portare avanti questa conversazione. Sai cosa provo per la tua famiglia, e che farei qualunque cosa...»

Natalia scoppiò a ridere. Un impulso inaspettato, che sorprese lei stessa per prima. Non voleva metterlo in ridicolo, ma... sul serio era ancora convinto di tenere a loro? A quello che vedeva dalla giacca costosa e dai pantaloni di sartoria, sembrava che i suoi unici pensieri fossero per se stesso. Infine sbottò, senza preoccuparsi minimamente di come lui avrebbe potuto prenderla: «E che mi dici di te? Credi in quello che fai? Credi ancora nella causa? Ho visto cos'ha fatto alla mia famiglia, a mio padre. È un uomo distrutto. Gli hanno portato via il denaro, la casa e tutta l'energia che aveva. Ma soprattutto gli hanno tolto la dignità e la voglia di vivere».

Victor era rimasto impietrito. No, molto peggio. Sembrava che lei gli avesse affondato una spada nel cuore. Il volto era immobile, ma Natalia notò che gli tremava una mano, quando se la passò tra i capelli. Quella volta si era spinta troppo in là, ma forse una parte di lei voleva farlo.

Doveva andarsene. Allungò una mano verso la borsetta, ma la fibbia era rimasta aperta e il contenuto si rovesciò a terra, sparpagliandosi ai piedi della panchina. Si chinò, raccogliendo un oggetto alla volta. Le chiavi di casa, il rossetto, il flaconcino di profumo francese e il Bulova d'oro che Victor le aveva regalato da poco, per il suo compleanno. Doni che aveva accettato per educazione: non aveva avuto il coraggio di fargli notare che non se li sarebbe mai potuta mettere. Di sicuro non a casa, perché sua madre le avrebbe chiesto come li avesse avuti, ma nemmeno al lavoro, dal momento che si rischiava una coltellata in un vicolo buio per molto meno.

« E Despina? Come sta? »

Fu Natalia ad alzare lo sguardo sorpresa, quella volta. La borsetta era a terra, ancora aperta, del tutto insignificante, in quel momento. Si alzò un soffio di vento mentre lui si chinava accanto a lei, la prendeva per un braccio e la faceva di nuovo sedere sulla panchina, accanto a sé. Natalia rabbrividì. Lui si sfilò la giacca e gliela mise addosso. Gli rispose dopo qualche istante. « Non devi preoccuparti per lei. Mia madre continuerà a fare l'impossibile per prendersi cura di noi, mentre sorride agli sconosciuti con cui dividiamo l'appartamento, si stringe nelle spalle quando non c'è niente da mangiare e fa il bucato al lavatoio comune, alla luce di una candela. Raccoglie la frutta caduta dai marciapiedi e riesce a tirar fuori tre pasti da due uova e un po' di farina. Lei sta bene. »

Non aveva detto quelle cose per farlo stare meglio, eppure lui accennò un sorriso. Era divertito dalle condizioni in cui vivevano, per caso? Trovava un sollievo morboso nelle parole di Natalia? Lui viveva in una villa meravigliosa, con un camino in marmo, lucidi pavimenti di legno e un maggiordomo che spariva a uno schiocco di dita, per riapparire al tintinnare di una campanella... Si rese conto di quanto fosse crudele la vita: un giorno vivevi in una soffitta senza cibo né luce e l'indomani in una delle dimore più sontuose della città. C'era voluta una guerra, per ribaltare le cose, per scambiare la ricchezza di uno con la rovina di un altro.

Si alzò, buttandogli addosso la giacca.

« Talia, ti prego. Non volevo farti stare male. Non andartene. »

Ma lei si era già incamminata lungo il sentiero, un piede davanti all'altro, con uno sforzo immane.

Un attimo dopo, Victor la raggiunse e le cinse le spalle con le braccia, bloccandola, mormorandole tra i capelli: « Scusami. Lo so quant'è difficile ».

Averlo così vicino ebbe lo stesso effetto di sempre. La sua determinazione andava in pezzi mentre lei montava su tutte le furie. « Devo andare, Victor. Lasciami, ti prego. »

« No. » Quando la costrinse a girarsi, Natalia vide qualcosa, nei suoi occhi, una sorta di disperazione, di bisogno primitivo. Si chinò su di lei e le mise una ciocca dietro l'orecchio. « Talia, vorrei tanto poterlo fare. »

Che cosa stiamo facendo? Che cosa ci faccio, qui con te? Ma sentiva il calore della mano di lui sul proprio volto, le dita che premevano appena sulla sua pelle arrossata, mentre si chiudevano a coppa e la tiravano verso di lui. I loro sguardi s'incrociarono per un istante, prima che lui riabbassasse le mani e le sue labbra toccassero quelle di lei. Si sentì attraversare da un fuoco dannato, che la scosse catapultandola in un posto che non conosceva. Si sentì precipitare, scivolare lungo il cielo in milioni di schegge di luce. Lui l'abbracciò, le infilò le mani tra i capelli e cominciò a disfare la treccia. Le ciocche si sciolsero, avvolgendosi alle sue dita. Natalia si lasciò sfuggire un lamento e lui la lasciò andare, chinando la testa sull'incavo del collo di lei.

Rimasero così per un po', nel parco deserto, con la sola compagnia dei trilli dei passerotti e dello scricchiolio delle foglie. Natalia sentiva il respiro caldo e accelerato di lui sulla clavicola. Sentiva un bisogno imperioso di parlare. *Va tutto bene*. O qualcosa di completamente diverso. *Che ne sarà di noi?* era la domanda che lottava per uscire. *Come finirà, Victor? Verrà mai il giorno in cui potrò camminare per strada mano nella mano con te, in cui potrò sorriderti senza dovermi nascondere, in cui potrò appoggiare la testa sulla tua spalla senza temere che qualcuno mi veda?*

42

« Voglio portarti a fare un giro sul mar Nero. »

La tenda ondeggiava al vento di giugno, a ritmo col battito accelerato del suo cuore nel sentire quelle parole. La prima volta che aveva visto quella tenda, dritta come l'orizzonte, in contrasto coi muri bianchi, aveva avuto una vertigine per la gelosia. Ma c'erano state subito le labbra e le mani di lui, a cancellare la stanza e tutto quello che conteneva, oscurando persino il sole. Nei mesi trascorsi da quel giorno, aveva prestato sempre meno attenzione a quell'oasi dai toni pesca e lilla, ai pizzi delicati e alle sete trasparenti che la moglie di Victor aveva abbinato con estremo gusto. Come un ladro che scappava nella notte, aveva scelto di concentrarsi sul presente, su ciò che poteva avere, e su quello soltanto.

« Per qualche giorno. Voglio rimanere tutto il tempo in spiaggia, e magari andare a ballare la sera. Conosco un albergo fantastico a Costanza. È in un posto tranquillo, poco lontano dalla spiaggia. Anche il ristorante è meraviglioso, uno dei migliori della zona, per cui non avremo bisogno di spostarci. »

Natalia si stava mangiando le unghie e giocherellava con l'angolo a cordonetto di un cuscino di seta, senza quasi rendersene conto.

« Allora, che ne dici? » Victor la strinse tra le braccia e le rivolse uno dei sorrisi scherzosi e sghembi che ancora le facevano sentire le ginocchia molli come gelatina.

Non sapeva davvero che cosa dirgli. Sembrava una cosa fuori dal mondo, tre giorni interi da sola con lui, senza interruzioni. Tre giorni senza gli impegni di lavoro di Victor, i suoi viaggi, sua moglie. No, era impossibile. Che cos'avrebbe detto ai suoi? Come avrebbe giustificato l'assenza sul lavoro? « Non so, Victor. Non credo che sia il momento giusto. »

Lui sospirò e sfilò il braccio da sotto il corpo di lei, posandoselo sul petto scolpito. « Non riesci proprio a trovare il modo? »

« No. Che scusa potrei inventarmi? Lo sai com'è fatta mia madre. Potrei giustificare una serata, o persino una domenica intera con la scusa di andare da Lidia, ma... Tre giorni? Che cosa potrei dire? E al lavoro? »

Lui sospirò ancora e si sollevò, appoggiandosi alla testiera. Sul tavolino rotondo lì accanto, un orologio col quadrante in argento segnava il tempo col suo ticchettio.

« Non so cosa ti aspetti che ti dica. »

« Davvero, Natalia? Dopo tutto quello che abbiamo passato insieme, credo che potresti fare un piccolo sforzo. Tutto qui. » Scostò le coperte e andò in bagno, sbattendo la porta.

Un attimo dopo, lei sentì il getto della doccia. Da sotto la porta filtrava un nastro di vapore. Non riusciva a ricordare l'ultima volta in cui si era fatta una doccia calda. La maggior parte delle sere, era fortunata se rimaneva un po' d'acqua tiepida quando s'infilava nella vasca, dopo che tutti gli altri inquilini avevano avuto il loro turno.

Ma non era tanto quella mancanza di considerazione da parte di Victor a ferirla, quanto il fatto che non si era mai rivolto a lei con quel tono, prima. Dopo quel giorno al parco, non c'erano state altre accuse, né parole di rabbia. Era come se si fossero liberati da quanto nascondevano in fondo a sé, un tarlo che aveva roso l'anima di entrambi per quasi un decennio. L'amarezza che Natalia si era portata addosso per anni e il senso di colpa che opprimeva Victor, forse da molto più tempo, erano spariti come per magia. Ciò che era successo in seguito aveva superato i sogni più incredibili di Natalia, le sue fantasie sull'amore. Non c'era dubbio che si amassero, che lui l'amasse, sebbene non glielo avesse mai detto. A Natalia bastava saperlo per essere felice. Le bastava essergli vicino, sentire le sue labbra sulle proprie, respirare il profumo della sua pelle. E per un po' anche lui se l'era fatto bastare, a quanto pareva. Negli ultimi tempi, però, il suo bisogno di lei aveva assunto una sfumatura ossessiva, le richieste di tempo erano divenute quasi tiranniche, la passione travolgente. Quand'erano insieme, Victor pretendeva ogni suo respiro. Lei gli dava tutta se stessa, ma aveva iniziato a temere che per un uomo come lui non sarebbe mai stato abbastanza. Perché a un certo punto, non avrebbe saputo dire quando, le cose avevano cominciato a cambiare.

Da un paio di settimane Victor era piuttosto scontroso. Natalia non ricordava il momento preciso in cui era cominciata, né se era avvenuto a causa sua. Per due volte l'aveva interrotta mentre parlava e spesso era come se non l'ascoltasse nemmeno, mentre fumava senza sosta, con lo sguardo rivolto al soffitto.

Forse si era stancato, una possibilità che non aveva preso in considerazione prima. Be', ormai erano passati quasi otto mesi. Otto mesi trascorsi a fare l'impossibile per pochi momenti insieme. Forse era finita. Forse le giustificazioni continue e gli appuntamenti all'ultimo momento erano diventati troppo, per lui. Tutto troppo complicato. Ma soprattutto molto rischioso.

Sapeva fin dall'inizio quanto rischiasse Victor: non solo la carriera, ma la sua stessa vita sarebbe stata in pericolo se si fosse saputo della loro relazione, del suo legame con una come lei. La Securitate era nota per non avere pietà coi suoi, in particolare quelli come Victor, che erano nell'organizzazione da molto tempo e sapevano troppo sugli ingranaggi nascosti del potere. In quel mondo, in cui tutto era bianco oppure nero, senza nessuna sfumatura, lei sarebbe stata solo una pedina, uno strumento per ridurlo al silenzio. E la prospettiva la terrorizzava. Ogni giorno temeva che la corda che Victor intrecciava da anni con le sue stesse mani potesse finirgli attorno al collo come un cappio. Non era per quello che si guardava sempre alle spalle, quand'erano in giro, i sensi sempre all'erta, anche se sembrava concentrato solo su di lei?

Certo, nemmeno per lei era stato facile. Victor non aveva idea di quanto le pesasse uscire di nascosto per vederlo, incontrarlo al buio, a un angolo di strada, nei vicoli dove una ragazza perbene non sarebbe nemmeno dovuta andare. Lui non aveva idea di quanto le costasse in termini di dignità raggiungerlo nella casa di un amico che quel giorno era fuori città, o aspettare dietro l'angolo che sua moglie si allontanasse, per poter rubare qualche momento con lui.

Tra noi c'è solo amicizia. Io e Katia siamo ottimi amici. Eppure, nonostante le sue rassicurazioni, Victor mangiava con lei e viveva sotto il suo stesso tetto. Katia non doveva sgattaiolare come un ladro per poterlo vedere, per avere una parola d'affetto.

« Devo andare, Talia. » Era uscito dal bagno e indossava un accappatoio blu marino. Attraversò la stanza con aria preoccupata. Si avvicinò alla cassettiera e frugò nel portafogli, spalancò le ante dell'armadio e studiò l'infinita collezione di cravatte di seta. I capelli erano pettinati e lui profumava di sapone e di shampoo costosi, quelli che si potevano trovare solo nei negozi di articoli d'importazione. « Tra un'ora ho una riunione al ministero, e Katia dovrebbe tornare tra poco, anche se probabilmente ti offrirebbe un tè, se ti trovasse qui. »

Lo aveva detto per scherzare, forse per alleggerire la tensione, ma ottenne l'effetto opposto. Niente avrebbe potuto ferirla di più. Come poteva trovare divertente quella situazione, come se il fatto che lei fosse lì non contasse nulla? Lei non era come le altre donne, una distrazione qualunque. O forse sì? Il pensiero la colpì con violenza, senza che lei riuscisse a fermarlo. Insieme con le lacrime, ingoiò l'orgoglio, il dolore, l'amore e il disprezzo, la gelosia e il disgusto per se stessa. Parlò con tutta la calma di cui fu capace. « Sì. Adesso me ne vado. Ma prima laverò i bicchieri e vuoterò il posacenere. Cancellerò qualunque traccia della mia presenza, così tua moglie non saprà mai che sono stata qui. » Si alzò per raccogliere le calze e il vestito dalla sedia nell'angolo, dove li aveva gettati con noncuranza qualche ora prima. Nell'agitazione, rovesciò un bicchiere d'acqua, che andò in mille pezzi. Fu la goccia che fece traboccare il vaso, e Natalia scoppiò in lacrime.

Victor le si avvicinò, cingendole la vita con le braccia. « Perdonami, ti prego. Non dovrei essere così duro con te. Vorrei solo passare qualche giorno insieme, tutto qui. » Le accarezzò i capelli con dolcezza, scostandoli dietro le spalle di lei. « Non puoi proprio trovare un modo? Ci proveresti? Per me significherebbe molto, lo sai. »

Natalia si asciugò gli occhi. Lui le mise le mani attorno al volto in un gesto tenero, come se fosse una bambina. Era troppo, per lei. Aveva ventitré anni e nessuna esperienza. Come poteva dirgli di no? Come poteva negargli qualcosa? Gettò il buonsenso alle ortiche. « Sì. Sì, verrò al mare con te. »

Lui si chinò e la baciò con passione, tirandola a sé con prepotenza. Natalia rispose nello stesso modo, afferrandogli i capelli, con un'intensità che camuffava la disperazione. Per un attimo esitò, forse spaventata del suo stesso ardore. Lui la sollevò come se fosse leggera quanto una piuma, sorridendole malizioso, e la adagiò di nuovo sul letto.

Ancora una volta Natalia si abbandonò a lui, perdendosi nell'unica cosa semplice: la curva decisa della schiena di Victor sotto le sue dita, le labbra di lui sulla sua pelle che fremeva, bruciando come fuoco. Ripeté il suo nome all'infinito, come in un canto, ma non riuscì a soffocare la voce che, nella sua testa, si rifiutava di tacere, facendosi beffe di lei senza pietà.

Sì, Victor, m'inventerò una scusa. Mentirò ai miei genitori. Ingannerò le uniche persone al mondo che hanno bisogno di me, lo farò per te. Mentirò, ruberò, farò qualunque cosa pur di stare qualche giorno con te. Ho già mentito, e lo farò ancora, senza rimorsi né vergogna.

43

Mentire fu più semplice di quanto pensasse. Fu colpita dalla facilità con cui sedette di fronte ai suoi, nella sala comune dell'appartamento, raccontando loro del raduno al quale doveva prendere parte nel fine settimana. « È a Timişoara. Sono due giorni di treno, ma ci pagano vitto e alloggio. Ci vanno tutte le ragazze del magazzino. »

« Ah. E per cos'è, questo raduno? »

« Be', papà, è un incontro in sostegno del Partito. Ed è un'occasione per i giovani come me di ritrovarsi tutti insieme a supportare i nostri governanti. Ovviamente non posso rifiutarmi di andare. Si aspettano che ci vada, come capirai. » Ecco fatto. La menzogna perfetta. Spiattellata senza un'esitazione. Natalia masticò piano un altro boccone, gli occhi fissi sul piatto.

Immaginava che sua madre avrebbe sollevato mille obiezioni, indagando su dove avrebbe dormito, sulla sede della manifestazione, che avrebbe chiesto se c'era un numero di telefono per mettersi in contatto con lei. Non aveva preparato le risposte a tutte quelle domande, ma era partita benissimo. Tre giorni con Victor, da sola. Doveva pensare soltanto a quello.

Per fortuna, Despina si arrese in fretta. Al termine della cena, Anton disse che era stanco e preferiva andare a dormire, ma anziché puntare dritto in camera si avvicinò a Natalia e tese una mano verso di lei. Quando gliela strinse, lui la tirò a sé, facendola alzare, e l'abbracciò così forte da toglierle il fiato. « Ti voglio bene, tesoro, con tutta l'anima. »

« Lo so, papà, ti voglio bene anch'io. Buonanotte. »

Ma lui continuò a stringerla. Una reazione un po' esagerata, si disse lei; in fondo sarebbe stata via per pochi giorni, ma poi si rese conto che era la prima volta che si allontanava da casa dallo scoppio della guerra.

Natalia si scostò e fece il sorriso più sereno che le riuscì. « Papà, appena torno andiamo a guardare le corse all'ippodromo, che ne dici? Solo io e te, come facevamo sempre. »

Per tutta risposta, Anton le prese una mano e se la portò alle labbra, dove la tenne per qualche istante prima di lasciarla andare. « Come facevamo sempre, tesoro. » Si girò e andò in camera.

Più tardi, quella sera, mentre sua madre armeggiava con la manopola del piccolo televisore in bianco e nero, in cerca di un film, Natalia prese dall'armadio un paio di vestiti, i sandali e un cappello di paglia, ossia quasi tutto il suo guardaroba estivo. Da sotto il divano estrasse una piccola valigia e iniziò a riempirla. I suoi gesti si fecero sempre più lenti, sino a fermarsi. Stringendosi al petto una sottoveste color crema, si girò verso Despina. « Mamma, c'è una cosa che ti devo dire. Anche se non so bene come. »

Sua madre però non la stava ascoltando. Fissava lo schermo minuscolo, dove l'immagine di Rita Hayworth si era materializzata tra le linee verticali sullo schermo. Rovesciando una cascata di capelli, sorrise schiva alla telecamera, che mise a fuoco il suo volto meraviglioso, e Natalia annaspò, sconvolta. Davanti a lei c'era il volto di Despina da giovane, che la fissava. Quand'era piccola, sentiva spesso la gente fare commenti su quella straordinaria somiglianza, ma solo in quell'istante, quando spostò lo sguardo dall'attrice a sua madre per poi tornare allo schermo, si rese conto di quanto fosse invecchiata.

Anche Despina sembrava stranamente malinconica: lasciò ricadere la testa sullo schienale del divano, mentre la pioggia tamburellava sulla finestra. Natalia si rannicchiò sul divano, accanto a lei. Le immagini si susseguivano sullo schermo, rischiarando la stanza o immergendola nel buio. Un uomo in smoking fumava un sigaro, in piedi accanto a un camino. Rita Hayworth sedeva a un tavolino lì accanto, sorseggiando un calice di champagne. Si alzò e, prendendo una stola dallo schienale della sedia, si avvicinò a lui in un alone di luce, con una gonna in seta color crema, i diamanti che, brillando, illuminavano la sua pelle perfetta e le labbra sottolineate da un rossetto deciso. Poteva essere davvero sua madre da giovane, ancora spensierata, prima delle code per le razioni, delle notti al freddo e della mancanza di acqua calda.

Per un attimo, prima di assopirsi accanto a lei, Natalia osservò le linee ormai cadenti del viso, i capelli raccolti sulla nuca, striati d'argento, la linea fragile e curva delle spalle. Era ancora bellissima, ma per certi versi pareva una bambola di porcellana rotta, sul punto di spaccarsi in mille pezzi al più lieve soffio di vento. Quella fragilità che non aveva mai notato prima la colpì profondamente. Sua madre le era sempre sembrata immortale, una donna formidabile, il pilastro della famiglia, grazie alla quale erano rimasti uniti attraverso la guerra, la malattia, l'incertezza e la perdita. Natalia pensava che nulla avrebbe potuto scalfirla, ma all'improvviso si rese conto che era meglio tacerle di Victor e che, per quanto volesse che la verità venisse a galla, avrebbe dovuto tenere quel segreto per sé, almeno un altro po'. « Mamma, sei sicura che non ti dispiace se vado? » le domandò invece.

Sua madre si alzò e spense il televisore. Tornò a sedersi accanto a lei e le prese le mani.

Quando Natalia sollevò lo sguardo sui suoi occhi espressivi, fu sorpresa di vederli colmi di lacrime.

« Talia, l'unica cosa che mi sia mai importata è che tu sia felice. Lo sai, vero? »

« Sì, mamma, lo so. » Talia era confusa. Forse Despina sospettava che lei avesse mentito? Che per tutto quel tempo non fosse mai andata da sua cugina o dalle amiche del lavoro, e che non vedeva Lidia da Natale?

« Ti voglio bene, più di qualunque altra cosa al mondo. Sei la cosa più preziosa che io abbia. Lo sei sempre stata... »

« Lo so. Anch'io ti voglio bene. »

« Non dimenticarlo. Me lo prometti? Non dimenticare mai quanto sei importante per me. Hai reso la mia vita meravigliosa. »

Natalia sorrise, buttandosi tra le sue braccia. « Sono solo tre giorni. Ma mi mancherai. »

44

Era sveglia da ore. Le lancette dell'orologio a pendolo si muovevano troppo lentamente, un giro dopo l'altro, mentre il rumore degli ingranaggi arrugginiti l'avvicinava ai tre giorni con Victor. Attraverso la finestra s'intuiva una debole luce, ma era ancora troppo presto per alzarsi. La valigia di vimini era pronta dalla sera prima, accanto alla porta. Ci aveva infilato a caso le cose indispensabili, sebbene Victor l'avesse avvisata di portarsi qualche abito pesante, poiché al mare il tempo era imprevedibile.

In ogni caso, non aveva molto tra cui scegliere, e l'unica cosa che voleva a tutti i costi portare era un vestito di seta rossa, che scintillava liquido quando lei si muoveva. Era uno degli abiti smessi di Lidia, ma quando Natalia lo indossava sembrava più grande, oltre che splendida, un po' come le attrici del film della sera precedente. Con gli occhi fissi al soffitto, immaginò la reazione di Victor, il suo sguardo che indugiava su di lei prima di avvicinarsi lentamente e far scivolare le spalline sottili lungo le braccia, bruciandole la pelle con le dita. Ancora due ore, diceva il pendolo.

Erano passati pochi giorni dal loro ultimo incontro, ma non riusciva a pensare ad altro. Le aveva detto che era molto impegnato, che doveva occuparsi di alcune questioni di lavoro prima di partire. Ma non si era presentato all'uscita dal lavoro, né aveva cercato di contattarla. Non era da lui, non farsi sentire per così tanto tempo. Natalia cercò di ricordare le sue esatte parole nell'attimo in cui si erano separati.

Fatti trovare alla pasticceria dietro l'angolo di casa tua alle sette in punto. Se arriviamo a Costanza in tempo, potremo vedere il tramonto dal balcone della camera.

Doveva concentrarsi su quello. Nell'immediato, però, doveva escogitare un modo per uscire senza svegliare i suoi genitori. Sapeva che sua madre avrebbe insistito affinché lei facesse colazione prima del lungo viaggio in treno. Suo padre le avrebbe domandato ancora dove fosse diretta e lei non aveva la forza di mentire una seconda volta. No, era meglio andarsene prima che si alzassero.

Nella luce acerba di quell'alba tanto attesa, Natalia si alzò e andò in silenzio nel bagno in fondo al corridoio, chiudendo a chiave la porta. Non era il loro turno, ma sapeva che a quell'ora dormivano ancora tutti. Si lavò il viso e i denti il più in fretta possibile, si spazzolò i capelli una decina di volte e li raccolse con un fermaglio d'argento. La luce del giorno già illuminava la stanza quando ci tornò in punta di piedi, per cambiarsi e prendere la valigia. Si guardò attorno, controllando di aver lasciato tutto in ordine prima di uscire, col cuore che galoppava.

Scese le scale saltando due, tre gradini alla volta, superò la fila di cassette delle lettere in metallo, si catapultò oltre la porta d'ingresso e fu in strada. Non si era mai sentita così viva, carica di entusiasmo in ogni cellula. Corse sino in fondo all'isolato, ma, quando arrivò, si sentì raggelare. Non si vedeva anima viva, davanti alla pasticceria, tranne pochi piccioni impegnati a becchettare le briciole dal marciapiedi e che si allontanarono al suo arrivo. Nervosa, guardò l'orologio. Era in perfetto orario, come Victor si era raccomandato. Lasciò cadere la valigia a terra e si appoggiò al muro. Forse non era il posto giusto? Oppure aveva sbagliato l'ora? Ma era sicura che lui avesse parlato della pasticceria, alle sette precise.

Passarono altri venti minuti, senza che Victor si vedesse. A quel punto fu travolta da un pensiero orribile: e se aveva cambiato idea? Non voleva crederci, eppure, mentre i minuti scorrevano via, quell'ipotesi diventava l'unica risposta plausibile. Chiuse gli occhi, per non dover guardare le strade vuote, e si sedette a terra, sforzandosi di respirare e di ritrovare la calma, ma non riusciva a bloccare il vortice di pensieri che le mulinava nella mente. Per quanto ancora poteva rimanere lì? Cos'avrebbe detto ai suoi, se alla fine lui non si fosse presentato e lei fosse stata costretta a rientrare? Avrebbe confessato che li aveva ingannati per quasi un anno? Che era stata così sciocca da innamorarsi di un uomo vecchio quasi il doppio di lei, qualcuno che un tempo amavano e di cui si fidavano?

All'improvviso, quasi come in trance, sentì il rombo di un motore in fondo all'isolato, e vide la macchina di Victor. Si rialzò, avvicinandosi al cordolo del marciapiedi. Alla luce chiara del mattino, tutto le appariva squallido e irritante, ben lontano dai suoi sogni romantici.

Victor scese dalla macchina e si avvicinò per prenderle la valigia. « Ciao, Talia, scusa il ritardo. Mi aspetti da molto? »

« Un po'. Non molto. » Si obbligò a sorridere. Altre bugie, altre maschere. Non voleva fargli capire che, solo pochi istanti prima, era convinta che non l'avrebbe mai più rivisto.

« Ciao », ripeté lui. Aprendole la portiera del passeggero, le diede un veloce bacio sulle labbra.

Natalia ebbe un altro tuffo al cuore quando notò il suo aspetto trasandato. Erano giorni che non si rasava e aveva gli occhi assonnati, sottolineati da ombre scure. Era la prima volta che lo vedeva in pubblico senza brillantina nei capelli. Gli rivolse uno sguardo incerto. « Sono pronta. » Si sentiva mancare il fiato. Sprofondò nel sedile in pelle e si sfilò la sciarpa.

Victor si mise al posto di guida. Diede un'occhiata all'orologio e innestò la marcia. « È tardi, tesoro. Dobbiamo sbrigarci. »

La macchina prese velocità sulle strade acciottolate, imboccando curve strette. Cominciò a piovere e Victor azionò i tergicristalli. Per un attimo non si sentì altro che lo stridio della gomma sul vetro, avanti e indietro, con la polvere dell'estate che si spandeva a semicerchio, mentre una dolorosa emicrania cominciava a pulsare alle tempie di Natalia.

Quando il labirinto di strade e d'incroci – con la gente che camminava in fretta, le automobili economiche di produzione nazionale e i tram sferraglianti – cominciò a diradarsi, Victor non aveva ancora detto una sola parola. Ben presto le viuzze laterali divennero ampi viali fiancheggiati da palazzi in cemento, che si allungavano senza fine sotto il cielo caliginoso del mattino. Poi sparirono anche quelli, e si ritrovarono a viaggiare su una strada più stretta, a due corsie, che attraversava un campo immenso e deserto, fatta eccezione per una raffineria di petrolio e una fabbrica di ricambi automobilistici destinati al mercato estero. Per tutto il tempo, gli occhi di Victor rimasero fissi sulla strada, le mani strette sul volante.

Natalia non riuscì più a soffocare la propria ansia. « C'è qualche problema? »

Lui la guardò con la coda dell'occhio. Non le rispose né sorrise, ma inaspettatamente le prese una mano, stringendola così forte che quasi le sfuggì un grido. Era sicura che fosse un gesto d'affetto, ma la rese ancora più nervosa. Tornò a guardare fuori dal finestrino, ricacciando indietro le lacrime. Era certa che, se avesse pianto, avrebbero litigato. A ben guardare, non c'era bisogno che Victor le dicesse niente. La verità era sospesa tra loro, senza bisogno di parole inutili. Se lui avesse parlato, le avrebbe detto che l'amava ancora, ma che quello era un addio. L'ultima volta insieme. Forse avrebbe addirittura cambiato idea e l'avrebbe riportata in città. Era meglio che tacesse i suoi timori finché non fossero arrivati a destinazione, si disse lei. Così avrebbe avuto tempo per pensare, e ne aveva un bisogno disperato: tempo per pensare a cosa dirgli una volta arrivati, per convincerlo che si sarebbe impegnata di più, trovando altro tempo per lui, facendo qualunque cosa lui avesse voluto.

Un aeroplano rombava sopra di loro, scivolando attraverso i cieli coperti di nuvole grigie, e come una calamita l'attirò fuori dal suo letargo. Si sporse in avanti, guardandolo attraverso il parabrezza, e riuscì a scorgerlo mentre si allontanava, lasciandosi dietro una scia di gas di scarico. Le ricordò i caccia della Luftwaffe durante la guerra, quando volavano così vicino ai tetti che lei riusciva a scorgere il simbolo delle SS sotto le ali. Passò un altro aereo che volava ancora più basso, sfiorando quasi la strada, seguito pochi istanti dopo da un terzo velivolo.

Pochi chilometri dopo, arrivarono a un incrocio. Mentre la macchina rallentava e si fermava allo stop, Natalia rifletté che quel semaforo nel bel mezzo del nulla era un po' strano. Ormai avrebbero dovuto essere tra pascoli verdi e pinete, col sapore salato del mare che pizzicava l'aria. Si voltò di scatto a guardarlo. « Victor, ma è la strada giusta? »

Di nuovo, non ebbe risposta. Guardò indietro, cercando di scorgere i segnali stradali che avevano sorpassato poco prima, ma erano già troppo lontani. Il semaforo scattò e Victor ripartì, oltrepassando l'incrocio, ma anziché accelerare accostò sul ciglio della strada. In lontananza, il profilo di un edificio in cemento si stagliava contro il cielo. Natalia non aveva idea di cosa fosse. L'adrenalina le pulsava così forte nel sangue che quasi si sentiva svenire.

«Talia, ti devo dire una cosa.»

Le parole di Victor l'attraversarono come acqua. *Ci siamo, dunque.* Si studiò le mani che si chiudevano a pugno, tremanti, come se appartenessero a qualcun altro. Il nodo alla gola le impediva quasi di respirare.

«Non stiamo andando sul mar Nero.»

«No. Dove, allora?»

«All'aeroporto. Ti sto portando là.» Senza darle il tempo di rispondere, Victor aprì la cappelliera ed estrasse una busta marrone. Ne tirò fuori un libretto verde, che le porse. «Lo sai cos'è? È il tuo passaporto. Ti sto portando all'aeroporto. Lascerai il Paese. Oggi.»

Natalia rimase a fissare il libretto, senza toccarlo. All'inizio non capì. Non riusciva a metabolizzare le sue parole, perché aveva la mente altrove. Pensava al loro ultimo pomeriggio insieme, quando Victor l'aveva implorata di andare con lui, come se fosse la fine del mondo, come se la sua stessa vita dipendesse dalla decisione di lei. Ma tutte le cose terribili e assurde che le aveva appena detto – la stava portando all'aeroporto! – la fecero tornare bruscamente alla realtà. Lo fissò, fissò la busta che lui teneva in mano e scoppiò a ridere. Una risata incontrollata, isterica, come se avesse perso del tutto il controllo. Che razza di scherzo crudele era? Era così che pensava di liberarsi di lei?

Rideva ancora quando Victor le cinse le spalle con un braccio, immobilizzandola. « Basta, Talia, respira. »

« Perché mi stai facendo questo? »

« Talia, non è un gioco. Non sto cercando d'ingannarti. Questo è il tuo passaporto. E questo è un biglietto aereo. Andrai negli Stati Uniti, a New York. »

« Non è vero. » Era impossibile. Sapeva che nessuno poteva oltrepassare la cortina di ferro. Nessuno tranne gli alti ufficiali, il presidente e i suoi più stretti collaboratori, i funzionari più illustri della Securitate. E un biglietto aereo per l'America costava una fortuna. Neppure Victor, con tutte le sue conoscenze e i soldi della moglie, poteva arrivare a tanto.

« Il tuo volo parte tra due ore. Ci sarà uno scalo di tre ore a Monaco, dove salirai sull'aereo della PanAm che ti porterà oltreoceano. A New York. »

Natalia osservò il libretto verde che lui le aveva posato in grembo. Con un gesto lentissimo e le dita rigide, lo prese e lo aprì. C'erano la sua foto - uno scatto recente -, il suo nome, l'indirizzo, la nazionalità e la data di nascita. Sulla pagina successiva vide un timbro: un visto dell'ambasciata degli Stati Uniti. « Non capisco, Victor. Non ci capisco niente. Se non vuoi stare con me, se non vuoi più vedermi, basta che tu me lo dica. Non c'è bisogno di tutto questo... » La bile le montava in gola. Stava per avere i conati.

« Non l'ho deciso io, Talia. Ti sto solo aiutando a salire su quell'aereo. »

Qualcosa si ruppe dentro di lei, un colpo secco, come quello di un ramo che si spezza. « È una follia! Non voglio sentire una sola parola di più! » La portiera era bloccata e lei armeggiò isterica per aprirla. Scese dalla macchina. Si sarebbe messa a correre, se non fosse stato che le gambe le tremavano con violenza. Riuscì a fare soltanto qualche passo incerto, barcollando lungo la strada. Sapeva che Victor le sarebbe corso dietro: sembrava l'unica certezza, con lui. Lei correva e lui la raggiungeva, costringendola a piegarsi al proprio volere.

« Talia, fermati. »

Lei cercò di liberarsi dalla sua presa. « Lasciami andare! Lasciami andare, bastardo! Tornatene dalla tua moglie russa e al tuo schifoso lavoro! Se solo non mi fossi girata, quel giorno... Mi detesto per ogni singolo istante che ho sprecato con te! »

Mentre Victor la trascinava indietro, verso la macchina, Natalia non vide nemmeno un'emozione sul suo volto, se non una maschera inflessibile. A un certo punto, quella mattina, Victor era diventato una persona diversa, fredda, distaccata, vuota. Era diventato una macchina, un robot che eseguiva un compito. Fu il terrore, più che la rabbia, che la spinse a schiaffeggiarlo con la mano libera.

Lui si fermò, ma non la lasciò andare. Quando lo schiaffeggiò di nuovo, più forte, Victor non batté ciglio. Se lo aspettava. « Talia, guardami! »

Si sentiva del tutto svuotata. In lei non c'era più traccia di rabbia, non c'era niente di niente, mentre scrollava le spalle, costringendosi a guardarlo negli occhi, quegli occhi bellissimi che aveva adorato per quasi tutta la vita e che la pugnalavano al cuore.

« Salirai su quell'aereo. Hai idea di quanta gente rischierebbe la vita per un'opportunità simile? Non mi hai detto che sei stanca dell'odio che senti dentro, di vivere questa vita? Ecco qui, Talia. È la tua unica possibilità di vivere una vita diversa, degna di te. » Il suo tono era severo, come se le impartisse un ordine.

Natalia non riusciva a smettere di tremare. « E cosa mi dici dei miei genitori? Come puoi pensare che potrei abbandonarli? Come posso lasciare solo mio padre, proprio ora che è così debole e confuso, o mia madre, che ha bisogno di me più che mai? Come puoi pensare che potrei andarmene? »

Victor mollò la presa, lasciando ricadere le braccia lungo i fianchi. Quando parlò di nuovo, lo fece con dolcezza. « Sanno tutto, Talia. I tuoi lo sanno. Tua madre mi ha fatto giurare che ti avrei fatto salire su quell'aereo. »

Fu un colpo allo stomaco. Le sembrò che le ossa delle gambe si fossero liquefatte e dovette aggrapparsi alla macchina per non cadere. Quando aveva parlato con loro? Non li vedeva da una decina d'anni e loro non sapevano niente della sua relazione con lui. No, non aveva senso. Victor mentiva. Gli rivolse uno sguardo gelido e impietoso. « E, di noi, che cosa mi dici? Hai fatto di tutto per avermi, e adesso vuoi chiuderla così? »

« Non c'è nessun 'noi', Talia. Non potrà mai esserci. Abbiamo già avuto tutto quello che potevamo sperare. »

Eccola, alla fine, la verità nuda e cruda, quella che gli aveva sempre cercato negli occhi senza mai trovarla. Quindi aveva ragione, il suo istinto diceva il vero. Victor non l'aveva mai amata, e non gli importava quanto soffrisse. L'aveva usata come un giocattolo, un passatempo, e lei glielo aveva permesso. Era troppo. Natalia si sciolse in un fiume di singhiozzi. Senza nemmeno coprirsi la faccia, indifferente a come poteva apparirgli, si lasciò cadere a terra e pianse senza ritegno, sotto i suoi occhi.

Dopo un po', lui le si accovacciò vicino, appoggiando la testa alla portiera dell'auto, aspettando che le lacrime finissero e non rimanessero che i sussulti disperati. « Rifletti, Talia. Pensa alle possibilità che avresti. È l'unico modo in cui puoi aiutare i tuoi genitori, aiutarli davvero. Potrai mandare loro dei soldi, non appena otterrai un lavoro. E magari potranno raggiungerti, in futuro. Sai che potrei agevolare le cose, in quel senso. Ormai sono vecchi, non rappresentano una minaccia per lo Stato. In ogni caso, avresti una vita, un futuro in cui non saresti costretta a nasconderti e a guardarti le spalle a ogni angolo. La vita che hanno sempre sognato per te. Non deluderli.»

Aveva ragione, ovviamente. Qualunque cosa avesse fatto per ottenere il suo passaporto, quale che fosse la cifra versata per il biglietto, aveva ragioni da vendere. Non c'era futuro per lei, lì. Al di là di quello che la legava a Victor. E lui non le apparteneva, non era mai stato suo. Era stato categorico, al riguardo.

«Salirai su quell'aereo, Talia?» La sua voce si spezzò, mentre pronunciava il suo nome. «Mi permetti di accompagnarti? Non rimane molto tempo.»

Lei si asciugò gli occhi e si alzò, fissando un punto in lontananza. Si sentiva una carcassa vuota, rotta, rivoltata. Era troppo, stava succedendo troppo in fretta. Aveva i sensi ovattati, non poteva farci affidamento. «Ci sarà un altro aereo. Ho bisogno di tempo, ci devo pensare.»

«C'è solo questo aereo, amore mio. Sarebbe l'unico, anche se dovessero decollarne altri cento.»

45

Le mani di Victor erano strette al volante e lui guardava dritto davanti a sé, mentre correvano lungo lo svincolo che immetteva nella strada principale. Accanto a lui, Natalia sedeva con la fronte china sulle ginocchia strette al petto. Aveva smesso di piangere, ormai rabbrividiva soltanto, nonostante il calore e l'umidità, insopportabili perfino a quell'ora del mattino.

Da fuori arrivava un odore nauseante, un miscuglio di benzina e fertilizzante, l'unica cosa in cui Natalia trovasse una parvenza di realtà, forte abbastanza da darle la certezza di non essere intrappolata in un sogno. Eppure non aveva ancora abbandonato la speranza di potersi svegliare da un momento all'altro, sospirando di sollievo, felice di scoprire che era nel proprio letto e che i suoi dormivano nella camera accanto. I suoi pensieri sarebbero andati a Victor, come ogni mattina, quando ancora aveva le palpebre pesanti di sonno. Avrebbe visto un volto diverso da quello che aveva davanti e altri occhi avrebbero ricambiato il suo sguardo.

Mentre lui parlava con voce calma ma severa, Natalia si rese conto che era l'ultima volta in cui sarebbero stati così, seduti l'uno accanto all'altra. Le spiegava cosa fare una volta sbarcata a New York, dove andare. Avrebbe dovuto incontrare una persona, quando fosse atterrata. Pronunciò un nome inglese che lei non aveva mai sentito.

Lo interruppe: «Come fai? Come fai a cambiare così, come se premessi un interruttore?» Non voleva offenderlo, ma soltanto capire. Voleva saperlo, per poterci provare anche lei.

« Talia, non dire niente, ti prego. Non rovinare i nostri ultimi momenti insieme. »

Lei scoppiò in una risata amara e cavernosa. « 'I nostri ultimi momenti insieme?' Che differenza fa, per te? Perché dovrebbe importarti? »

« Ti sbagli. E presto lo capirai anche tu », ribatté lui con dolcezza.

Non dissero altro per il resto del tragitto. Qualche chilometro più avanti, imboccarono una striscia di asfalto che correva accanto a un edificio a cupola con file di finestre verticali. Di fronte alle imponenti porte di vetro, una decina di agenti coi cani poliziotto marciava avanti e indietro. Victor spense il motore e scese dalla macchina. Fece il giro, avvicinandosi alla portiera del passeggero, la spalancò e le porse la mano.

Una guardia col fucile in spalla si avvicinò sbracciandosi. « Non può parcheggiare qui! »

Victor sfilò un tesserino dal taschino della camicia e glielo mostrò con un gesto spazientito, senza nemmeno voltarsi a guardare.

L'uomo si mise sull'attenti. « Oh, chiedo scusa, signore. Mi permetta di accompagnarla dentro. »

« Non è necessario. So perfettamente dove devo andare. »

Forse era la sua ultima opportunità di scappare, si disse Natalia, di tornare alla sua vecchia vita, alla sua vecchia casa, che già sembrava lontanissima, come se fosse ormai dal lato opposto dell'oceano. *Posso ancora allungare una mano e sfiorargli il viso. Posso mettermi in ginocchio e implorarlo di lasciarmi andare. Posso urlare davanti alle guardie e ai funzionari dell'aeroporto.* Ma sapeva che non sarebbe servito a niente. Victor l'avrebbe fatta salire su quell'aereo, proprio come aveva caricato chissà quante persone sui treni diretti ai gulag. Non c'erano preghiere strazianti capaci di incrinare la sua corazza o di fargli cambiare idea. In ogni caso lei non aveva un posto in cui scappare, e il suo corpo non le avrebbe obbedito. A un certo punto aveva perso la determinazione. Prese la mano che lui le porgeva e lasciò che l'aiutasse a scendere dall'auto.

Victor estrasse la valigia dal bagagliaio, senza mai lasciarle la mano, e la scortò all'interno dell'edificio. Seguirono un percorso obbligato, attraversando un labirinto di corridoi infiniti, fermandosi soltanto ai punti di controllo, per l'ispezione del passaporto di Natalia e del contenuto della valigia. Diverse volte le guardie corsero loro incontro, gesticolando e intimando di fermarsi; ogni volta Victor mostrò il proprio tesserino e loro si scostarono per lasciarli passare, quasi inchinandosi. Una di loro si mise sull'attenti battendo i tacchi, in un saluto militare che appariva fuori luogo rivolto a un Victor in abiti civili, trasandato e cupo, che fece segno di mettersi a riposo.

Raggiunto l'ennesimo salone, l'accompagnò lungo una scala in cemento che conduceva in un'ampia area ricoperta di moquette. All'ultimo gradino, Victor la lasciò andare. Natalia si allontanò da lui, osservando quello spazio chiuso e le poche persone sedute qua e là. Un anziano canuto che leggeva un libro. Una ragazza dai capelli ossigenati che teneva in grembo un neonato in lacrime. Sotto la fila di finestre che si allungava lungo il perimetro della sala, una giovane coppia elegante, che a giudicare dagli abiti doveva provenire dall'Europa occidentale, conversava a mezza voce. Ma fu quello che si estendeva alle loro spalle a catturare lo sguardo di Natalia: non aveva mai visto la pista di un aeroporto, prima di allora, ma capì subito cosa fosse grazie alle foto che aveva visto sulle riviste.

Rimase lì, immobile, pensando che quella striscia di terra sarebbe stata l'ultima cosa che avrebbe visto della sua patria, della città in cui era nata. Com'era possibile che i suoi genitori lo sapessero sin dall'inizio, e che avessero addirittura aiutato Victor a organizzare ogni cosa? Non riusciva a credere che fossero stati complici, che avessero programmato tutto alle sue spalle, senza la minima considerazione per quello che desiderava *lei*.

Eppure, se davvero era ciò che volevano, lo avrebbe fatto. Per loro, per sua madre e suo padre. Se li avrebbe resi felici, se in quel modo gli avrebbe permesso di vivere il resto dei loro giorni in pace, non avrebbe esitato un istante. Nel profondo di sé, sapeva che Victor le aveva detto la verità. Non si sarebbe mai mosso senza il benestare e la benedizione dei suoi genitori. Il filo invisibile che legava Victor a suo padre non si sarebbe mai spezzato, a dispetto del tempo, delle differenze di classe, persino della morte.

Con quel pensiero in mente, si voltò verso di lui. « Non è necessario che resti qui a farmi la guardia per controllare che salga su quell'aereo. Lo farò. »

Lui le si avvicinò con passo stanco, fermandosi a poca distanza, appena fuori dalla sua portata. Si frugò nella tasca del soprabito, sfilò la busta che conteneva il passaporto e il biglietto aereo e gliela porse, con la mano che tremava appena. A Natalia sembrò di scorgere un fremito anche sulle sue labbra, ma forse stava solo mormorando qualcosa. Quando prese la busta, lui lasciò ricadere il braccio lungo il fianco, inerte.

Era il momento. Be', non gli avrebbe reso le cose facili. «Come mi guadagnerò da vivere, quando arriverò a

New York? Dormirò sotto un ponte? Dovrò frugare nella spazzatura in cerca di qualcosa da mangiare? Ci hai pensato? »

Lui sussultò, come se si fosse ricordato di qualcosa solo in quel momento. « Hai la lettera. La lettera di cui ti parlavo prima, in macchina. » La mano sparì di nuovo nella tasca del soprabito, tirandone fuori una busta più piccola, di una spessa carta color crema. « Ti ricordi cosa ti ho detto? Aspetta di essere sull'aereo prima di aprirla. Solo quando sarai in volo. »

Natalia lo fissò, quindi abbassò lo sguardo sulla lettera. Quando gliene aveva parlato? Tutto quello che era successo quella mattina era avvolto dalla nebbia. S'infilò la busta nella tasca della gonna, insieme col passaporto e col biglietto. « Nient'altro, Victor? Hai qualche altra sorpresa in serbo per me, prima che io prenda il volo verso il tramonto? »

Lui sospirò profondamente, chiudendo gli occhi. Una ciocca di capelli gli ricadde sul viso, e la scostò nervoso. Al di là della finestra, l'aereo stava rullando sull'asfalto, verso di loro.

La voce di Natalia era bassa ma rabbiosa. « Credi di esserti comportato in modo corretto? Ti sei convinto di fare tutto questo per lealtà nei confronti di mio padre? È così che giustifichi a te stesso il semplice fatto che volevi liberarti di me, evitando complicazioni inutili? Hai trovato il modo perfetto, togliendomi di mezzo mentre ti fai bello agli occhi di mio padre. Congratulazioni, davvero brillante. »

Gli occhi di lui erano così scuri che sembravano lividi.

Non riuscendo a reggere oltre il suo sguardo, Natalia fu costretta a voltarsi verso la finestra, guardando l'aereo che rullava.

« Perdonami, Talia. » La sua voce era un po' troppo alta, tanto che gli altri passeggeri in coda di fronte al gate si voltarono a guardare.

Natalia fu spiazzata. Si aspettava una reazione più distaccata, o il muro di cemento impenetrabile contro il quale sbatteva dalle prime ore di quel mattino. Quando lui si avvicinò per prenderle una mano, Natalia trasalì. Si sarebbe voluta scostare, ma poi notò il petto di lui che sussultava sotto la camicia. Come già aveva fatto in un'altra vita, in un'altra epoca, Victor si portò la sua mano al petto, sul cuore che galoppava impazzito sotto le dita gelide e umide di Natalia, e la strinse.

Le lacrime le colmarono gli occhi e la sua mano libera si sollevò a tracciare i contorni del viso di lui, lentamente, dalla tempia punteggiata di grigio alla linea squadrata della mascella, come se volesse impararli a memoria.

Victor si portò la sua mano alle labbra, premendo con forza. Per un breve istante, il cuore di Natalia perse un battito, congelato in un barlume di speranza: forse poteva ancora salvare qualcosa di loro due, forse non era la fine, non era l'ultima volta in cui vedeva quel volto bellissimo, stoico e impassibile. Sollevò gli occhi colmi di lacrime verso quelli di lui e gli sorrise, a dispetto di ciò che provava. Il momento finì.

Victor la lasciò andare. Sembrava all'improvviso più basso, sconfitto, un uomo di mezza età che aveva ormai visto passare gli anni migliori della propria vita, mentre si voltava e si allontanava. Con uno sforzo evidente, salì i gradini verso il corridoio che lo avrebbe portato fuori dall'aeroporto, verso la sua vecchia vita.

Natalia rimase ad ascoltare l'eco dei suoi passi sul cemento, anche quando non lo vide più. Di nuovo le passò davanti agli occhi l'immagine di un Victor più giovane che svaniva in un fiume di passanti, mentre lei lo guardava allontanarsi dalla soglia della casa della sua infanzia, convinta che non lo avrebbe mai più rivisto.

46

Si librava nel cielo. Una piuma catturata dal vento, sospesa in aria. Non carne e sangue, ma una vibrazione sonora, le note di Duke Ellington le si riversavano attorno dal passato in un vortice impazzito, nel quale danzava. Era una cosa sola con la musica in una bolla di perfezione assoluta, un intervallo di pace. Se solo fosse potuta rimanere lì, cullata nell'eco di quei suoni che le sgorgavano da dentro...

L'ennesimo vuoto d'aria la scosse e Natalia raddrizzò la schiena sul sedile. Era salita sull'aereo per Monaco due ore scarse prima, eppure non riusciva ad abituarsi a quei sobbalzi che la colmavano di terrore. Ancora non si capacitava di come avesse fatto a salire a bordo, di dove avesse trovato il sangue freddo per avviarsi lungo l'asfalto e salire quei traballanti pioli di metallo, di come avesse fatto a guardare con tranquillità fuori dall'oblò mentre l'aereo si allontanava dal gate e rullava lungo la pista, all'inizio piano, poi con una velocità da capogiro, prima di decollare nel cupo cielo della tarda mattina. Per tutto il tempo si era guardata attorno passivamente, come se fosse in un film, come se fosse stata la vita di qualcun altro a cambiare in modo irrevocabile quando le ruote si erano staccate da terra.

A un certo punto, però, più o meno a metà strada tra la sua città natale e Monaco, i suoi sensi si risvegliarono, come scintille che scaturivano dai cavi tranciati di un telefono, nel silenzio di tomba seguito a un temporale. A poco a poco cominciò a notare le ombre che danzavano sul soffitto candido della cabina, le luci rosse intermittenti, lo sfondo bianco e azzurro, la perfetta simmetria che la circondava. Si rese conto di avere due mani in grembo, bianche e immobili, e un dolore sordo alle orecchie. Il battito greve del proprio cuore. Victor. I suoi genitori. Erano stati tutto il suo mondo, e li aveva persi. Non sapeva che cosa l'aspettasse al termine di quel volo, né di quello che l'avrebbe portata dalla parte opposta dell'Atlantico. Non aveva idea di cosa le avrebbe riservato il giorno successivo, o nemmeno l'ora successiva. Sapeva soltanto che sarebbe stata lontana dalle persone che amava.

Più tardi, quando le lacrime ebbero smesso di scorrere dagli occhi arrossati, l'azzurro incredibile del cielo le strappò un sussulto. Nuvole a forma di animali, rosa come zucchero filato e traslucide, le passavano accanto, alcune così vicine che le sembrava possibile toccarle. Una lama di luce tagliava l'orizzonte, come il filo di una spada che splendeva al sole di mezzogiorno; l'aereo piegò in quella direzione, e la cabina fu inondata da un bagliore così forte che Natalia dovette schermarsi gli occhi. Ormai i suoi genitori sapevano di certo che stava sorvolando le Alpi, lontana dalla sua terra. *È libera,* doveva aver detto Victor, seduto al loro tavolo, o forse in piedi sulla soglia, mentre allentava il colletto della camicia e si passava una mano tra i capelli.

Avrebbero pianto insieme? Sarebbero state lacrime di dolore o di sollievo? *I tuoi lo sanno. Tua madre mi ha fatto giurare che ti avrei fatto salire su quell'aereo.* Erano stati i loro ultimi istanti insieme, quand'era ancora davanti a lei, in carne e ossa, prima di diventare un'illusione, un fantasma che col tempo si sarebbe fatto distante, sbiadito. Natalia aveva guardato nei suoi occhi solenni e distaccati, che già puntavano avanti, verso una vita senza lei, e gli aveva creduto. Era la volontà dei suoi genitori e, a dispetto di ciò che Victor aveva detto o fatto per convincerli, era l'unico pensiero capace di darle un minimo di pace. *Hai reso la mia vita meravigliosa,* le aveva detto Despina, e Natalia capì che era stato un addio.

Attraversare l'aeroporto di Monaco fu come scivolare in un altro mondo, un universo sconosciuto e spettacolare che la stregò col proprio fulgore. Quando uscì dalla passerella soffocante, stringendo la valigia come uno scudo, le si aprì davanti un mare di moquette rosso rubino. In alto, file di lucine punteggiavano una cupola simile a quella di una cattedrale, riversando una morbida luce sulle pareti di vetro che andavano dal pavimento al soffitto; su quelle stesse pareti colse il proprio riflesso, una sfinge in mezzo a un alveare di attività. Impiegò qualche istante a capire che, sebbene fosse immobile, si stava muovendo impercettibilmente in avanti, spinta dalla folla.

Un caleidoscopio di colori e forme le esplose di fronte mentre avanzava nell'ampio corridoio che collegava un terminal all'altro, consapevole più che mai di essere sola in mezzo a quello sciame umano. Ai chioschi, tra le aree d'attesa immerse nel silenzio, grappoli di cioccolatini svizzeri avvolti nella carta dorata brillavano invitanti, mentre una pila di bottiglie di Coca-Cola dietro lo sportello in vetro di un frigorifero le ricordò la pubblicità che aveva visto tempo prima su una rivista straniera. Su alcuni scaffali poco distante c'erano file di barattoli identici, tranne che per le etichette: caffè del Brasile, espresso, cacao di prima qualità, tè nero inglese. Sembravano bambini euforici in fila davanti a un cinema, in attesa dello spettacolo del pomeriggio. Sacchetti di frutta essiccata chiusi con nastri rossi e biscotti a forma di serpente venduti in scatole dal coperchio trasparente l'attiravano con la loro glassa di zucchero e la promessa di qualcosa di proibito.

Svoltò l'angolo in fondo al corridoio come in trance, ritrovandosi ad affrontare un nuovo attacco ai sensi. Distribuiti in un'ampia area circolare c'erano diversi negozi di articoli duty free, illuminati da faretti potenti come quelli di una sala operatoria. In bella mostra c'erano scatole di saponi francesi, profumi e liquori d'importazione. Al di là delle vetrine scintillanti, alcune donne coi tacchi alti inclinavano la testa da un lato e dall'altro osservando gli scaffali, mentre gli uomini aspettavano impazienti, appoggiati alle pareti rivestite in marmo bianco, guardando l'orologio. Le commesse in divisa nera sorridevano invitanti, tra le coloratissime cravatte in seta e le sciarpe in cashmere drappeggiate a bella posta dietro i registratori di cassa. Natalia valutò l'ipotesi di entrare in uno di quei negozi, solo per dare un'occhiata e magari sfiorare di nascosto uno di quegli articoli, ma poi cambiò idea. Abbassò lo sguardo, a disagio, rendendosi conto di essere rimasta a guardare a bocca aperta come una qualsiasi ragazza del lato opposto della cortina di ferro che non aveva mai visto nulla del genere.

Qualcuno la urtò, facendola sobbalzare. Un uomo con un giubbotto sportivo color acqua sporca mormorò delle scuse in tedesco, senza quasi notarla, forse cercando il gate del volo che stava per perdere o qualcuno con cui aveva un appuntamento di lavoro. Natalia gli sorrise, come a dire che era tutto a posto, ma lui si era già allontanato. Prese la valigia e andò avanti, allungando il passo.

Superò una coppia appoggiata al muro, assorta in un bacio appassionato; sembrava un addio, ma anziché piangere la ragazza rideva gioiosa, la testa piegata all'indietro, le braccia strette al collo del compagno. Natalia capì che non era un commiato, ma un ritorno a casa. Una donna la superò a passo rapido, a testa alta, i capelli castani sciolti che ondeggiavano come una tenda sulle sue spalle. La seguiva un ragazzino di una decina d'anni che gesticolava e piagnucolava in una lingua che Natalia non capiva, forse lamentandosi per un giocattolo che la madre non aveva voluto comprargli.

Tutta quella gente era diretta da qualche parte. Al di là di quel carosello di ninnoli scintillanti, c'erano famiglie in attesa, persone care, una vita. Non per lei, però. Non avrebbe trovato nessuno ad abbracciarla, al termine di quel viaggio, nessuno a sussurrarle all'orecchio parole d'amore. Eppure era successo qualcosa di strano nell'attimo in cui era sbarcata in quel nuovo mondo, in quell'universo ricco, quasi frenetico, che la lasciava senza fiato. Non riusciva a definire la nuova sensazione germogliata nel proprio cuore, che le solleticava le costole come il battito d'ali di un colibrì. Non era così forte da sovrastare il dolore, ma bastò a guidarla attraverso l'aeroporto, sino al terminal della Pan American e al gate del volo che l'avrebbe portata al di là dell'oceano.

Un altro aereo, un altro corridoio pieno di sedili, stavolta blu coi poggiatesta bianchi. Cinture di sicurezza, luci, un'altra pista, il rombo dei motori, la velocità che le bloccava il respiro, e poi il cielo, immenso, infinito.

Il secondo volo non fu tranquillo come il primo. La voce del comandante si fece sentire diverse volte per annunciare che il peggio sarebbe passato in fretta e non c'era motivo di preoccuparsi, era solo una turbolenza dovuta a una tempesta più in basso. Ma Natalia non aveva più paura. Non era più terrorizzata dagli sbalzi per i vuoti d'aria, dai tremolii sotto i piedi, dal tintinnio dei bagagli nelle cappelliere. In quel momento sentiva più che mai la distanza, la percepiva nelle ossa, nell'aria che respirava. La tirava in avanti e all'indietro con la stessa forza, lungo il muro lunghissimo di una prigione che poteva oltrepassare una volta soltanto.

Attorno a lei, la gente cambiava posto, chiacchierava, condivideva il racconto del proprio viaggio, leggeva giornali, scriveva cartoline, beveva champagne nelle flûte di plastica. Champagne su un aeroplano. Chi l'avrebbe mai immaginato? Non avrebbe mai vissuto con tanta leggerezza. La sua America non sarebbe mai stata così semplice. L'America, la sua nuova terra. Chissà com'era. Natalia chiuse gli occhi, cercando d'immaginare i laghi, le catene montuose, le città, i ponti, i grattacieli in vetro e acciaio che scintillavano nel sole, ma senza risultato. Nella sua testa c'era soltanto il vuoto, oltre a una lievissima pressione, un indebolimento dei pensieri, dei muscoli e del cervello che collegò vagamente al sonno.

Diverso tempo dopo, un vuoto d'aria la svegliò di soprassalto. Si raddrizzò, stupita, e strinse le palpebre alla luce del sole che, a dispetto delle ore trascorse, non era affatto tramontato. Nella cabina regnava la calma, ora che i passeggeri erano scivolati nel sonno, sotto le maschere per gli occhi, e Natalia ne fu sollevata, grata di essere al riparo dai loro sguardi.

Con cautela, si frugò in tasca, sentendo sotto le dita la piccola busta che Victor le aveva consegnato quando si erano detti addio, secoli prima. Era ancora lì, insieme col passaporto e col biglietto, con gli angoli che le pungevano le dita come la lama smussata di un coltello. Aveva pensato di tirarla fuori e leggerla almeno una decina di volte, ma le era sempre mancato il coraggio. Era arrivato il momento, visto che non mancava molto all'arrivo. *È ora.* Le dita si chiusero salde sulla busta, estraendola con un rapido gesto.

Ne uscirono alcuni fogli svolazzanti, più di quanti le fossero sembrati in un primo momento, dattiloscritti nella sua lingua, forse tradotti da un madrelingua inglese o americano, il cui nome le risultava sconosciuto. C'era qualcos'altro, nella busta, un pezzo di carta verde che le cadde in grembo. Alzandolo alla luce, osservò per qualche istante le scritte, il numero di serie e i timbri. *Cento dollari americani.* Aveva in mano più soldi di quanti ne avesse visti da quand'era nata. Rimise la banconota nella busta, attenta a non piegarla, e infilò quest'ultima in tasca.

Raccolse i fogli e cominciò a leggere.

20 maggio 1960

Cara Natalia,

mi chiamo John Fowley. Sono un avvocato e vivo a New York, dove lavoro da più di quindici anni. Non mi conosci e probabilmente non hai mai sentito il mio nome, prima di questo momento, eppure, per quanto ti possa sembrare strano, per molti versi io conosco te.

A causa del mio lavoro, ho scritto molte lettere per informare la gente di un divorzio, di un lutto o di un testamento, ma nessuna è mai stata difficile quanto questa. Per cui perdonami se mi dilungo, ma devo cominciare dall'inizio.

Nel 1945, all'inizio della mia carriera, lavoravo in un piccolo studio qui a Manhattan. Una mattina di febbraio, una giovane coppia sulla trentina è entrata nel mio ufficio. Con un forte accento straniero, l'uomo mi ha spiegato che non avevano molti soldi; aveva però saputo che ero una persona onesta e che non avrei avuto pretese eccessive. Stavo già seguendo parecchie pratiche e avrei potuto rifiutare, tuttavia c'era una sofferenza tale, nei loro volti, che mi sono sentito obbligato a farli accomodare.

Con dignità, ma non senza commozione, l'uomo ha iniziato a raccontarmi che quattro anni prima lui e sua moglie – la donna dall'aria fragile che gli era accanto – erano fuggiti dai pogrom in Romania, dalle retate e dallo sterminio degli ebrei di quel Paese.

Ovviamente avevo sentito di quello che era successo in Europa durante la guerra, delle brutalità commesse in Polonia e in Ungheria, degli ebrei mandati nei cosiddetti campi di lavoro. Giravano voci persino più spaventose, alle quali nessun uomo che avesse fede in Dio e nella pietà umana poteva credere. Eppure le due persone che avevo davanti mi stavano raccontando di essere fuggite proprio da quelle atrocità. L'uomo mi ha detto che sei mesi più tardi, dopo che erano rimasti nascosti nella soffitta di un amico, un treno li aveva portati lontano dalla loro terra, coi soli vestiti che avevano addosso.

« Che storia affascinante. Ma in che modo posso aiutarvi? » ho domandato. Nulla avrebbe potuto prepararmi a quello che ho sentito in seguito.

Mi ha raccontato che, durante la fuga, erano stati costretti ad abbandonare la loro figlia a Bucarest. Al momento aveva sette anni e l'avevano lasciata quando non ne aveva ancora compiuti quattro. All'inizio era stata por-

tata in un orfanotrofio, ma poi era stata adottata da una famiglia.

Per la prima volta nella mia carriera professionale mi sono ritrovato senza parole. Che cos'avrei potuto dire? Ho cercato di focalizzarmi sui fatti. Erano fuggiti da una situazione indicibile, non c'erano dubbi in merito. Non m'importava più di tanto come fossero arrivati a New York: il nocciolo della questione era che avevano una figlia prigioniera al di là del confine sovietico. Non c'erano soldi né conoscenze capaci di oltrepassare quella barriera.

Come se mi leggesse nel pensiero, l'uomo mi ha detto che lavorava al porto sei giorni a settimana, oltre a svolgere qualche altro impiego, tra cui fattorino e lavapiatti. Mi ha detto di avere un po' di soldi da parte e che se ne sarebbe procurati altri. La famiglia che aveva adottato la loro figlia era ricca e possedeva una catena di negozi a Bucarest. Voleva sapere quanto avrebbe dovuto offrire a persone di quel livello per riavere la ragazzina.

Mi stava chiedendo di riscattare sua figlia dal blocco sovietico, da una famiglia che l'aveva adottata legalmente.

Gli ho detto che era impossibile, non si poteva fare. Il suo sguardo era così disperato che gli ho promesso che avrei studiato la situazione, ma che poteva volerci molto prima che trovassi un'eventuale soluzione. E gli ho consigliato di risparmiare tutto ciò che poteva, nel frattempo.

Gli ho dato alcune carte da firmare per aprire un fondo fiduciario. Gli ho spiegato che i soldi sarebbero stati versati a tuo nome, e che potevo aiutarlo a investirli, in modo che si moltiplicassero nel tempo. In quel modo, quando tu fossi diventata maggiorenne, avremmo trovato una maniera per renderteli accessibili, così che potessi usarli per trasferirti in Occidente. Un progetto a lunghissimo termine, ma era il consiglio migliore che potessi dargli.

Ha annuito, prendendo i fogli. Ci siamo stretti la mano e gli ho detto di ritornare un mese più tardi. Tre settimane dopo era qui. E tre settimane dopo ancora. I mesi sono diventati un anno, due, e ormai passava da me con regolarità. Il fondo fiduciario cresceva a poco a poco, così come il nostro legame, che alla fine si è consolidato in una grande amicizia.

Una volta siamo andati a bere una birra al bar di fronte al mio studio. In quell'occasione mi ha raccontato di quanto avesse sofferto, di sua moglie che ancora si svegliava urlando ogni notte, della distanza che si era creata tra loro. Mi ha detto che lei gli mancava tantissimo, gli mancava quello che erano stati, una coppia e una famiglia piena d'amore. Mi ha spiegato che erano venuti in America perché in Europa ormai non avevano più nulla, nemmeno loro stessi. Gli ho detto che lo capivo, cercando le parole migliori per offrirgli un minimo di conforto. Mentre il pomeriggio si avvicinava alla sera, gli ho confidato alcuni dei miei crucci. Credo che gli abbia fatto bene sapere che non era solo. Ci siamo salutati con un abbraccio.

Dopo quella sera, è passato un po' di tempo prima che lo rivedessi. In effetti si è rifatto vivo inaspettatamente quasi due anni più tardi, con un entusiasmo che non avevo mai visto prima in lui. Non abbiamo perso tempo in convenevoli.

« Ho trovato il modo per portarla via! » ha annunciato, emozionato. I soldi non dovevano arrivare a sua figlia, ma allo Stato rumeno. Aveva parlato con alcuni rappresentanti della comunità ebraica. Sembrava che la Romania avesse un accordo segreto con Israele, per far uscire gli ebrei dai confini nazionali. « Riesci a crederci? Scambiano

la gente col denaro, come se fosse bestiame o petrolio. E così mi sono chiesto: perché non lei? Perché non nostra figlia? Se il governo rumeno accetta soldi in cambio della sua libertà, possiamo sicuramente farla uscire.» Aveva ricevuto numerose donazioni da parte di persone facoltose che desideravano contribuire. Mi ha chiesto di approfondire la faccenda, di fare qualche ricerca, assicurando che mi avrebbe pagato per il tempo che gli avrei dedicato.

Gli ho detto che eravamo amici, per cui non gli avrei chiesto un centesimo, ma avrei fatto tutto ciò che potevo per aiutarlo. Tuttavia volevo metterlo in guardia, affinché non si facesse troppe illusioni. Ciò che proponeva era difficilissimo e, se anche fosse stato possibile, chi poteva aiutarci a concludere una simile transazione, all'interno del Paese? Chi avrebbe anche solo osato parlare con noi di un'idea del genere? Sul momento, però, non ho avuto cuore di sottolineare quelle ovvietà. Non lo avevo mai visto così felice. Quel giorno si è alzato il cappello mentre usciva dallo studio e il suo sorriso diceva più di mille parole.

Sono passati anni da quella visita euforica, anni di contrattempi e fallimenti, di innumerevoli, inutili tentativi di raggiungere le persone giuste e affidare la nostra offerta a mani sicure. Tutte le lettere che mandavo al governo rumeno rimanevano senza risposta e avevo rinunciato da un pezzo a cercare di ottenere un colloquio all'ambasciata. Di quegli sforzi inutili parlavo pochissimo coi miei due amici, che peraltro vedevo sempre meno. Gestivo ancora il fondo fiduciario, ma dal disinteresse con cui s'informavano intuivo che anche loro stavano perdendo le speranze e che quei soldi ormai significavano poco. «Fai come credi. Preferisco non parlarne più», mi ha detto lui in più di una occasione.

Finché, un giorno, non è successo qualcosa di straordinario. Una delle mie lettere è ritornata con RESPINTO AL MITTENTE *scritto in inglese sulla busta. Non fosse stato per quel timbro, forse l'avrei gettata nel cestino dei rifiuti, ma l'ho girata e ho notato che era stata aperta e poi richiusa con un pezzo di scotch prima di essere rispedita oltreoceano. Una volta tanto, qualcuno non solo l'aveva letta, ma voleva che lo sapessi.*

L'ho aperta con impazienza, ed eccola, la mia lettera indirizzata al ministero degli Interni, le tre pagine nelle quali spiegavo in parole semplici come mai cercassi di contattarli, cosa volessi ottenere e la somma di denaro che ero disposto a versare. Ho guardato all'interno della busta, ma non c'era altro. Poi l'ho vista: una breve annotazione, in calce all'ultima pagina, uno scarabocchio in inchiostro rosso.

Numeri. Una serie di cifre separate da trattini e virgole, in gruppi di quattro o cinque. Ci ho un messo un po' a rendermi conto che erano le coordinate bancarie di un conto in Svizzera.

So che gran parte di quello che ti sto dicendo ha poco senso per te, Natalia. Quasi non lo ha per me, sebbene abbia vissuto abbastanza da sapere che, ogni tanto, il destino mostra di avere progetti che mai avremmo immaginato. A volte le stelle si congiungono in modi assolutamente misteriosi.

Ho giurato che non avrei mai fatto parola con nessuno di quanto si è messo in moto quella sera. Ho fatto quant'era necessario, tutto qui. Non so nemmeno spiegare perché abbia deciso di muovermi in segreto. Forse temevo che fosse tutto un inganno e che avremmo perso i soldi. Temevo di deludere chi mi aveva chiesto aiuto: non potevo arrecare altro dolore a persone che avevano già sofferto tanto.

Per fortuna, però, i nostri sforzi alla fine sono stati premiati.

Quando arriverai a New York, ti prego di metterti subito in contatto con me a uno dei numeri sul mio biglietto da visita, che troverai in questa busta. Andremo insieme alla banca in Madison Avenue, a Manhattan, dove c'è una cassetta di sicurezza a tuo nome. Non troverai una fortuna, ma basterà per cominciare. Il resto dei soldi del fondo fiduciario è stato trasferito sul conto svizzero dietro mie istruzioni. È il denaro che ha garantito la tua libertà.

Nella cassetta di sicurezza troverai anche un indirizzo di Brooklyn. Fai in modo di andarci il prima possibile. Spero che tu sia pronta a realizzare i tuoi sogni.

Un caro saluto,

AVV. JOHN FOWLEY

Natalia non si era accorta di piangere finché non aveva abbassato lo sguardo sui fogli che aveva in grembo: le lacrime avevano cancellato le parole in diversi punti. Era come se vedesse se stessa dall'alto, attraverso gli occhi di qualcun altro. Una ragazza coraggiosa che si scioglieva in lacrime.

Forse si vergognava perché, in tutti quegli anni, non aveva pensato spesso alle persone che le avevano dato la vita. Quando aveva trovato quella lettera in soffitta, parecchi anni prima, si era sforzata di dimenticarla, di cancellarla, come se non significasse nulla, come se quelle parole non le importassero. *Me ne sono separata con uno strazio infinito e solo perché potesse vivere, perché avesse una possibilità, anche se significava porre fine alla mia vita.* Li aveva esiliati dal proprio cuore, chiudendoli fuori e sprangando la porta.

Nella cabina faceva freddo, eppure Natalia si sentiva avvolta da un calore che scaturiva da dentro, come dopo un bicchiere di sherry in una gelida notte d'inverno. Non l'avevano affatto abbandonata, quella notte: avevano rinunciato a lei per amore. Il destino li aveva travolti come una marea, un diluvio che non erano riusciti ad arginare. E così avevano fatto l'unica cosa possibile, sollevandola al di sopra delle onde burrascose prima che il mare li trascinasse negli abissi.

Un sacrificio.

I suoi pensieri corsero alla sera precedente, agli ultimi momenti con Anton e Despina, gli unici genitori che avesse mai conosciuto. Non erano tanto le loro parole ad apparirle sotto una nuova luce, quanto i silenzi. Capiva lo sguardo del padre, quando l'aveva stretta tra le braccia prima di tornare in camera. Nei suoi occhi velati, mentre le posava un bacio sulla testa per l'ultima volta, c'era tutto quello che erano stati l'uno per l'altra, tutto quello che avrebbe voluto darle senza averne la possibilità, tutto quello che ancora voleva per lei.

E sua madre... Nella sua armatura non si era aperta nemmeno una crepa, non c'era stato un solo tremore a svelare ciò che stava per succedere. Aveva recitato il proprio ruolo alla perfezione. Quando, qualche giorno prima, Victor le aveva mostrato la lettera finita sulla sua scrivania, lei aveva di sicuro zittito il proprio cuore, prima di dirgli: *Fallo, Victor, mandala via di qui. Mandala là, dove potrà avere una vita migliore. Restituiscila ai suoi. È giusto così.*

Sii forte, Talia, sii forte e non guardare indietro, le avrebbe detto adesso, se avesse potuto.

Ci proverò, mamma, anche se non so come farò senza di te, senza il papà, il mio salvatore, il mio guerriero senza macchia e senza paura, pensò Natalia, mentre le lacrime tornavano a colmarle gli occhi.

Hai reso la mia vita meravigliosa, le aveva detto Despina. Natalia si rese conto che forse non era affatto un addio, quanto un'affermazione che lei avrebbe custodito per sempre nel proprio cuore, come una perla.

Le assistenti di volo cominciarono a camminare avanti e indietro lungo la cabina, chiedendo ai passeggeri se gradissero acqua, caffè o tè, se avessero bisogno di qualcosa per quell'ultimo tratto di volo. Le persone accanto a lei si stiracchiavano sui sedili, allungavano le braccia, si stropicciavano gli occhi arrossati e guardavano il cielo fuori dagli oblò, dove una luce più morbida tingeva d'oro il cielo blu.

In silenzio, Natalia era in attesa di qualcosa d'indefinito. Forse di vedersi apparire davanti la parola FINE, come al termine di un film. Sapeva però che non sarebbe successo: non era un epilogo, ma un nuovo inizio. Forse aspettava un segno concreto, un lampo nel cielo o il rombo di un tuono, qualcosa che firmasse la lenta discesa nella sua nuova vita, ma non vedeva che il vuoto davanti a sé e non sentiva che il battito del proprio cuore.

Finché all'improvviso, in basso, non scorse qualcosa di cui aveva soltanto letto sui giornali. Non l'aveva mai vista in fotografia, ma capì subito che cosa fosse. Una statua verde scuro, orgogliosa, le dava il benvenuto nel futuro che le stavano regalando. Laggiù, nella terra della luce e delle promesse, c'era un mondo intero ad attenderla, e lei lo accettò piena di gioia ma, soprattutto, di amore.

47

Sedeva su uno scalino in un viale fiancheggiato dai platani, tenendo la cinghia della borsa così stretta che la pelle era diventata umida. Era passata da poco l'alba e lei guardava i bambini che le correvano accanto in un vortice di risate, il fruttivendolo all'angolo che trascinava casse piene di merce sotto il tendone, un'esplosione di arancione, verde e rosso, come in un quadro di Cézanne. Natalia guardava il sole che si levava sempre più in alto nel cielo, il calore che si levava dal marciapiedi a mezzogiorno, uomini con berretti da baseball e attrezzi da costruzione che si mettevano in coda di fronte a un locale chiamato pizzeria in procinto di aprire. Soprattutto osservava il palazzo in arenaria costruito prima della guerra, con le rumorose unità dell'aria condizionata e una scala antincendio arrugginita che si alzava a zig-zag per tutti e cinque i piani, dal quale la gente entrava e usciva attraverso una porta scrostata.

Per la terza mattina successiva, aveva camminato fin lì dal piccolo appartamento in affitto a due passi dalla baia, nel vivace quartiere di Brooklyn. Sembrava impossibile che in quei dieci minuti di strada potesse perdere completamente la calma, eppure ogni volta era scappata come una vigliacca, sentendosi sconfitta, paralizzata dall'ansia. Quel giorno, però, Williamsburgh risplendeva di una nuova energia, annunciata dalle bandierine che iniziavano a spuntare alle finestre. Alle dieci, un fiume di gente aveva iniziato a sfilare per le strade, coi bambini che sventolavano bandierine a stelle e strisce, una manifestazione che le ricordava quelle cui aveva dovuto prendere parte in patria, anche se lì non si vedevano facce scure e si sentivano solo voci allegre. Di qualunque cosa si trattasse, Natalia si sentì rinfrancata da quella gioia, tanto che attraversò di corsa la strada. Fingendo indifferenza, bighellonò accanto all'entrata e, quando la porta si spalancò, lei colse l'attimo. « La ringrazio. Ho perso le mie chiavi e non riesco a trovarle », disse in inglese, meglio che poté, sorridendo. Ricordava pochissimo di quanto aveva imparato a scuola e, anche se continuava a studiare sui libri di testo, tentennava anche sulle frasi più semplici.

L'uomo non sembrava interessato alla sua giustificazione, però, ed era già lontano, assorto nei suoi pensieri.

Erano passati dieci o quindici minuti da quand'era arrivata al pianerottolo del terzo piano, ma ancora non era riuscita ad avvicinarsi alla porta. Faceva caldo, molto più che in strada. Natalia si appoggiò al muro, aprì i primi bottoni della camicetta e si soffiò sul petto. Da una finestrella, un raggio di luce attraversava il buio del corridoio, cadendole ai piedi. Passò le dita tra le particelle di polvere sospese nell'aria, scompigliandone la danza. Si chiese se non fosse troppo tardi per rimettere insieme i pezzi. Si voltò per andarsene, quando sentì dei rumori all'interno dell'appartamento e si fermò.

La porta si aprì. Ci furono altri rumori, voci, il tonfo di un oggetto che colpiva il pavimento. Poi una figura si stagliò sulla soglia. Due occhi chiari ed enormi incontrarono i suoi, e Natalia dovette aggrapparsi alla ringhiera.

« C-chiedo scusa. Devo essermi sbagliata », farfugliò.

Non riusciva a muoversi, ipnotizzata dallo sguardo del ragazzino. In un primo momento pensò che le stesse fissando la camicetta aperta, e afferrò i lembi per coprirsi. Ma gli occhi del ragazzino s'incupirono e lui tornò dentro, accartocciandosi tra le mani un cappello di carta a cono. Stava per chiuderle la porta in faccia, quando Natalia sollevò una mano.

« Aspetta, aspetta un attimo. »

« Con te non ci vengo! Non vado da nessuna parte. Non mi puoi costringere, non puoi, hai sentito? » urlò lui, rosso in viso e pieno di rabbia.

Un altro bambino spuntò alle sue spalle, poi una terza. Andavano dai cinque ai dieci anni. Si misero accanto al primo in un fronte unito, pronti alla battaglia.

« Mi dispiace, devo aver sbagliato appartamento... Sto cercando un uomo e una donna. Forse potete aiutarmi. » Frugò nella borsetta in cerca del foglio su cui era annotato l'indirizzo, senza trovarlo.

I bambini non si erano mossi di un centimetro.

« Nostro padre non è a casa. » La più piccola alzò il mento. Sembrava che avesse imparato quella frase a memoria, senza capirne del tutto il senso. Aveva la pronuncia leggermente blesa e i capelli, stretti in due codini, brillavano come oro. « È a Rhode Island, a un cantiere. Ci porta i regali, quando torna. »

« Zitta, sciocca che non sei altro. Non ti avevo detto di non parlare con gli sconosciuti? » Il più grande le diede di gomito, poi le cinse le spalle con un braccio, con fare protettivo, e lei gli si appoggiò, mordendosi il labbro carnoso e rosso.

Gli occhi dei ragazzini, acuti e curiosi, tornarono su Natalia, finché una figura non apparve alle loro spalle, e i tre si voltarono e si scostarono per farle spazio. « Bambini... » La donna lasciò la frase a metà. Non era molto più alta di loro, una sagoma minuta con un lungo vestito verde, i folti capelli raccolti in un alto chignon, qualche ciocca rossa a incorniciarle il volto. Nella penombra del corridoio, appariva più giovane di quanto probabilmente non fosse, con gli zigomi alti e una pelle luminosa e perfetta. Tuttavia, quando si avvicinò, Natalia notò le rughe sottili agli angoli delle labbra. Teneva in mano un mazzo di margherite legate con un nastro rosso, bianco e blu. Le fece un caldo sorriso. « Posso aiutarla? »

« Sì. Sì, sono venuta qui perché... Sto cercando... » Un nodo le stringeva la gola, e Natalia deglutì a fatica. Le parole che aveva provato e riprovato le erano sparite dalla mente. Gliene rimanevano poche, che non bastavano certo ad affrontare un argomento così complesso, ma capì che non ce n'era bisogno. Se era l'indirizzo giusto, c'era un'altra possibilità. Sussurrò in rumeno, così piano che riuscì a malapena a sentire le proprie parole: « Mi manda un amico comune, John Fowley ».

I fiori caddero dalle mani della donna.

Mandò via i bambini, dando loro i soldi per il pranzo: pizza, limonata e il gelato dall'ambulante. Dopo sarebbero andati al parco. Una vera scorpacciata, per un giorno di vacanza. Se ne andarono in un vortice di eccitazione, dimentichi dell'ospite inattesa.

La donna chiuse la porta e le fece strada in cucina, impacciata, un'estranea sotto il suo stesso tetto. Era molto pallida. « Un po' di vino? »

Natalia aveva le vertigini e avrebbe voluto proporre di sedersi, invece tacque.

La donna estrasse due bicchieri dalla credenza e li riempì di un succo color rubino preso dal frigo. Li posò sul tavolo, dove un paio di candelabri in ottone riflettevano la luce sul legno un po' graffiato, ma lucidato fino a splendere. C'erano mazzi di fiori ovunque, disposti in vecchi barattoli di marmellata; il divano e le sedie erano coperti di uno spesso broccato, sebbene i cuscini fossero ormai piatti. La cosa la colpì. Il suo appartamento a Bucarest era altrettanto curato, nel medesimo intento di nascondere la povertà con piccoli tocchi di bellezza.

«Dicono che il chianti andrebbe servito a temperatura ambiente, ma non mi ci sono mai abituata. Per me il vino va servito freddo, quando fa caldo, come il moscato che si beveva in Moldavia. E non sono mai riuscita a farmi piacere i vini di lusso. Non hai idea di quanti ce ne siano, qui... »

Quando Natalia le prese il bicchiere dalla mano, le sfiorò le dita, e la donna rimase impietrita, immobile come una statua, volto compreso, salvo per un breve sussulto.

Nulla di più lontano da quello che Natalia aveva immaginato mentre scendeva dall'aereo, due settimane prima, contando i giorni, proiettandosi nella mente la scena e quello che lei avrebbe detto. No, quell'incontro era segnato dal silenzio, più che dalle parole, e mancava del pathos che si era figurata. C'erano soltanto due donne, due sconosciute, coi capelli quasi dello stesso colore, che bevevano insieme.

«Sembrano adorabili. I bambini, intendo», disse Natalia dopo un po', anche se sentiva ancora addosso i loro sguardi mentre, poco prima, la donna frugava nella borsetta e contava i soldi. Forse avevano già intuito chi, o meglio, *che cosa* fosse lei, non una semplice ospite di passaggio, ma una bomba a mano lanciata nel cuore della loro famiglia. « Non è necessario che lo sappiano. Di me. »

La donna sorrise, come se avesse appena capito qualcosa, e intrecciò le mani. Natalia vide che tremavano, come pure le labbra, e si rese conto che la freddezza non era dovuta a un'assenza di emozioni, quanto allo sforzo per contenerle. « Non è come pensi. Sì, li amo molto, voglio molto bene a ciascuno di loro, ma... » La donna scosse la testa, come se fosse incapace di spiegare il resto. Si sfregò una tempia con una mano, infine alzò lo sguardo. « Li ho in affido. »

A quel punto, tutto cambiò. Qualunque barriera ci fosse stata tra loro, crollò quanto bastava affinché potessero parlare con un po' meno disagio. Natalia sentì svanire le proprie resistenze e iniziò a raccontare le circostanze insolite che l'avevano portata fin lì, il modo in cui se n'era andata, coi soli abiti che aveva addosso e con una vaghissima idea su dove fosse diretta. Quindi raccontò ciò che la sua famiglia aveva subito negli anni successivi alla guerra, quanto la loro vita fosse cambiata, quanto avessero perso e quanto fosse ancora forte il legame che li univa; le disse che sperava con tutta l'anima, anzi era certa che si sarebbero rivisti, un giorno. Ma tacque su Victor e su tutto quello che aveva significato per lei. Ancora non riusciva a pensare a lui o a parlare di lui senza sentirsi male. Il resto del pomeriggio passò in un lampo e solo quando la luce iniziò a scemare in un crepuscolo intenso Natalia tacque, consapevole di non aver lasciato molto spazio alla donna. « E di te che mi dici? Raccontami qualcosa di te e di... tuo marito. » Non sapeva trovare il modo in cui definirlo.

La donna la guardò con dolcezza. « Che cosa vorresti sapere? »

« Non so... Forse qualcosa sui bambini. »

Non ci fu risposta. Dopo un lungo silenzio, la donna si alzò e sparì in un'altra stanza. Quando tornò, stringeva qualcosa tra le mani. Anziché sedersi, si avvicinò a Natalia e posò sul tavolo un pezzo di cotone rosa antico.

Prima ancora che lei lo toccasse, il cuore di Natalia prese a battere all'impazzata. Fece scorrere le dita sulla stoffa sottile, sul nastro di pizzo e seta che correva lungo un lato, quindi lo sollevò.

Una cuffia da bambina. Con le mani tremanti, Natalia se l'avvicinò al volto, se l'appoggiò a una guancia e l'annusò, in cerca di un profumo familiare. Non trovò nulla, quell'odore era scomparso da tempo, ma fu travolta da qualcos'altro; chiuse gli occhi e strinse la stoffa tra le mani, consapevole solo del battito del proprio cuore.

Un locale caldaia, buio e umido all'inverosimile. La finestrella di un seminterrato. I fiocchi di neve sembravano lucciole e loro tre si nascondevano da ore. Fuori, la debole luce dei lampioni e lo schianto di un vetro che andava in pezzi. *Sii coraggiosa.* Qualcuno le aveva detto quelle parole. Ma andava tutto bene, era al sicuro, anche se fuori si gelava e lei voleva tornare a casa. Voleva tornare a casa.

« Non lo so. Non so se sono pronta per questo. » Sembrava che il cuore fosse sul punto di scoppiare, e fu travolta dal panico. « Non so se posso farlo. » Fece per alzarsi, aggrappandosi al bordo del tavolo, quando una mano la bloccò, premendo decisa sulla sua spalla, e le forze l'abbandonarono.

La mano risalì fino alla sua guancia, sulla tempia, dove il cuore batteva a un ritmo folle. E Natalia sentì l'odore che stava cercando. Eccolo, fermo e nitido, come una luce in mezzo a una foresta buia, la foresta in cui si era smarrita e dalla quale cercava di uscire da quasi vent'anni.

48

Nei mesi successivi all'adozione, Natalia era stata tormentata da terribili incubi, dai quali solo Anton sembrava in grado di salvarla. Notte dopo notte, quando si svegliava urlando, stretta al cuscino come se ne andasse della sua vita, lui correva nella sua stanza e l'abbracciava forte. «Sono qui, tesoro, sono sempre qui. Dimmi che cosa ti ha spaventato», le sussurrava.

Non ricordava con esattezza cosa sognasse. Rammentava solo suo padre che le accarezzava i capelli e ascoltava attento il fiume di parole tremanti che le usciva di bocca. Quando si calmava, Anton si alzava e allargava le braccia, come a catturare tutti quei brutti sogni in un colpo solo. Poi si avvicinava alla finestra, l'apriva e li gettava nel buio.

A volte arrivava anche Despina, che, vedendolo dietro le tende gonfie di vento, urlava: «Sei impazzito, Anton? Vi prenderete un malanno!»

Né lui né Natalia aprivano mai bocca. L'importante era che, qualunque cosa avesse turbato il suo sonno, non sarebbe tornata. Non quella notte, se non altro.

Quei vecchi demoni non l'avevano mai lasciata in pace, nemmeno dopo che gli incubi erano finiti da un pezzo. Per gran parte della vita era sfuggita ai loro artigli, scansando quelle ombre, solo per arrivare lì, quella sera, e vederli svanire leggeri come i semi di un soffione dispersi dal vento.

I bambini erano rientrati da tempo. La donna aveva

dato loro da mangiare e li aveva messi a letto. Erano sole, nel soggiorno tranquillo, ogni tanto parlavano per poi ripiombare nel silenzio, con poche candele come unica compagnia, le cui fiamme traballanti illuminavano a stento i contorni dei mobili.

D'un tratto la donna s'incupì. Si raddrizzò sul divano sul quale erano sedute e lasciò andare la mano di Natalia, che aveva stretto per ore. Sembrava che qualcosa dentro di lei avesse ceduto, incrinando la corazza che si era costruita attorno. « Oh, Natalia, se solo sapessi. Era un momento terribile. All'epoca... » Si passò una mano tra i capelli, quindi si chinò, appoggiandosi ai gomiti. « Pensavo che non ce l'avrei fatta. Nel mio cuore c'era troppo dolore... E anche in quello di tuo padre. »

« Raccontami. »

Dopo avere acceso altre candele, la donna tornò a sedersi, si allungò a prendere una coperta sul bracciolo del divano e la stese sulle gambe di entrambe, rimanendo in silenzio per qualche altro istante.

« Qualunque cosa sia, qualunque cosa sia successa, dimmela. Ho bisogno di sapere. »

Così lei cominciò dall'inizio, tornando a quella fatidica notte che aveva segnato il corso della loro vita, la notte in cui tutto era cambiato.

In quei giorni, Zora e Iosef non sognavano neanche lontanamente l'America. All'epoca, la giovane coppia affrontava come meglio poteva le difficoltà della nuova vita a Ginevra, e l'unico pensiero era quello di tornare in Romania, sebbene fosse riuscita a fuggire su quel treno per un vero e proprio miracolo. La guerra era appena cominciata e nessuno dei due poteva sapere che la speranza di tornare sarebbe rimasta una chimera, ogni giorno sempre più irrealizzabile.

Un uomo di buon cuore, che camminava con un bastone sebbene non sembrasse così vecchio da averne bisogno, li aveva accolti alla stazione. Stefan lo aveva conosciuto ai tempi della scuola, in occasione di uno scambio di ospitalità, ed erano rimasti in contatto. Il governo svizzero non accoglieva molti rifugiati, a meno che non fossero prigionieri di guerra, e sebbene lui e Zora non avessero più bisogno di nascondersi si ritrovavano in circostanze analoghe, a dispetto delle buone intenzioni del loro ospite: vivevano in una stanza minuscola con un vecchio lavandino, sopra un negozio di fiori chiuso da tempo. Il loro ospite aveva deciso di cessare l'attività quando la moglie era morta all'improvviso, come aveva spiegato loro la prima sera, mentre sorbivano la minestra. Per lui era uno strazio metterci piede. Non avrebbe nemmeno saputo gestire tutte le cose che sua moglie amministrava in modo eccellente, e in ogni caso era davvero troppo da sopportare.

Zora e Iosef si erano scambiati un'occhiata, prima di avanzare la loro proposta. Dedicare tempo e fatica a rimettere in piedi il negozio sarebbe stato un balsamo per le loro ferite, oltre che un modo per ripagarlo dell'alloggio e del cibo. Quando lui aveva acconsentito, avevano brindato e l'avevano ringraziato di cuore, felici di quella piccola benedizione.

I primi sei mesi erano passati così. Zora ricordava poco, a parte le quattordici ore di lavoro al giorno. Alla riapertura del negozio, uno stillicidio infinito di esiliati ed espatriati - gente in fuga da Hitler, proprio come loro - entrava e usciva dal negozio. Le loro storie strazianti, di separazioni dolorose e speranze di ricongiungimento, li aiutavano ad affrontare un giorno dopo l'altro. Erano salvi per grazia divina, e all'alba, quando Zora e Iosef tagliavano i fiori e li confezionavano, i ringraziamenti dei clienti davano loro l'energia e la voglia di sopravvivere che avevano quasi perso.

Proprio quel briciolo di ottimismo li aveva spinti a correre un rischio, a fare qualcosa che aveva minime probabilità di successo, indifferenti agli ostacoli sul cammino. Da un po' di tempo Zora scriveva a un lontano cugino di Bucarest, senza dire nulla a Iosef, nel timore che la rimproverasse per il rischio al quale si esponeva. Tuttavia il pericolo aveva smesso da un pezzo d'influenzare le sue scelte e l'unica cosa che le importasse era che quel suo parente, il dirigente di una compagnia petrolifera che viaggiava spesso all'estero, avesse acconsentito implicitamente a portare con sé Natalia in occasione della prossima uscita dal Paese. Se avesse dichiarato che era sua figlia, gli aveva suggerito Zora in una lettera accorata, dicendo che soffriva di salute cagionevole e che aveva perso la madre - quello, se non altro, era vero -, magari gli avrebbero permesso di portarla con sé, in un primo momento in Ungheria e poi in Austria, ancora più vicino a loro.

Non aveva pensato a come Natalia avrebbe raggiunto il confine austro-ungherese, affollato di SS, e nemmeno al fatto che la bambina, la quale ormai aveva sette anni, poteva non essere disposta a seguire un uomo che non conosceva e nemmeno ricordava. Era un piano folle, appena abbozzato nella sua mente, destinato al fallimento. Lo sentiva dalla stretta alla bocca dello stomaco, eppure, quando le era giunta notizia che le cose non erano andate come sperava, che persino il tentativo estremo del cugino di condurre Natalia all'interno dell'ambasciata svizzera

era andato all'aria, il dolore l'aveva travolta con una furia vendicativa, insinuandosi ancora più a fondo nel suo cuore.

Per oltre un anno non era quasi riuscita a dormire. Riusciva a stento ad affrontare la giornata, o anche solo ad alzarsi, per non parlare del negozio, dove quasi non la si vedeva. Mentre si lasciava scivolare in un nuovo abisso di apatia, un giorno era arrivata una lettera di Stefan e una scintilla di speranza si era riaccesa nel suo cuore. Non poteva stare accanto a sua figlia, non poteva toccarla né svegliarsi stretta a lei, non poteva accarezzare la pelle morbida delle sue guance, ma poteva fare quell'unica cosa. Se anche non l'avesse più vista, se anche avesse vissuto il resto dei giorni senza di lei, poteva farle quel dono che, diversamente dal resto, era alla sua portata.

Le cose erano andate secondo i piani, questa volta, e con una velocità cui nemmeno aveva osato sperare. La penicillina era ormai merce rara e migliaia di soldati morivano per carenza di scorte, ma per un colpo di fortuna il loro padrone di casa, sulla cui spalla lei aveva pianto così spesso, da quand'era in pensione operava come volontario nel Comitato della Croce Rossa e aveva conoscenze presso alcune associazioni dell'Europa occidentale. Zora sapeva con certezza che, se la Croce Rossa non poteva restituirle sua figlia, era però in grado di farle arrivare l'unica cosa in grado di salvarle la vita.

Era sopravvissuta. Ci aveva messo qualche giorno, ma era guarita, e per un po' Zora aveva sentito rinascere la speranza ed era tornata nel mondo dei vivi. Ma era durata poco. Quando l'euforia si era esaurita, si era ritrovata prigioniera di un circolo vizioso di speranza e disperazione, in attesa che un altro miracolo accadesse, che un'altra porta si aprisse.

Un giorno la guerra era finita all'improvviso, così com'era iniziata, ma per Iosef e Zora non era stato un trionfo, quanto un altro punto morto. Mentre ascoltavano le notizie alla radio, quel giorno, avevano pianto amare lacrime, stretti l'uno all'altra, sapendo che tutto era perduto. La loro speranza era sopravvissuta per quattro lunghissimi anni di guerra, ma non poteva oltrepassare il filo spinato lungo la frontiera del blocco sovietico, che ora avrebbe inghiottito la loro figlia nelle sue fauci, per sempre.

Solo a quel punto l'America era diventata una possibilità, che si schiudeva davanti a loro come un'oasi da esplorare. In America si stava formando un nuovo equilibrio internazionale e stavano costruendo il quartier generale dell'ONU. Lì sarebbero riusciti a ritrovare la voglia di vivere e la volontà di combattere. Tutto quello di cui avevano bisogno per tornare uniti come un tempo.

Zora aveva ormai la voce roca. Prese un sorso di tè e posò la tazza, senza aggiungere altro. Non ce n'era bisogno, poiché Natalia sapeva dalla lettera di Fowley cosa fosse successo quand'erano arrivati a New York, con tutte le loro esili speranze, solo per ritrovarsi a combattere un'altra raffica di delusioni, di porte chiuse e aspettative andate in fumo. «Quindi, vedi, Natalia, non sei mai stata lontana da noi. Sei rimasta nel nostro cuore per tutto questo tempo, ogni giorno, ogni anno. Lasciarti è stata la cosa più terribile che potessi immaginare, ma se non l'avessimo fatto nessuno di noi sarebbe sopravvissuto. Nonostante tutto, dentro di me ho sempre saputo che era la cosa giusta.»

« E quei bambini... Ve ne siete occupati per colmare il vuoto che avevo lasciato. »

Le lacrime rigavano le guance di Zora. « Sono stati la salvezza mia e di tuo padre. Li abbiamo presi con noi quand'erano ancora piccolissimi, due erano appena nati. Occuparci di loro ha rinsaldato il nostro matrimonio e ha sanato le fratture che ci avevano allontanati. Amare è molto più facile che cadere preda della disperazione, anche quando non ti è rimasto un grammo di speranza. Sono convinta che aver tenuto vivo quell'amore ti abbia riportata a me. Ci credo con tutta me stessa. »

Scese il silenzio. Si strinsero in un abbraccio, guancia contro guancia, i capelli che s'intrecciavano come viticci in mille sfumature di rosso. Mentre la luce dell'alba rimetteva a fuoco i contorni della stanza, i demoni che avevano tormentato Natalia per tutti quegli anni si allontanarono per sempre.

Lo incontrò una settimana più tardi a Rockaway Beach, nel Queens. Natalia non era in grado di spiegare perché avesse scelto quel posto, sapeva solo che aveva bisogno di essere all'aria aperta. Seduta sulla riva, il suo vestito rosso – lo stesso che aveva messo in valigia pensando a Victor, come si rese conto con un certo distacco – sembrava una lingua di fuoco sulla sabbia chiara. Le nuvole erano così basse che riusciva quasi a sentire sulla lingua il sapore della pioggia, ma era contenta di essere lì, con quello spazio immenso che le si apriva davanti, lo sguardo sull'orizzonte, dove il cielo e l'oceano si univano in una netta linea d'argento.

Non dovette aspettare a lungo. Scorse una sagoma che si avvicinava e capì che era lui. Se non fosse stata seduta, avrebbe sentito le ginocchia cedere. A disagio, l'osservò con la coda dell'occhio, pulendosi la gonna dalla sabbia. Non voleva voltarsi. Quando lui le fu vicino, Natalia si sorprese di quanto fosse diverso da come se l'era immaginato: non era certo il gigante che quella notte se l'era portata sulle spalle, nella morsa dell'inverno rumeno, nascondendosi al buio e schivando i poliziotti. Era un uomo dal fisico asciutto, di media statura, con indosso un paio di jeans scuri con l'orlo rimboccato, e camminava con difficoltà, sebbene cercasse di nasconderlo, coi piedi nudi che affondavano nella sabbia. Eppure, quando si accovacciò accanto a lei, la percezione che Natalia ne aveva cambiò completamente. Si rese conto che la forza non risiedeva in un corpo robusto, ma in qualcosa mille volte più potente: la volontà.

Lui si afferrò le cosce, come per ritrovare l'equilibrio. « Natalia. »

Incapace di alzare gli occhi, lei tenne lo sguardo inchiodato sulle sue mani. Erano le mani di un lavoratore, rovinate dalla fatica, così piene di calli che nessuna crema né unguento avrebbe potuto farle tornare morbide. Tradivano anni di duro lavoro e smossero qualcosa dentro di lei, non per l'aspetto grezzo, ma perché assomigliavano alle sue. Le stesse dita affusolate dalle unghie tonde e ampie, la stessa ragnatela di vene. L'imbarazzo era diminuito, così Natalia alzò lo sguardo e scorse altre somiglianze. Gli occhi dello stesso colore e della stessa forma dei suoi, la stessa ruga di espressione sul sopracciglio destro. Era identico anche il labbro inferiore, più carnoso e tondo di quello superiore. Non avrebbe mai immaginato di poter vedere i suoi stessi lineamenti sul viso di un'altra persona. Solo i capelli avevano una sfumatura differente.

Iosef allungò una mano verso quella di lei, ma poi la

tirò indietro di scatto, come se avesse timore di toccarla. Natalia, al contrario, non aveva più paura di ciò che quel momento rappresentava per entrambi: fu lei a prendergli la mano. Un gesto semplice, che racchiudeva tutto, tanto da rendere inutili le parole. Rimasero seduti così a lungo, in silenzio, a guardare le onde.

« Dio esiste. Se morissi in questo momento, sarei un uomo felice. »

Nella risata di Natalia c'era una nota di disagio. « Andiamo, Iosef, dopo tutto questo tempo penso che ci siano dei buoni motivi per vivere. »

Lo stupore negli occhi di lui la costrinse a distogliere lo sguardo. Un attimo dopo, in un soffio, qualcosa si materializzò nella mano di Iosef. Lo posò sulla sabbia, davanti a lei. Natalia lo osservò per qualche istante, consapevole che, quando l'avesse raccolto, avrebbe strappato un altro velo, scoprendo un'altra verità.

Sembrava un vecchio diario, con la copertina dal bordo ondulato. Al centro c'era il segno a mezzaluna lasciato da una tazza e il dorso era fissato da un lucido pezzo di nastro adesivo. Sulla prima pagina era stata incollata la fotografia in bianco e nero di una bambina dai riccioli scuri e dalle guance tonde, che indossava una cuffia dall'aria familiare.

Natalia si avvicinò il diario agli occhi mentre voltava pagina, imbevendosi dei versi scritti a mano. C'era una data, all'inizio di ogni poesia, sempre la stessa, tranne che per l'anno.

« Le ho scritte per te. Ogni volta che compivi gli anni. La prima quand'eravamo ancora a Bucarest, nascosti nella soffitta di Stefan. Pensavamo che fosse questione di giorni prima di poterti riprendere. Ma poi quell'attesa si è fatta sempre più lunga e straziante, e scrivere quei versi è stato l'unico modo per non impazzire.» Iosef esalò un sospiro incerto, mentre fissava un punto all'orizzonte. «Ho continuato persino quando siamo arrivati qui, quando ho rinunciato a cercare una strada per tornare da te. Tua madre ha trovato nei bambini la ragione per alzarsi la mattina. Io, invece... Era il diario, il modo in cui ti tenevo in vita. Immaginavo il tuo aspetto, il modo in cui eri cambiata, le stagioni della tua vita.»

Natalia era senza parole. Giunta in fondo al diario, fece scorrere le dita sull'ultimo gruppo di versi, spazzando via i granelli di sabbia. Poi, trattenendo il fiato, lesse.

Che cos'è una vita senza te,
l'unica cosa capace di darle un senso?
Come sopporterò un altro giorno
senza il tuo dolce respiro sulla pelle,
o i tuoi occhi nei miei?
E alla fine, quando dovrò giacere
senza la tua mano sul mio cuore,
a chi andranno i miei ultimi pensieri
se non a te, la mia bambina di tanto tempo fa?

«Mi sembra ancora un sogno», disse Iosef, quando lei ebbe ritrovato il contegno. La guardava incredulo, incapace di credere che lei fosse davvero lì, accanto a lui. Come se Natalia fosse un'apparizione, avvolta da un alone di luce.

Nessuno l'aveva mai guardata in quel modo. «Sì. Per certi versi lo è. Quindi continueremo a sognare e, con un po' di coraggio, quel sogno durerà per il resto della nostra vita.»

Lui l'abbracciò di slancio, senza più timore, e Natalia ricambiò la stretta. Quant'era stata amata, e da quante persone! Chi poteva dirsi tanto fortunato? Non aveva mai provato nulla del genere, un miscuglio di gioia e dolore, due emozioni agli estremi opposti che tuttavia non erano mai state in armonia come in quell'istante. Il passato e il futuro che si scontravano, esplodendo.

«Grazie. Grazie per avermi mostrato quelle poesie.» Avrebbe potuto dirgli mille altre cose, ma non era necessario, in fondo. Si alzarono, indolenziti. Lei gli diede un bacio su una guancia, poi un altro, quindi si voltò verso l'oceano. Dovevano andare, ormai erano lì da ore, eppure rimanevano immobili, a fissare le onde, Natalia stretta contro il petto di Iosef, accanto al battito del suo cuore. D'un tratto sentì altre due braccia – quelle di Zora, di sicuro – che si chiudevano attorno alle sue spalle, la guancia calda di lei contro il mento. Non aveva idea di quando fosse arrivata, ma era lì, e con lei i bambini, la ragazzina che faceva la ruota, i capelli biondi che spazzavano la sabbia bagnata, e i fratelli che, poco più in là, si lanciavano un frisbee, ridevano e s'incitavano, invitando loro tre a raggiungerli.

EPILOGO

New York è la città che da un anno chiamo casa. Oggi, nell'anniversario del mio arrivo, siedo nel mio bovindo a guardare le navi che oltrepassano il ponte di Williamsburgh. Mi sento piena di orgoglio, e al tempo stesso di nostalgia. A volte la tristezza mi piomba addosso all'improvviso, togliendomi il fiato. *Perché sei così triste, Talia?* mi chiedo, mentre il mio sguardo si sposta sulle luci scintillanti del ponte.

In effetti non ho ragione per sentirmi così, quando so fin troppo bene che la felicità ha sempre un prezzo. Non devo perdere di vista tutto ciò che ho avuto: chi avrebbe mai immaginato che sarei stata così felice in questa città affollata che non si ferma mai? La ragione della mia gioia non ha nulla di trascendentale, ma per ora basta e avanza. Mi basta e avanza suonare pianoforti scordati nei locali jazz del centro, bui come cantine, e osservare i sorrisi suscitati dalla gioia delle mie dita sui tasti. Mi si riempiono gli occhi di lacrime ai loro applausi, alle richieste di un bis, all'incredulità che ogni tanto leggo sui volti del pubblico. E quando arriva la richiesta inaspettata di suonare in un locale più grande e più famoso, stavolta a Manhattan, mi sento travolgere dalla certezza che sia questo il mio destino, e mi sento fortunata, grata della possibilità che ho avuto.

Stasera, però, i miei pensieri non corrono alla musica; vanno alla deriva al di là dell'oceano, verso il posto in cui una parte importante della mia vita rimane congelata nel tempo. Nella mente vedo il piccolo appartamento che condividevo con le due persone che mi hanno cresciuto, un'immagine così vivida che ancora mi sembra di essere lì. Penso a loro, che a quest'ora staranno dormendo. Presto si sveglieranno e si alzeranno dal letto con gesti cauti. Mio padre infilerà le pantofole di pelle ormai lise e guarderà l'ora. Andrà in bagno, in fondo al corridoio, col suo pigiama a righe, uno di quelli che indossava quando io ero ancora una bambina. Anche mia madre si sveglierà, andrà nella stanza accanto e siederà sul divano sul quale dormivo. Affondando il viso nel mio vecchio cuscino, cercherà le tracce di un odore sempre più debole.

Qualche giorno più tardi, o forse qualche settimana, una busta logora e malconcia, col timbro delle poste degli Stati Uniti, finirà sulla credenza. Con le mani tremanti, mia madre la prenderà per aprirla, ma poi, incapace di leggerla, la poserà di nuovo. Sa già cosa c'è scritto. Le mie richieste di perdono si ripetono in ogni lettera, insieme con la maggior parte delle mance che guadagno. Le mie lettere sono cariche di promesse e giuramenti di tornare a prenderli, un giorno.

Verrò a prendervi. Tornerò a prendere te e papà, perché vi amo con tutta l'anima. Prenditi cura di lui. Di lui e di te stessa, finché non saremo di nuovo insieme.

Mia madre sorriderà, piena d'amore e di orgoglio, sapendo che credo in ogni parola che scrivo e che dividerò le acque, se necessario, per tornare da loro.

Passeranno mesi, forse addirittura un anno, prima che un'altra lettera arrivi a loro. In quelle righe descriverò i miracoli che vedo intorno a me. È passato molto tempo da quando mi sono fermata imbambolata davanti alle vetrine illuminate dei negozi, alle macellerie fornitissime e ai caffè affollati, eppure c'è qualcosa che ancora oggi mi commuove. A volte, seduta su una panchina con un libro tra le mani, tra gli alberi frondosi e gli edifici protesi sui confini verde scuro di Central Park, non riesco a fare a meno di fissare la gente. Persone comuni che vivono la loro vita, sui volti un sereno ottimismo, fiduciose e sicure di sé, le spalle dritte, le voci decise che non sussurrano mai. Di tutte le meraviglie di New York, sono gli abitanti quella che più mi stupisce e m'ispira. Ci sono state molte lettere come questa, nelle quali descrivo minuziosamente ogni aspetto della mia vita, ogni pensiero legato a una scoperta sorprendente.

Eppure ce n'è una che non riesco a portare a termine, che ho iniziato e interrotto tante di quelle volte da aver perso il conto. Non perché non trovi le parole giuste, ma perché ho impiegato tantissimo tempo a dividere il mio cuore in due metà separate, e dovrò tenerla per me. Perché ora quest'altra metà esiste, questa lama di luce nata dalle tenebre, che mi è stata restituita quando non ci speravo più.

Zora e Iosef, i miei genitori naturali. Li amo, ho iniziato ad amarli nell'attimo in cui Zora si è presentata alla porta, quel pomeriggio di luglio, e il mazzo di margherite le è scivolato dalle mani. Iosef, coi suoi occhi acuti e con la pelle segnata da una vita crudele, Zora, con la sua voce dolce e la grazia di un cigno, e i loro tre figli adottivi sono ormai una famiglia, per me. E come una famiglia ci comportiamo. La domenica andiamo a Prospect Park, la sera passeggiamo lungo il ponte per vedere il profilo scintillante di Manhattan, come se fosse uscito da un libro di favole. Zora mi prepara cene fantastiche, arrosti dorati spolverati di spezie, pasta con le vongole, piatti che a lei sembrano normalissimi, ma che mi esplodono in bocca con sapori meravigliosi, tanto da farmi quasi piangere. E piangiamo, anche se la maggior parte del tempo ridiamo. Nella loro minuscola cucina, parliamo delle cose che faremo, dei posti che vogliono mostrarmi, meraviglie che non ho ancora scoperto in questa città spettacolare in cui viviamo. E ogni volta, guardando nei loro occhi, vedo tutto ciò che hanno perso, gli anni che nemmeno io posso restituire.

Ho da poco iniziato un viaggio proprio a quello scopo. Dipingo quei vuoti. Li colmo di vita, della *mia* vita, con colori così vividi da far tornare indietro le lancette dell'orologio. La ragazzina, l'adolescente, la donna sul punto di sbocciare. Con ogni trionfo, ogni sconfitta, ogni fremito del cuore costruisco un ponte sul tempo, per tornare dalle persone delle quali sento ancora, fortissimo, l'amore. C'è persino una parte di Victor, quel Victor che mi ha spezzato il cuore ma al tempo stesso mi ha fatto il più grande dei doni. Victor, l'amico della mia infanzia, il mio primo amore, che mai dimenticherò nonostante gli amori che seguiranno. L'ho perdonato da tempo, come mi aveva chiesto di fare quel giorno ormai lontano. Nelle mie storie, alla fine camminiamo tutti insieme, siamo un universo, una cosa sola.

Come posso scrivere tutto ciò nelle mie lettere?

Alla fine, mi limito a questo: *Sono felice, mamma, davvero felice, e sono decisa a sognare, qui dove tutti i sogni sono realizzabili.*

Cos'altro dovrei dire? Lei non ha bisogno d'altro per sorridere ogni giorno, quando al mattino si alza e scosta le tende di pizzo dalla finestra. Mentre guarda il cielo dell'alba, non ha bisogno d'altro se non di sapere che sto guardando lo stesso cielo, che viviamo sotto la stessa cupola piena di luce, e che fintanto che ci ameremo e custodiremo quanto Dio ci ha dato, con amore e pietà, il nostro legame non si scioglierà mai.

NOTA DELL'AUTRICE

LA VERA STORIA SU CUI SI FONDA IL ROMANZO

Sebbene l'antisemitismo fosse ormai diffuso nell'Europa dell'Est da più di dieci anni, il mio romanzo ha inizio col pogrom di Bucarest, avvenuto nel gennaio 1941, quando la fazione estremista antisemita nota come Guardia di Ferro mise a ferro e fuoco i quartieri ebraici di Bucarest, con l'obiettivo di ottenere potere politico all'interno del regime fascista del generale Antonescu. Centinaia di ebrei vennero trascinate in strada per essere percosse, torturate o uccise. Tra i resoconti di quelle atrocità, ne figura uno ai danni di un gruppo di persone portate in stato di semincoscienza al macello, dove vennero appese ai ganci e lasciate a morire. Durante quei tre giorni spaventosi, mia madre, proprio come Natalia, venne trovata sulla soglia di un palazzo, terrorizzata e semiassiderata, e in seguito portata in un orfanotrofio. Nella tasca del suo bellissimo abito di velluto c'era un semplice biglietto: *Nell'angoscia e nella disperazione affidiamo questa bambina alle mani di Dio, nella speranza che sia salvata.*

Il mistero delle origini di mia madre mi ha tormentato per anni, quand'ero appena una ragazzina e vivevo in California, dove la mia famiglia si era trasferita da Bucarest. I nonni biologici, che non avrei mai conosciuto, erano ancora vivi nella mia fantasia. Che cosa gli era successo? Erano sopravvissuti ai terribili giorni del massacro? Se era così, che cosa gli aveva impedito di tornare a cercare la loro figlia? Solo nel 2011, dopo la morte di mio padre, ho iniziato seriamente a mettere quella storia nero su bianco, dando un finale, per quanto fittizio, a una vicenda che non aveva avuto un epilogo nella vita reale.

Ho descritto piuttosto fedelmente Anton e Despina, i miei nonni adottivi, e la loro vicenda straziante. L'eleganza e la dignità con cui avevano affrontato le difficoltà è emersa con chiarezza nei pochi anni che ho potuto trascorrere con loro, ed è stata la lezione più importante della mia vita. Penso in continuazione al minuscolo appartamento condiviso in cui erano stati costretti a trasferirsi dopo la guerra, dove durante la mia infanzia ho assorbito il loro spirito e il loro amore per la vita di ogni giorno, nonostante le sue molte imperfezioni. Per molti versi, questo romanzo è stato scritto per loro, in una sorta di tributo ai sacrifici che hanno affrontato sino alla fine, quando la figlia che avevano cresciuto con tanto amore li ha lasciati in cerca di una vita migliore in America.

È importante sottolineare che, sebbene mia madre non abbia lasciato la Romania nel modo drammatico di Natalia, lo fecero decine di migliaia di ebrei rumeni, la cui libertà era stata comprata in contanti grazie a transazioni clandestine col governo rumeno. Quegli accordi, stretti inizialmente tra Israele e la Romania alla fine degli anni '40 grazie all'intervento del Joint Distribution Committee, negli anni '50 divennero noti come *gentlemen's agreements*, all'insaputa dell'opinione pubblica rumena. Sotto Ceauşescu, quegli accordi si estesero fino a includere i rumeni di origine tedesca che volevano tornare in Germania. Qualcuno sostiene che nell'estate del 1978 le cifre arrivavano a 50.000 dollari a persona, a seconda dell'età, del livello di cultura e della professione. Questo triste caso di compravendita di vite umane è unico nella storia moderna, in quanto i suoi effetti ricaddero non solo sui diretti interessati - molti dei quali rimasero rifugiati politici per dieci anni, senza possibilità di trovare lavoro -, ma sull'intera nazione, poiché la disuguale assegnazione dei visti aggravava l'antisemitismo ancora diffuso tra la gente.

Non è stato semplice fondere in un romanzo la complessa e turbolenta storia della Romania, e sono grata alle molte fonti cui ho attinto per poterlo fare. Di particolare importanza sono state *Balkan Ghosts: A Journey through History*, di Robert D. Kaplan; *Rumania 1866-1947: The Oxford History of Modern Europe* di Keith Hitchens; *Kiss the Hand You Cannot Bite: The Rise and Fall of the Ceaușescus* di Edward Behr e *The Ransom of the Jews: The Story of the Extraordinary Secret Bargain between Romania and Israel* di Radu Ioanid, direttore dell'archivio internazionale dell'-Holocaust Memorial Museum. Altrettanto prezioso è stato il resoconto di Ion Pacepa, ex direttore dei servizi segreti rumeni, che dopo la sua defezione nel 1978 ha esposto in *Orizzonti rossi: memorie di un capo delle spie comuniste* alcuni dei meccanismi più corrotti del regime.

Oggi, dopo quattro decenni di oscurità, la Romania sta risorgendo come una fiorente nazione europea. Ma le ombre del passato non sono del tutto svanite: ancora si vedono negli occhi delle persone più anziane, più eloquenti di qualsiasi monumento, che urlano ciò che il popolo rumeno ha sopportato, i valori per cui ha lottato e resistito.

Nell'angoscia e nella disperazione affidiamo questa bambina alle mani di Dio, nella speranza che sia salvata.

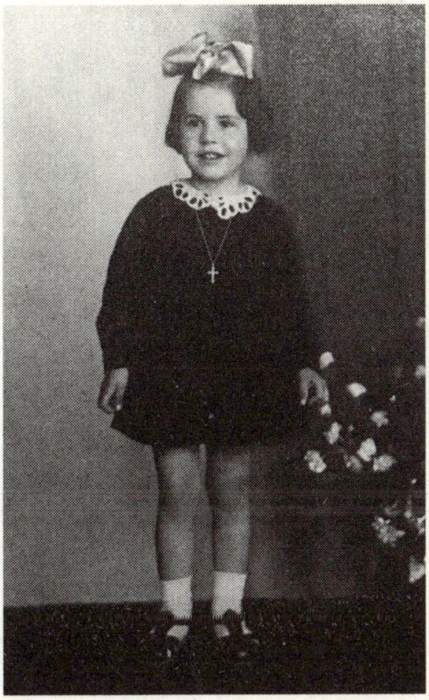

La madre di Roxanne nel periodo in cui venne adottata.

Il viaggio dei nonni biologici di Roxanne affonda le radici nella fantasia, ma il dramma affrontato dalla famiglia adottiva di sua madre ha una base reale. Per certi versi, la seconda storia inizia dove s'interrompe la prima. A legarle, il tema della resilienza e del coraggio in opposizione alla tirannia.

Despina, fine anni '20.

Anton, anni '30.

Despina e Anton poco dopo il matrimonio, anni '30.

Despina e Anton, anni '40.

Anton, Despina e la madre di Roxanne, circa 1944.

Octavia, la sorella di Despina, con la figlia, e Despina con la madre di Roxanne, metà anni '40.

La madre di Roxanne a sei anni, 1945.

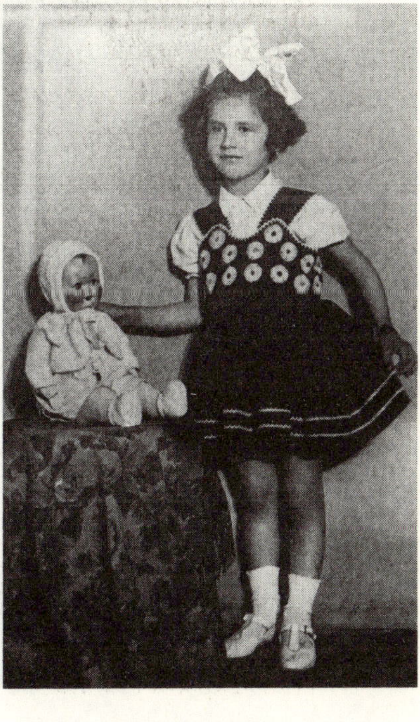

La madre di Roxanne a circa vent'anni, anni '60.

Despina e Anton il giorno del loro cinquantesimo anniversario, anni '80.

RINGRAZIAMENTI

Vedere questo libro stampato è un sogno diventato realtà. Devo ringraziare innanzi tutto Johanna Castillo, la mia editor, per la sua guida meticolosa ed esigente, per avermi aiutato a portare la mia storia lungo strade che non avrei immaginato possibili, ma soprattutto per averle dato una casa, e Sarah Cantin, per l'entusiasmo con cui ha abbracciato questo progetto e gli ha dato forma. È stato un onore lavorare con voi. Sono altrettanto grata alla mia agente, Elizabeth Copps della Maria Carvainis Agency, che con grande generosità mi ha dato il suo tempo, il suo sostegno e molti spunti creativi, e ha sempre creduto nel romanzo nonostante gli alti e bassi del viaggio. Siete le mie eroine.

Vorrei inoltre ringraziare tutti coloro che alla Atria hanno fatto la loro parte affinché questo libro vedesse la luce, nonché le mie prime lettrici, Heidi Epstein, Cris Genovese, Michelle Childers, Jodi Stewart, Denise Miller e Annie Manfredi, per essersi sporcate le mani con le prime stesure e avermi dato un riscontro sincero. Grazie alla mia carissima amica Laura, che riesce sempre a farmi sorridere, e a mia sorella Arina, per l'incoraggiamento e per offrirmi sempre una spalla su cui piangere: avervi al mio fianco è la fortuna più grande che potessi avere.

La mia immensa gratitudine va ai miei figli, Luca e Dominic, per la pazienza, e in particolare a mio marito Philippe, il mio amore, senza il quale il romanzo non sarebbe mai arrivato in porto. Grazie per avere vissuto questo libro con me, per la tenacia e per averci creduto.

Infine devo ringraziare i miei nonni, Anton e Despina, che vivono ogni giorno nel mio cuore, e mia madre, Alexandra, le cui storie appassionanti e variopinte hanno piantato il seme di questo romanzo. Siete i miei angeli custodi. Vi voglio bene.

Questo libro è stampato col sole

GV GRAFICA VENETA

Azienda carbon-free

Fotocomposizione Editype S.r.l.
Agrate Brianza (MB)

Finito di stampare
nel mese di giugno 2019
per conto della Casa Editrice Nord s.u.r.l.
da Grafica Veneta S.p.A. di Trebaseleghe (PD)
Printed in Italy